緋色のメス　完結篇

大鐘稔彦

幻冬舎文庫

緋色のメス　完結篇

姉と弟

院長室に戻って十分も経ったかと思われた頃、卓上の電話が鳴った。

「智念《ちねん》ですが、ちょっと伺っていいですか？」

着任して一年になる産婦人科医の声だ。

「この前お話しした姉がご挨拶したいと来ているんですが……」

そう言えばそんなことを言っていたな、と佐倉《さくら》は思い出した。

去年の病院忘年会の時だった。徳利《とっくり》を持って佐倉に酒をつぎに来た智念と暫《しばら》く話した折、その姉のことを初めて知った。

「僕よりも先に姉がＭＳＦに入って、看護婦として働いています」

ＭＳＦとはフランス語の Médecins Sans Frontières のイニシャルを取ったもので文字通り〝国境なき医師団〟のことだ。

「姉はつい最近まで看護婦としてイラク、シリア、パレスチナなどの紛争地にＭＳＦから何度か派遣され、主に手術室のナースとして働いていました。内戦に巻き込まれ、負傷して運び込まれる死傷者も多い一方で、新たな命も誕生していて、栄養失調で母体がお産に耐えられそうにないからと帝王切開を余儀なくされることもあるそうです。でも、死と隣り合わせながら生命の誕生は喜びで、ＭＳＦの職員皆の表情が緩むそうです。

姉からそんな話を聞かされているうちに、医者を志すようになりました。そうして、まずは赤ん坊を取り上げられる産婦人科医になろうと……」

壮年にかかっているが智念陽一郎《よういちろう》の濃い眉と活き活きした目は青年の迸《ほとばし》るエネルギーを漂わせている。アルコールが入って多少上気した顔も若々しく清々しい。陽一郎に似ているなら目鼻立ちのはっきりした美人だろうが、果たしてどうだろうかと想像を馳《は》せたものだ。

二つの足音が近付いて、それが消えると共にドアがノックされた。

「どうぞ」

佐倉は椅子を半回転させてドアに向き直った。

「失礼します」

歯切れのよい声と共にドアが開かれ、智念が顔をのぞかせた。背後に立った女性と先に目が合った。

（似ている！）

無論男の眉ではないが、くっきりとしたそれと、その下の大きな瞳は陽一郎と血を分かち合った肉親であることを如実に物語っている。

「姉の朝子《ともこ》です」

立ち上がって半歩踏み出した佐倉に、半身の姿勢で陽一郎は背後の女性を紹介した。

「初めまして。弟がお世話になっております。ご挨拶が遅れて申し訳ありません」

化粧っ気のない小麦色の肌に、これも健康そうな白い歯をのぞかせて女性は微笑した。

「いや、こちらこそ」

まともに注がれた大きな目にややたじろぎながら返すと、佐倉は手にしていた名刺を差し出した。

「頂戴します」

女性は手に提げていた厚手の紙袋を腕にかけ直し、空いた両手で恭々しく名刺を受け取ると、右腕にかけた袋を再び手に持ち直して、中から一冊の本を取り出した。

「お恥ずかしいですが、ご挨拶代わりに……」

「これは、あなたの……？」

本の表紙に目をくれてから佐倉は上目遣いに相手を見返した。

「はい、ＭＳＦの勤務を終えて日本に戻って来てから書きました。ついこの前上梓《じょうし》成ったばかりで……」

佐倉は頷《うなず》いて、再び手にした本に目を落とした。『紛争地の生と死』と題されたそれは、カバーに写真があしらわれていて、新聞やテレビで折々見かける戦地の医療現場、赤子を帝王切開で取り上げている医師や傷を負って苦痛に顔を歪めている子供を手当てする医師やナースの姿が写されている。

その表紙をめくると、達筆な万年筆の筆跡で、

御恵存
佐倉周平《しゅうへい》 先生
智念朝子

と書かれてある。名刺も挟まれている。

「有り難う。じっくり読ませてもらいます。

〃ともこ〃さんの〃とも〃は〃朝〃なんだね」

「はい、大抵の方は〃あさ子〃と読まれます」

「どちらにしてもいいお名前だが、ま、どうぞ」佐倉はソファーに二人を促した。

姉と弟は目配せを交わし合ってから、まず姉が、次いで弟がソファーに腰を落とした。

陽一郎は比較的深めに、朝子は浅目にはすかいにかけた。膝から下の薄いストッキングに透けて見える両の脚が、払って折り畳むようにしたクリーム色のワンピースの裾から伸びてきっちりと揃えられている。それに目をやったことに軽い後《うし》ろめたさを覚えながら、佐倉はテーブルを挟んで相向かう自分専用の椅子に腰かけた。

佐倉は白衣の胸のポケットに納めた名刺を改めて取り出すと、それに暫く見入ってから客人に向き直った。

「失礼だが、お姉さんも〝智念〟姓でいらっしゃるということは……？」

「あ！……」

と小さな声が発せられたように思えた。

「ご推察通り、わたしはまだ独り身ですので……」

恥じらう風もなく、嫣然《えんぜん》とほほえんで朝子は答えた。覚えのある熱いものが胸を掠めたが、それを気取られまいと、佐倉は平静を装って軽く頷き、名刺をまた胸に納めた。

「ＭＳＦのお仕事に専念して結婚どころじゃなかったんですかな？」

「と、申し上げれば恰好《かっこう》がいいんですが、出会いがなかっただけです」

「そうですか？　そんなことはないと思うが……」

弟とは大分年が離れているように見えるから四十代半ばかと推測しながら、それにしても辺りを払う美貌と均整の取れたスタイルは、世の男たちの目を引かずにはおるまいと思われた。

「あなたの方がハードルを高くし過ぎていらっしゃるのではないかな？」

同意を求めるように佐倉は陽一郎に流し目をくれた。

「さあ、どうでしょうね？」

陽一郎は一瞬佐倉の視線を受け止めてから、すぐに姉に答えを預けるように横に目をやった。

「棒高跳びなら六メートルくらい？」

「ふふふ、そうね」

朝子は屈託なく笑って弟を見返した。

「それなら、大抵の男は跳び越せない。セルゲイ・ブブカぐらいしかね」

「あ……」

朝子は小さく驚いたような声を放って佐倉に向き直った。

「先生は、スポーツにもお詳しいんですね」

「いや、そんなことはないが、オリンピックのフィールド競技では棒高跳びが一番好きですね。殊にブブカ選手が」

「ええ、素敵な方ですよね。わたしも大好きです」

佐倉の胸に熱い嫉妬が疼《うず》いた。

(ブブカがこの人の理想の男性なら敵《かな》わない)

ブブカの横に朝子が並んだら一幅の絵になるだろうと想像を馳せ、今度は何か切ないものが胸に疼いた。

「確かブブカが出した世界記録は六メートル十五でしたよね？」

陽一郎が姉に、次いで佐倉に目を移して言った。

「うん。片や日本選手で最高は五メートル八十五程度で誰も六メートルを超えていない。だから、朝子さんもバーをうんと下げないと、お相手になれるような男性は出て来ませんよ」

「そうですね。もういい年ですから、考え直さないといけませんね」

余り真剣味が感じられない。

(と、いうことは、この人はまるで結婚のことは考えていないのか？　少なくとも、目下はその対象となる男性はいないということか？)

滾《たぎ》っていたものが少し鎮まった気がした。

佐倉は壁の時計を見やった。五時半を回っている。

「ところでお姉さんは今夜は……？」

「あ、僕の所で一泊して、明日午後東京へ戻るそうです」

「慌ただしいな。日曜までおられたら宜しいのに」

「週明けにはまた仕事が待っておりますので」

朝子は外連味《けれんみ》のない笑顔を見せた。

「それなら、どうだろう、智念君」

「えっ……？」

「夕食はお姉さんもまだだろうし、私に一献傾けさせてくれないか？」

陽一郎は絶句の体《てい》で姉を見た。

「どうぞお気遣いなく」

弟の視線を受け止めてから朝子は佐倉に向き直った。

「近くのお店で適当に済ませますから」

「いやいや」

生唾を一つ呑み込んで佐倉は性急に言った。

「日頃は私も陽一郎君と同じで昼と夜は病院で食事を摂っているが、週末は外食することにしています。折角の機会だ、是非お付き合い下さい」

朝子が訝《いぶか》った目を弟に向けた。

「院長は単身赴任でいらっしゃるんだよ」

「えっ、そうなの？　ご家族は？」

「確か東北の方に……」

姉弟の小声でのやりとりは否《いや》でも耳に入り、それに注釈を入れたい衝動を覚えながら佐倉はこらえた。

「ま、そういうわけです」

こちらに向けた朝子の目に佐倉は言った。

「弟さんも知ってるが、姪っ子がこちらでナースをしております。彼女も呼んでやろうと思いますから、ＭＳＦのことなど聞かせてやって下さい」

「手術室におられるんだ」

すかさず陽一郎が言った。

「綺麗な人だよ。院長に似ておられて……」

「でしょうね」

朝子がコクコクと頷いた。

「院長先生、ハンサムでいらっしゃるから」

「これはどうも……」

およそ媚《こび》は感じさせずさらりと言ってのけた世辞が快く佐倉の胸に響いた。

ＭＳＦ談義

週末の店は賑《にぎ》わいを見せていた。行きつけの〝こころ〟に電話を入れると、カウンターが少々と小部屋が一つだけ空いてますと馴染《なじ》みの女将《おかみ》が答えた。

四人がカウンターに並んでは話が出来ないからと佐倉は後者を予約した。一人で来る時は専らカウンターで女将相手に雑談を交わして引き揚げるが、たまに中条三宝《なかじょうみほ》を誘う時は小部屋を利用している。叔父と姪の間柄と言ってあるから病院の職員と出会《でくわ》しても別段疾《やま》しいことはないのだが、カウンターでの何気ない話の端々に、無意識裡にもそうではない関係――他ならぬ父と娘の――を匂わせるものが出てしまうことを恐れたからだ。気心の知れた女将にも三宝は姪であると通してある。

実際、姓を異にしているから女将は寸分も疑っていないだろうが、うっかり三宝が「お父さんは……」とか口走らないとも限らない。

さすがに叔父さんとは言い難いだろうから、病院外でも〝院長〟と呼ぶよう言い含めてはあるのだが。

「会わせたい人がいるから」と三宝を誘った時も、その点は抜かりのないようにと念を押してあった。

「ところでお二人は幾つ離れているのかな？」

おしぼりで顔を拭ってひと息ついたところで、佐倉は智念姉弟のどちらへともなく言った。

二人は顔を見合わせたが、朝子が先に口を開いた。

「九つ、違いかしら？」

陽一郎が無言で頷いた。

(彼は確か三十五、六だったな。すると……)

佐倉は咄嗟《とっさ》に計算を巡らせてから朝子を見すえた。

「お二人の間に兄弟姉妹は？」

「いないんです。皆さん不思議がられますけど」

「ほー、じゃ智念君は、忘れた頃にひょっこり生まれて来た訳だ」

「わたしもびっくりしました。母に、弟が出来るよ、と言われて。わたしはもうひとりっ子で終わるものと思ってましたから。尤《もっと》も母は、わたしを産んで二、三年後に一度流産をしたそうです」

隣で三宝が目を瞬《しばた》くのに気付いた。対面してから三宝の目はひたすら智念朝子に凝らされている。電話でかいつまんで話した彼女の経歴に好奇心をくすぐられたからか、あるいはその美貌に見惚《みと》れているのか？

「じゃ、もしかして三人姉弟だったかも知れないんだね」

「ええ……」

「それにしても、弟さんとそれだけ離れていると、お母さんの代理が出来たんじゃないかな？」

「そうですね。オムツも替えてやりましたし、お風呂にも入れてやりました。三歳頃になると、おいたがひどくなってお風呂に一緒に入るのはやめましたけど」

「ほー、どんなイタズラ？」

「とっくに乳離れしているはずなのに、わたしの胸に吸いつこうとするんです」

朝子の手がワンピースの胸もとに一瞬伸びた。静かに息づいて高まりを見せている

そこに思わず目をやった佐倉は、後ろめたいものを覚えてすぐに陽一郎に目を転じた。

「姉はよくそんなことを言うんですけど、僕は身に覚えがないんですよね」

陽一郎は苦笑の体で佐倉を見返し、次いで三宝を見た。

「三歳だと、微妙なところかな。三宝はどうだい？」

佐倉は陽一郎の視線を辿《たど》るように脇に目をやった。

「一番古い記憶は何歳頃かな？」

「さあ、どうかしら？」

三宝は困惑の表情を浮かべた。

「幼稚園で遊んでいた記憶がぼんやりとありますけど、幾つの頃だったかは……」

「わたしの一番古い記憶もその頃かしら」

朝子が助け船を出すように言った。

「父母に連れられて初めて海水浴をした時のことを覚えています」

「科学者だったか文学者だったか、ちょっと変わった天才肌の人だったように思いますけど……」

陽一郎が佐倉を見て言った。

「自分は母親の産道を通ってきたような記憶が漠然とある、なんて言っている記事を読んだことがあります。本当でしょうか？」

「眉唾物だな、それは」

佐倉は笑った。

「でも分かりませんよ」

朝子が悪戯《いたずら》っぽい笑顔を佐倉に返した。

「余程難産の末にこの世に出て来たんじゃないでしょうか？　もがいて苦しんで……。天才と言われる人の頭は普通の人とは違っていますから、あるいはそんなことがあるかも知れませんね」

自分が一笑に付したことを有り得なくはないと反論してみせる朝子の柔軟な頭に佐倉は感心した。見えない物の存在を予知してノーベル物理学賞を授与されている天才達の頭脳は確かに測り知れない。数学は人並み以上に出来たが物理は大の苦手で、大学受験の理科は化学と生物を選択した程だから、毎年十月のノーベル賞の発表で物理学賞の内容が披瀝《ひれき》される度に、彼らの頭と自分の頭はモノが違うとの思いを新たにさせられてきたものだ。

朝子の「天才と言われる人の頭は云々」の一言で図らずも遠い受験時代まで思いを馳せていた佐倉は、

(そうかもしれませんね)

と相槌《あいづち》を打とうとしたが、料理を運んで来た店の者に出端を挫《くじ》かれた。

「頂きまーす」

健康そうな白い歯を見せて朝子が言った。

陽一郎と、隣で三宝がそれに和し、箸を取り上げたのを見届けてから佐倉も箸を取った。

店が賑わって来た。そのせいか当初は間断なく出て来た料理が暫く途絶えた。

「何か、こちらのお姉さんに聞きたいことはないかい？」

佐倉が三宝をつついた。

「沢山あります」

三宝の率直《そっちょく》な返事に、朝子は大粒の目をさらに丸めて頬を弛《ゆる》めた。

「どうぞ、何でもお聞きになって。一期一会、もうお会いすることはないかも知れないから」

陽一郎が相槌を打つのを見て、佐倉の目から微笑みが消えた。

「また戦乱の地へ行かれるのかな？」

三宝より先に口走っていた。

「いえ、暫くは骨休めするつもりでおりますが……」

語尾を引いたのが気になって訝った佐倉の目に答えるように朝子は二の句を継いだ。

「どうしてもと要請があれば、また出掛けて行くかも知れません」

「ＭＳＦのスタッフが戦乱に巻き込まれて命を落とした、というニュースは、私の知る限り聞いていないが、実際はどうなのだろう？」

「ええ、幸いこれまではありませんが、その危険と常に隣り合わせであることは事実です。ＭＳＦの活動は極秘で行われているのですが、ニュースに報じられて、爆撃機に空爆されたこともあります」

「たとえば、軍服を着た兵士が近付いて来た時、政府側の人間か、反政府側の人間かの区別はつくのかな?」

佐倉は朝子の目を求めて言った。

「なかなかつき難いです」

朝子は首を振った。

「わたし達は直接兵士達に接することはなく、あくまで、負傷した民間人ばかりと接していますから」

「紛争地で医療活動をしているのは〝国境なき医師団〟だけですか?」

朝子を見据えたまま口籠《くちごも》っていた三宝が漸《ようや》く口を開いた。

「いいえ、国際赤十字や、国連からの医療団も加わっていますよ。その他、NGOと言って、政府とは無関係に、平和や人権問題などで国際的な活動を行っている非営利の民間組織の人達もいます。医療だけでなく物資の援助も行っているわよ」

朝子は慈しむような目で三宝を見ながら答えた。

「十幾つものNGOが来ているんだよね」

陽一郎が姉に目をやって言った。

「そんなに沢山?」

三宝が驚きの声を上げた。

「実際はもっと多いかも知れません」

朝子が三宝の目を受け止めて言った。

「紛争地はアフガニスタンやアフリカばかりでなく、中東にもあります。紛争の他に、自然災害に対する緊急の援助活動や、コレラ、マラリア、エイズなどの感染症対策にも赴きますから、幾ら人がいても手が足りないくらいなのよ。難民に食糧や医薬品を届ける作業もしていますから」

「お姉様は、幾つもの国に行かれたんですか？」

「そうね、インド、パキスタン、インドネシア、アフガニスタン、イラク、イエメン、エチオピア等々、かしら」

「そんなに沢山？　御自分の意思でなく、上からの命令で行く先が決まるんですか？」

「原則はそうね。どこどこにどういう職種の人が足りないから行ってくれないか、と要請を受ける訳。厭《いや》なら断ることも出来るけれど、ＭＳＦに入ったからには求められる所どこへでも行く覚悟でいたから、ノーと言ったことはないのよ」

二人のやりとりを、佐倉は複雑な思いで聞いていた。三宝が智念朝子に並々ならぬ関心を抱き、崇敬の眼差しで朝子を見据えていることを感知したからだ。

(まかり間違っても、MSFに入りたいなどと言い出さないでくれよ)

「ところで」

佐倉は二人の会話に割って入った。

「陽一郎君は、MSFが何年か前にノーベル平和賞を貰ったのがきっかけでMSFに関心を持ち、さてはその一員になることを決意したと言っていたが、本当はそうじゃないだろ?」

「えっ……?」

「忘年会で言っていたよね。姉さんからMSFの話を聞かされて医者になることを決意したって。それが本音だろ?」

「医者を志したのは確かに姉の影響ですが、MSFに入ろうとまでは思いませんでした。姉から勧められたこともありませんし……」

姉と目配せを交わし合ってから陽一郎は答えた。

「外科医もそうだが、産婦人科医は年々成り手が少なくなって、鉄心会でも貴重な存在だからずっといて欲しいんだが。君が来てくれるまで離島の産婦人科医は徳之島病院の桜木《さくらぎ》君ひとりだったから、君の着任のことを話したら理事長はいたく喜んでくれてね。いずれはＭＳＦに行くことが彼の就職の交換条件ですが、と伝えたら、日本にまだまだ使命がある、後継者を育ててから出て行くならいいがって仰《おっしゃ》ってた。どうでしょうね、お姉さん」

佐倉が不意に向けた視線に、朝子は初めて戸惑いの色を示した。

「弟が産婦人科医になったのは――」

薄くルージュの入った形の良い唇を一度キュッと結んでから、半ば弟を見やりながら朝子は口を開いた。

「わたしがＭＳＦでの体験を話して、地雷で手足を吹き飛ばされたり、銃弾で胸やお腹を貫かれたりと血腥《ちなまぐさ》い負傷者の手当てに追われる中で、唯一明るいニュースは子供の誕生で、日本の産婦人科医はいないけれど、外国人の産婦人科医が獅子奮迅《ししふんじん》の働きをしているなどという話をしきりにしたことも影響しているかも知れません」

陽一郎が「うんうん」とばかり頷きを繰り返した。

「姉から聞くＭＳＦの医師達は、物凄い使命感を持っているんですよね。こういっては何ですが、僕の周り、ことに同期生達に、それ程の使命感を持っている人間は見出せませんでした。半数は開業医の親の跡継ぎになるために医者になったという者達で、後は、社会的ステータスがいいからとか、女性に持てるからとか、そんなことを恥じらいもなく大っぴらに言ってのける奴ばかりで、徳岡鉄太郎《とくおかてつたろう》先生の自伝を読んだり姉からMSFの話を聞いて医者を志した自分は、何となく違和感、疎外感を覚えていました。

MSFに入れば使命感を共有できる人達に囲まれて、一体感、医師としての本当の生き甲斐を覚えられると思うんです」

熱弁を揮《ふる》いながら、陽一郎は時に佐倉を、時に三宝に視線を凝らした。三宝は身じろぎもせず聞き入っている。そんな三宝の様子を佐倉はそれとなく流し見やっていた。

「ここでは生き甲斐を覚えられないのかな？」

少し茶茶を入れたくなった佐倉は陽一郎を、次いで朝子を見た。

「いえ、そんなことは……」

陽一郎は虚を衝かれた面持ちで首を振った。

「ここにおられる先生方は、これまで勤めた母校や関連病院の先生方とはやはり違います。まだ一年そこそこのお付き合いなのでよく分かっていないのかも知れませんが、関連病院で覚えた違和感や疎外感はありません。むしろ、居心地のいいものを覚えています。徳岡理事長の医療理念が浸透しているからだと思います。理事長の本を読んで鉄心会に入ったという人が大部分のようですし。ドクターばかりでなく、ナース達も」

陽一郎の目が三宝に移った。三宝にたじろいだ様子はなく、大きく相槌を返した。

三宝がここへ来て間もなく、佐倉は徳岡鉄太郎の著書を読ませていた。同期生の誘いで東京の公立病院に勤めていた頃購入したものだ。こちらに近く鉄心会病院が出来る、地元民は大歓迎だが医師会が猛烈に反対しているので何故《なぜ》だろうと思って徳岡理事長の本を読んでみた。なかなかどうして、一本筋の通った、立派な医療理念の持主だ。そっちの病院は余り面白くないようだから、どうだろう、鉄心会病院に応募してみては、との義父の話に〝渡りに船〟とばかり飛びついたのも、徳岡の本を読んでいた下地があったからだ。

三宝は一晩で一気に読み切ったと言った。挙句、

「お父さんがこちらへ来た理由が分かりました」

と続けて涙ぐんだ。

三宝の母、他ならぬ若き日の愛人中条志津《しづ》の乳癌の手術を手がけた秋田の尾坂病院が、鉱山閉鎖の煽《あお》りを食って無床の診療所に転じて、自分は居残ると決めた内科の院長からそれとなく退職勧告を匂わせられた時、佐倉の脳裏に咄嗟に浮かんだのは徳岡鉄太郎の顔だった。

一日、佐倉は東京へ飛んで鉄心会本部に徳岡を訪ねた。事前に事務局長の宮崎《みやざき》に連絡を入れ、アポイントメントを取りつけた上でだ。

鉄太郎と一対一で向き合ったことはそれまで一度だけある。塩釜の鉄心会病院に勤めて数年後、全国の鉄心会傘下の病院長や副院長が年に一度本部に召集されて鉄太郎の訓示を聞くことになっていた会合に、外科部長に副院長の肩書も加わっていた佐倉も赴いたのだ。鼻根に食い込んだ眼鏡と一体となっているような炯々《けいけい》たる徳岡の目に圧倒されたものだ。

その眼光は些《いささ》かも衰えていなかった。

「やあ、久し振り。元気でしたか？」

数年のブランクは何でもなかったような口ぶりで徳岡は佐倉を迎えた。

「覚えていて下さいましたか？」

肩の力がスーッと抜けるのを覚えた。

「勿論、履歴書を拝見してすぐに思い出しましたよ。そうか、秋田に行っておられたのか。その直前だったか、確か一度、お電話しましたよね？」

「はい、何故やめるのかと聞かれ、お恥ずかしい家庭の事情をお話しました。それならどうだろう、息子さんと一緒に僕の地元の徳之島へ行きませんか、と仰って頂きました。離島の学校に入れれば息子の素行も改まるよと」

「息子さんには話されたのかな？」

「私からは言い出し難かったので、家内に言わせましたが、馬耳東風だったようで、折角のご好意に添い得ませんでした。お断りするのが辛《つら》かったので直接理事長先生にはご返事できかね、宮崎さんに宜しくお伝え頂きたいと申し上げましたが……」

「でも、またどうして北の方へ？　この尾坂病院に何か伝《つて》でもあったのかな？」

徳岡は佐倉が宮崎に送った履歴書を取り上げてその一点を指さした。

「大学の同期生の浅沼《あさぬま》君というのがそこの外科部長を務めていたのですが、仙台の学会でばったり出会った折、そろそろメスを置いて内視鏡に専念したい、ついては郷里の大館《おおだて》で開業したいと思っている、誰か跡を継いでくれるものがいないか探しているところだ、よければ来ないか、と持ちかけられまして……」

「ま、南方の徳之島育ちの僕から見ると秋田は外国さながらに思えるが、郷里も大学も東北のあなたには、ちょっと離れた土地くらいの感覚で、抵抗はなかったのでしょうな」

「そうですね。車を飛ばせば三時間程度で行けますからね」

「で、息子さんはどうなりました？　ひょっとして一緒に連れて行かれた？」

「滅相もありません。結局私には反発したまま高校も中退しまして……それから間もなく、呆気《あっけ》ない最期を迎えました」

「と、言うと……？」

「バイク事故です。女の子を乗っけて……幸いその子は骨折程度で済みましたが、何せ無免許で、もとより保険はありませんから、賠償金をたっぷり取られました。おまけに間に入ってもらった弁護士があこぎな男で、これまたしこたま弁護料を取られました……」

「それはご傷心でしたね」

封印していたはずの人物の顔、他でもない三宝を捨てた高校の同期生の父親のそれが思い出されて不快なものが胸をよぎっていたが、徳岡の労《いたわ》りと、傍らで相槌を打っている宮崎の同情のこもった眼差しに慰められた。

「どうでしょう、佐倉先生」

わだかまりかけた沈黙を宮崎が破った。

「理事長のお膝下の奄美大島に百床ばかりの病院を着工しております、半年後にオープン予定です。手術室も二つ作ります。そちらへ院長兼外科のチーフとして行って頂けませんか？」

宮崎には理事長訪問の趣意を事前に伝えてあった。その際、鉄心会に再就職したいが、空いたポストはあるかとまず尋ねた。

「塩釜の病院をご所望ですか？」

と宮崎はすかさず返した。てっきりそう取った節だ。

「いや、郷里に戻る気はありません。離れた所ならどこでも」

佐倉の返事に一瞬口ごもってから、宮崎が続けた。

「それでしたら、心当たりがあります。理事長にご意向を伝えて、また折り返しご連絡させてもらいます」

半日と置かず宮崎は電話を寄越し、是非近々ご上京頂き、理事長に会ってもらいたい、と伝えて来た。

奄美大島の話は、無論宮崎の思いつきではない。徳岡と根回しした上での打診だった。

佐倉は二つ返事で、

「行かせてもらいます」

と答えた。

「じゃ、先生に病院の青写真を」

破顔一笑して徳岡が宮崎に目配せした。

「あ、そうですね」

宮崎は一礼して部屋を飛び出すと、待つまでもなく小脇に長い筒を抱えて戻って来た。

「亡くなったお子さん以外に子供さんは？」

宮崎が筒から新病院の見取り図を取り出している間に徳岡が尋ねた。

「下に男の子が一人おります」

「御幾つかな？」

「高校生になったばかりですから、十五か六ですか」

息子の誕生日はおろか、年齢も正確に覚えていないことに佐倉は気がついた。

「奥さんは仕事をお持ちかな？」

「ずっと専業主婦でしたが、子供の手がかからなくなったと言って、最近、鉄心会病院の調剤薬局に勤めさせて頂いております」

「あー、先生が前に居て下さった塩釜の？」

「ええ……」

「じゃ、奥さんは薬剤師？」

「ええ……」

品子《しなこ》が調剤薬局に勤め出したことは、離婚を切り出すべく塩釜に帰った時に打ち明けられた。離婚に同意してくれたらこれこれの保障をする旨箇条書きにしてきたものを呈示したが、そのメモに品子がさして関心を示さなかったのは、こちらの要望を受け入れる気はさらさらなかったことと相俟《あいま》って、勤め出して経済的自立の見込みが立ったからだろうか、と佐倉は疑った。六千万円かけた塩釜の家土地は品子の名義に変えてそっくり譲る、別れた後の生活費も毎月二十万円送る、とまで書き、この大盤振る舞いには乗ってくれるだろうと高をくくって臨んだのだったが、「三年待って」とあっさり返された。秀二《しゅうじ》が大学に入るまでは、と。

「大学はどっちへ進むつもりなんだ？」

質問を放ってから、息子の進路のことなど気にもとめていないことに思い至った。

「さあ、まだ先のことだから決めていないでしょ。はっきりしていることは、医者には絶対にならないそうよ。あなたが反面教師になっているみたい。火宅の人ですものね」

「医者は、俺一代でいいよ。開業医でもないんだし」

棘《とげ》を含んだ品子の言葉にむっとして佐倉は切り返した。気まずい沈黙が流れた。

「ま、そういうことですから、三年は待って下さい」

念を押すように言って、「この話はもうおしまい」とばかり品子は早々に席を立った。


店内が静かになったが、四人の談笑は夜が更けるまで続いた。女将が気を利かせて料理が引けた後お茶を淹れ替えに来た。

「先生、両手に花でご機嫌ですね」

「うん？　ああ、まあたまにはいいだろう？」

佐倉はにやっとしてそれとなく朝子を流し見た。

「花は花でも」

佐倉の視線を然《さ》り気《げ》なく外して朝子は、女将の目を三宝に向けさせた。

「こちらのお嬢さんは今正に爛漫の時を迎えていらっしゃいますが、わたしなどは徒《あだ》花《ばな》です」

「何を仰いますか」

すかさず女将が返し、

「ね、先生？」

と佐倉の同意を求めるように言った。

「こんな目の覚めるような綺麗な方、初めてですわ。どちらのお生まれかしら？」

さてどう答えたものかと、佐倉は相好を崩して朝子を見やった。朝子も含み笑いをして肩をすくめながら佐倉を見た。

(エメラルドの目だ！　ここの海のように澄んで深い)

独白を胸に落としてから、

「沖縄だよ。ご両親は今も健在だそうだ」と佐倉は女将に返した。

「まあ……！」

女将は目を丸めた。

「同郷よ。嬉しいわ！　沖縄は、どちらかしら？」

「名護《なご》です」

「北の方ね。あたしは南の方の糸満《いとまん》。もう両親は天国へ行っちゃいましたけど」

「ああ、そうだったたね」

佐倉はいつか女将から聞き出した生いたちを思い出して頷いた。

「お二人、そう言えば目もと口もとが似ていらっしゃるわ。じゃ、やはりお医者さんでいらっしゃいますの？」

女将が朝子と陽一郎を交互に見やってから、朝子に目を凝らして言った。

「いえ、看護婦です」

朝子がすかさず返した。

「看護婦さんと言ってもね、普通の人じゃないんだ、この方は」

佐倉が続けたのへ、女将が訝った。

「と、仰ると……？」

「国境なき医師団で働いておられるんだよ」

女将は「うん？」とばかり首を傾《かし》げた。

「外国のあちこちで紛争が起こっているだろう？」

「ええ、ええ、アフガニスタンとかアフリカとか……？」

「そうそう。そうした争いで犠牲になるのは一般市民なんだね。爆撃を受けたり、無数に埋められた地雷を踏んだりで大怪我をした人達の医療行為に当たっている団体が国境なき医師団なんだよ」

「国境なき——というのはどういう意味なのかしら？」

女将は目を佐倉から朝子に転じた。

先刻までの目つきとは違っている。

「そうですね」

佐倉の視線を一瞬受け止めてから、朝子は女将に向き直った。

「どこの国の人であれ、最も助けを必要としている人々の所へ出向いて援助を行う、という意味ですね。援助と言っても、わたし達に出来ることは医療を通してのものでしかありませんけれど……」

陽一郎がコクコクと頷いた。そんな陽一郎を三宝がじっと見すえているのが先刻来佐倉は気になっていた。

戦　慄

帰宅した佐倉は、時計が十一時を回っているのに気付き、慌ててテレビのスイッチを入れ、冷蔵庫から牛乳を取り出した。コップに注いだそれを半ば一気に飲み干してから、コップを手にリビングのソファーに腰を下ろした。

宴席では脳裏から失《う》せていたが、帰途についた途端に思い出した。

（今日は野茂《のも》の登板だった。勝ってくれただろうか？）

日本のプロ野球に興味はなく、スポーツ中継で見るのは専らテニスの四大大会くらいだったが、野茂が大リーガーになってからは違った。時間の許す限り野茂の登板日はテレビのチャンネルをＢＳに合わせた。見逃した場合は午後十一時からのＭＬＢダイジェストを見ることにしている。

野茂は不肖の息子だった高志《たかし》にどことなく似ている。そう気づいたのは、野茂の姿を初めて見た時で、塩釜の鉄心会病院から秋田の尾坂病院に移って間もなくだった。高志がバイク事故で亡くなる前だ。高志の不行跡に耐えかねていたところ、大学の同期生浅沼から自分の後釜に尾坂病院へ来てくれないかとの誘いに「行くよ」と即答したのも、息子と、彼を庇《かば》う妻品子から逃れたい一心からだったが、異国の地のマウンドに立つ野茂の、まだどことなく少年のあどけなさを残す顔が高志のそれにダブったのだ。

近鉄時代の野茂はほとんど知らない。新聞のスポーツ欄もプロ野球のそれは読み飛ばすことが多かったから、おぼろげに顔は知っていたが、野茂と高志を比べることもなかった。尤も高志はまだ幼かったから比較の対象にはならなかったのだろう。

代名詞にもなった独特のトルネードに移る前、野茂は暫し直立不動の姿勢を取る。その後姿に、とかくのことを言われながら勇躍海を越えて異郷の地に飛んだ男の哀愁のようなものを佐倉は感じた。中条志津との一件がきっかけで母校の庇護を断ち、以後はアウトサイダーの境涯に甘んじてきた自分とも重なった。

(許してやってもいいか)

野茂がマウンドに立つ度、高志の顔が浮かんで来て、妙に寛大な気持ちになり、こんな独白を漏らしたりもした。

そうした感情はことに、野茂が打ち込まれて降板を告げられ、唇をかみしめてベンチに引き下がる姿や、自分の不甲斐なさを棚に上げてベンチの壁にグラブを叩きつけたりバケツを蹴飛ばしたりする性格の悪い大リーガーとは裏腹に、大人しくベンチにかけて汗を拭いながらややうつろな眼差しをグラウンドに向けている寂しげな佇《たたず》まいを目にする時、否でも佐倉の胸に高まるのだった。だが、そんな矢先に高志はこの世から姿を消してしまった。

野茂の登場しないMLBはさして興味がない。彼の所属するドジャースの試合を見終わったところでテレビを切り、病院から持ち帰っていた智念朝子の本を開きかけた時だった。

突如、右のあばら骨の下から鳩尾《みぞおち》にかけて激烈な痛みを覚え、本を打《う》っ遣《ちゃ》って佐倉は鳩尾を双手で押さえ、上体を屈めた。

(何だ、この痛みは?)

東京の公立病院にいた時は年に一度定期検診を受けていたが、その他には、塩釜の鉄心会病院時代と尾坂病院に勤め出した最初の年に胸部X線と心電図、それに極一般的な血液検査を受けた程度で、こちらへ来てからはまだ一度も検診らしきものを受けていない。

(アニサキス?)

一年も前だったか、緊急開腹手術を行った七十歳の男性のことが思い出された。俳優の森繁久彌と同じ、小腸に食い入ったアニサキスだった。次いでそれより数年前、初めてその名を知った時のことが思い出された。

尾坂病院に勤めて間もなくのことだ。大学の同期の浅沼が一人の患者を紹介してきた。自分と同じ年頃の中年の男性だった。昼食後暫くしてから急に上腹部痛を覚えたと訴えて、夕方の診療を終える間際に浅沼の診療所に妻君に抱えられるようにして飛び込んで来たという。何か変なものを食べていないか問いただすと、別に変わったものは食べていない。今朝までは何ともなかった、昼に、真夜中釣ってきたアジを刺身にしたものをあてに一杯やったが、それがいけなかったのか、と顔を歪めながら男は言った。漁師だからそんなことは日常茶飯事なんだがと。昼間だから酒の量はそんなに多くない、焼酎を水割りにしたものを二、三杯飲んだだけだという。

腹を触ると、鳩尾に相当な圧痛を訴えるが、腹膜炎までは起こしていなそうだ。まずはエコーをやったよと浅沼は言った。

「胆石か膵炎《すいえん》を疑ってね」

しかし、どちらも否定されたので、帰り支度をしていた看護婦を留めて胃カメラの準備をさせたという。胃や大腸の内視鏡は浅沼の得手とするところで、それで発見した胃癌や大腸癌患者をよく佐倉に紹介してきたものだ。元々は外科医だったから、そうした患者が手術の折りは佐倉の前立ち（助手）をして手伝ってくれた。

「驚いたよ」

と浅沼は話を続けた。

「てっきり潰瘍《かいよう》かびらん性出血性胃炎が見つかるかと思ったんだが、ぱっと見何もないんだ。しかし、よくよく見ると、体部の後壁に浅い陥凹《かんおう》があって周囲が盛り上がっている。

しかもそこに、何か白い寄生虫のようなものが見える。生検鉗子で捉えるとピクッと動いたが、そのまま引き摺り出した。長さ四センチ、太さは二ミリ程の紛れもない虫だ。アジの刺身を食ったと言っていたからはは一んと思い当たった。

経験はなかったが、内視鏡の雑誌の特集かなんかで見たことのあるアニサキスだと。

一件落着かと思ったが、こいつが頭を突っ込んでいた所の浅い潰瘍が気になった。アニサキスが食いついたからできたものかと思ったが、念のため数ヵ所つまんでみた。するとどうだ、グループ５と出たんだよ」

〝グループ５〟とは五段階中最悪なもので癌に他ならない。

「こういうのをなんて言うんだ？　〝瓢簞《ひょうたん》から駒〟とでも言うのか？」

浅沼は上機嫌だった。

「そうだな、してやったりというところだね。アニサキス様様だな」

佐倉も声を上擦らせた。もし男がアジの刺身を口にしていなかったら癌は見逃されたまま時日が過ぎて行っただろう。

「ボールマンⅡ型だから、半年やそこら遅れても大丈夫だったろうけどね」

手術の手伝いに来てくれた浅沼と術後に切除した胃を開いたところで佐倉は言った。

「いやいや、奴《やっこ》さんは風邪ひとつ引いたことがない、体には自信があったし、自営業で検診も受けたことがないから青天の霹靂《へきれき》でしたと言っていた。半年どころか、二、三年症状が出るまで放っておいたかも知れんぜ。幾らボールマンⅡ型でも、その頃には胃の全摘になったかもな」

手術は胃の下三分の二を取り、上部三分の一を残す部分切除で終えられた。

ボールマンⅡ型とは、癌性潰瘍が土手状に盛り上がった粘膜で包まれて周囲の粘膜とははっきり一線を画しているドーナツ状のもので、富士の裾野のように癌が広がっているⅢ型や、胃の粘膜下に蒲鉾状に這って境界が見定め難いⅣ型、いわゆるスキルス癌（硬癌）に比べ、格段に予後が良い。

「内視鏡学会の地方会に出そうかと思うんだが、どうだい？　それとも君が外科学会に出すかい？」

浅沼はこうも言った。

「いやいや、このケースに限っては君の手柄だ。君が出してくれたらいい」

専門医の資格更新は五年ごとに巡ってくる。浅沼は内視鏡と内科の専門医だ。佐倉は外科のそれだが、更新には少なくとも年に一回は全国規模の学会に、地方会にも二回以上出ていないと規定のポイント数を確保できない。単に参会するよりは演題を発表する方が高いポイントを得られる。共同演者ではポイントにならない。筆頭に名前を掲げた者だけの得点になる。

内科系の場合は学会に出るだけでも最先端の知見を吸収できるから出席することに意味はあるが、外科系は、手術をどれだけこなしたか、それも、局所麻酔で出来る平易なものではなく、全身麻酔を要するもので、しかも多岐に亘《わた》り、難手術とみなされる食道や肝臓、膵臓の手術もこなして良好な成績を収めてこそ専門医と評されるべきではないか、と佐倉は考える。専門医申請の当初にはそれまでの手術経験数、種類を問う項目が設けられているが、以後は学会の出席数の如何《いかん》のみが問われるのは承服し難いと思っている。

尾坂病院に来てからは、地方会に二、三度出ただけだから大したポイントは稼げていない。全国規模の学会は、それこそ数年前、母校の教授が会頭となった仙台での日本外科学会に出たきりだ。佐倉はそこで、塩釜の鉄心会病院に在籍していた間に手がけた乳癌に対する「乳房切断術＋広背筋皮弁《こうはいきんひべん》による一期的乳房再建術10例」の演題を発表した。たまたまそれに参加していた浅沼と再会したのが人生の転機となったのだった。


〝こころ〟で出された刺身はアジやタイ、イカだったな――と佐倉は思い返した。

(青木《あおき》を呼んで内視鏡をやってもらうか？)

脂汗をたぎらせてうずくまったまま、こんな考えが脳裏をかすめた。

同時に朝子の顔が浮かんだ。内地では手術勤務が専らだと言っていたが、異国の紛争地では内視鏡を駆使する医師の手伝いにも従事していたと聴いた。内視鏡にはそれなりの準備がいる。胃の動きをとめるブスコパンの注射、のどの麻酔薬キシロカインスプレー、万が一の急変に備えての点滴のための血管確保、怪しい所があればそこをつまむための生検鉗子。自分の場合、もし診断通りの〝アニサキス〟が見つかったらそれをつまみ出すために生検鉗子は必須だ。

医者は内視鏡を挿入するだけで、諸々の事前準備は看護婦の仕事だ。

青木を呼ぶなら、朝子にも手伝ってもらえれば有り難い、いや、嬉しいし、心強い、と佐倉は思った。銃弾や地雷による負傷者ばかりでなく、自分のような〝急性腹症〟の患者にも手馴れているだろう。

どれ程うずくまったまま逡巡を重ねていたか知れない。ほとんど携帯電話に手がかかりかけた時、(おや?)と思った。先刻までの痛みが嘘のように引いている。

(まさか！　糠喜《ぬかよろこ》びだろう！)

半信半疑のまま佐倉はそっと鳩尾に押し当てていた手を放し、背筋を立てた。

喜びが胸を突き上げてくるのを覚えながら、そろっと立ち上がった。そのまま上体を左右に振ってみたが、やはり何ともない。

(何ともない。おかしい！　何だったんだ?)

脂汗をたぎらせた所為《せい》か、無性に喉の渇きを覚えた。冷蔵庫からミネラルウォーターを取り出し、コップに注いで一口二口、かみしめるように口に含んでから飲んだ。

快感をもたらしながら液体が食道から胃へと沁み渡り、更に佐倉は幸福感を覚えた。

（どうやら、アニサキスではなさそうだが……）

自己診断を下すと同時に、朝子に付き添ってもらいたいという夢想もあぶくと消え失せたことに思い至った。

無性に彼女の声、屈託のない笑い声を聴きたいと思った。

何事もなく一夜が明けたことをアラームで目覚めて知った時、昨夜の苦悶は悪夢の一コマかと思った。

恐る恐る朝食を摂った。トーストとコーヒーに留めた。いつもならそれに、生ハムをレタスに添えたものを摂るのだが、今日は控えた。テレビのスイッチを入れ、ソファーにもたれてコーヒーをすすりながらBSの海外ニュースを見る。同時刻にもう一つのチャンネルで野茂の登板する大リーグの放送をしていたら勿論そちらを優先するが、今朝はヤンキース対レッドソックスで、ドジャースの野茂とは無関係だ。海外ニュースでビル・クリントン米大統領と元ホワイトハウス実習生モニカ・ルインスキーの不倫問題が連日のように取り上げられており、野茂の出ない大リーグはつまらないからここ数日は専らこちらのチャンネルに合わせている。

野茂は明日、一週間振りに先発と予告されている。午前九時からの放送ということだからライブでは見られないが、午前零時からのＭＬＢダイジェストが楽しみだ。平日は午後十一時からの放送でつぶらな瞳と筋の通った鼻、愛らしい口もとが魅力的な若い女性がキャスターを務め佐倉のお気に入りだ。土、日は一時間遅れの放送となり、キャスターにもさほど魅力を感じないから、野茂が登板した日以外は見ない。

（今日は土曜で半日だったな。無事に過ぎてくれるだろうか？　智念朝子は午後には東京に戻ると言っていたな）

朝食を終え、出勤の身支度をしながら、佐倉はとりとめのないことを想い巡らした。午前は外来だ。着任して間もない塩見《しおみ》悠介《ゆうすけ》と、自分も胃カメラくらいマスターしたい、やがて赴くつもりの紛争地ではその必要性に駆られることもあるだろうからと、最近になって産婦人科医の智念陽一郎も入院患者の回診を済ませたところで内視鏡室に走り、青木隆三《りゆうぞう》の手際を見ている。他のスタッフ、久松《ひさまつ》と沢田《さわだ》のどちらかは隣の加《か》計呂麻《けろま》島に非常勤医として出かけ、残った方が病棟回診に出ている。

加計呂麻島には青木も手術日でない水曜に赴いている。外科の患者はそんなに多くないから、週二日の非常勤で足りているし、青木は外来の合間に胃の内視鏡も一、二例手がけ、午後は大腸の内視鏡検査も時に手がけている。

午前の診療を無事終えると、昼食に食堂へ降りる前に佐倉はエコーの検査室へ赴いた。X線技師の田所《たどころ》が午前中の最後のエコー受検者を送り出したところだ。

「済まないが田所君」

佐倉の闖入《ちんにゅう》にも別段驚いた様子も見せず笑顔を見せた技師に佐倉は「ご苦労さん」と声をかけてから続けた。

「僕の腹を診てくれないか」

田所の顔から微笑が消えた。

「どうかされましたか？」

佐倉は前夜のエピソードを話した。

「ひょっとして、胆石かも知れないと思ってね」

「以前に同様のエピソードがお有りだったんですか？」

田所は立ち上がり、ベッドに佐倉を促しながら尋ねた。

「いや、初めてだ。エコーもしたことがない」

「分かりました。院長のカルテは有りますか？」

「いや、ない。至って健康で来たからね。薬も何も服用していないし……」

「そうですか。でも、作られた方がいいですね。エコーの所見用紙を貼るところがないと……」

「そうだな。作ってもらうよ。血液検査もいい加減しといた方がいいしな」

「女房に作らせましょうか？」

田所の妻は医事課の係長でナンバー2だ。

二人は徳之島病院に勤めていて知り合い、いわばオフィスラブの結果数年前に結婚、こちらの病院が出来ると同時に徳之島から移ってきた。二人の間にはまだ幼い子供が一人おり、病院の敷地内の一隅に設けられた保育所に預けて送り迎えしている。

「いや、いい」

今にも受話器を取り上げんばかりの素振りを見せた田所に返して、佐倉はベッドに仰向けになった。

「午後からでも僕の方から言うよ。今は取り敢《あ》えず診てくれないか」

「はい」

田所は素直に頷き、白衣とシャツも脱いだ佐倉の腹にプローブを当てた。

「あ、ご推察通りですね。胆石があります」

ややあって田所がエコーの画面を佐倉の方に傾けた。

「うん……？」

佐倉は枕につけた頭を横に向けた。

「飴玉のような石が数個見られます」

「胆囊《たんのう》は、腫れてないね？」

「はい、炎症を思わせる所見はありません」

「総胆管には石はないかい？」

「あ、ちょっとお待ちください」

あばらの下に当てられたプローブが鳩尾に移動した。

「大丈夫のようです」

「肝内胆管は？　拡張していないかな？」

肝臓で生成された胆汁は肝内の細い胆管を通って肝門部で左右の太い胆管に集まり、これはまたY字形に合流して一本のCBD（総胆管）となって十二指腸に注ぐ。

肝内胆管がエコーで一目瞭然に拡張している所見が認められたら、CBDに石か腫瘍――他でもない癌――が生じて胆汁の流れが滞っていることが示唆される。

「そうだな」

田所が示した画面の一点を見すえていた佐倉は安堵《あんど》の声で言った。

「石の一つが胆囊の出口を一旦塞いだんだな。それが外れて嘘のように楽になったんだ」

田所はコクコクと頷いた。

「よかったですね。外れなければ胆囊炎を起こしていたでしょうからね」

「うん、不幸中の幸いだったが、また起きるかも知れん。爆弾を抱えたようなものだ」

「どうされますか？」

「うん……？」

「ご自分でなさりたいでしょうけれど、そうはいきませんから、青木先生にでも手術をしてもらわれますか？」

佐倉は絶句した。痛みからすっかり解放されている今現在、手術のことなどまるで念頭に浮かばなかった。しかし、石がまた出口を塞ぎ、今回のようには運よく外れなくて嵌頓《かんとん》したまま半日も過ぎれば胆嚢炎になることは必至だ。そもそも胆石は女性に多い病気で、そんな患者を何人も手術してきたが、まさか自分にそうした事態が降りかかるとは夢にも思わなかった。まして、手術台に横たわっている己の姿など。

「うん、まあ、考えておくよ。暫く様子を見た上でね」

さりげなく返したが、重苦しい気分が胸を塞いでいた。

胆石の手術自体はさして問題ではないが、炎症を併発してしまった胆嚢を切除するにはやや気を使う。中条志津と別れて赴いた東京の郊外の公立病院時代、研修日を一日もらって関東医科大の消化器病センターに手術見学に通ったが、まだ若い修練士が胆嚢炎の手術を執刀しているのに目が行った。

胆嚢はゆで卵さながら腫れ上がって赤黒く、今にもはち切れんばかりの様相を呈している。若い外科医には難物と思われた。彼の前には五、六年年長かと思われる外科医が立っている。

「相当なシロモノだな」

指導医然とした前立ちの外科医が言った。

「そうですね」

と若い執刀医は答え、

「五十ccの注射器を」

と、術野をのぞき込んでいる器械出しのナースに手を差し出した。

「どうするつもりだ？　小切開を入れて吸引した方が早いぞ」

指導医が咎《とが》めるように言った。

「はい、でも、術野が汚染するのを少しでも防ぎたいですから」

修練士は涼し気な目を返すと、受け取った注射器をブスリと胆嚢壁に突き立て差し込んだ。暗緑色の膿《のう》が忽《たちま》ちシリンダーに逆流し、さしも腫れ上がった胆嚢もみるみる縮んだ。

「細菌の同定感受性検査に出して」

膿で満タン状態になった注射器を抜き取ると、機転を利かしてナースがさっと差し出した膿盆にそれを移し、修練士はしわがれたナスビのようになった胆嚢を把持鉗子で引き上げた。

（さて、これからだ）

佐倉は若い医者の次の手の動きに目を凝らした。

炎症を起こした胆嚢壁は分厚くなっている。その外側の漿膜《しょうまく》に小切開を入れ、そこからクーパーないし剥離子を差し入れて胆嚢を剝がしていくのが常套手段だが、ただでさえ薄い胆嚢の粘膜はその操作の過程で破れ、もし石があれば外に漏れ出てしまう。それだからと言って別段慌てることはなく、石を拾い上げ、石と共に流れ落ちた膿は吸引器で吸い取ってその辺りを生食水で何度も洗い直しておけば何ら後腐れはないのだが、手術のスムースな流れは中断される。

ところが、その修練士は胆嚢を把持した鉗子をぐいと引き上げて、いきなり総胆管を覆うグリソン鞘に剝離子を差し入れたのである。

「な、な、何をするつもりだ!?」

前立ちの上司が声を荒らげた。見ている佐倉も声にはならない同じ疑問を放っていた。

「CBDを露出してウインスロー孔を同定し、胆嚢管を見つけてまずこれにチュービングします」

〝ウインスロー孔〟とは胆嚢の根元の胆嚢管と、それが入り込むCBDとの間に出来る孔のことで〝チュービング〟とは胆嚢管に細いチューブを挿入することである。そこから造影剤を注入して総胆管を映し出し、結石が落ち込んでいないかを確認する。

「それは最後だろ！」

また上司が声を荒らげた。

「胆嚢底から漿膜を剝がしていくのが手順だろうに！」

「いや、漿膜は剝がしません」

相変わらず涼し気な目を上げて修練士は言い返した。

「なにっ！」

「僕のやり方でリスクを冒しそうだったら待ったをかけて下さい。それまでは黙って見ていてくれませんか」

上司は絶句した。佐倉も啞然として若い医者の端整な横顔を見すえた。

「どんなに炎症が強くても胆嚢管は温存されているはずですから、こちらからアプローチする方がずっと近道です」

それだけ言い足すと、修練士は術野に目を凝らした。

ウインスロー孔を同定すると、差し入れた剝離子で胆嚢管をすくい上げ、

「3-0糸を二本、それからアトムチューブとメスを用意して」

と修練士はナースに要求した。

上司は憮然として手を拱《こまぬ》いたままだ。修練士は意に介した風もなく、ナースから受け取った糸を剝離子の先端で捉え、一センチ長程に遊離した胆囊管をまず胆囊側で結紮《けっさつ》した。

次いでもう一本の糸をCBDに近い所の胆囊管にかけると、これは結ばず、尖刃刀の先で胆囊管に切開を入れ、そこからチューブを四、五センチ差し入れると、これを固定するように糸を結んだ。そうして先に結んだ糸との間をメスで切断、胆囊側に残った糸を引き上げながら、頸部から漿膜ごと胆囊を、肝臓から電気メスで剝離して行った。

肝臓の剝離面からはにじみ出る程度の出血を見たが、電気メスで簡単に止血された。目から鱗が落ちる思いだった。上司もさぞや見惚れて部下の手際に感じ入ったであろうと、佐倉はそっと彼を盗み見たが、充血した目に卑屈な色が垣間見られただけだった。

そのふてぶてしい――と上司はさぞやそう思っただろう――修練士こそ若き日の当《とう》麻《ま》鉄彦《てつひこ》だったと佐倉が思い至ったのは、当麻が本邦初の脳死肝移植を敢行して時の人になり、マスメディアでその顔が何度も公になった時だった。

回想

胆石の痛みは尿管結石のそれと並んで最も激烈な痛みで〝疝痛《せんつう》〟と称される、と患者には訳知り顔に講釈してきたが、自らは体験したことがなかったからおよそ説得力がなかった――と今にして佐倉は思う。

実際、右下腹部の激痛を訴えてくる患者は虫垂炎《アッペ》の穿孔《せんこう》による腹膜炎を併発したものでなければ、腎臓から流れ落ちた結石が下方の細い尿管にはまり込んだケースが圧倒的に多い。中には、何とか診察室には入ったものの、途端にしゃがみ込んで嘔吐を繰り返す患者もいた。

(尿管結石ならまだしもな)

疝痛を訴えて来た過去の患者の幾たりかを思い浮かべながら佐倉はひとりごつことしきりだ。尿管結石ならいずれ落ちるし、体外から衝撃波を当てて石を砕くESWL

(体外衝撃波結石破砕術)という手だてもある。手術で尿管を開いて石を取り出すなどはもう一昔前のことだ。

(今なら簡単だが、ここでオペを受ける訳にはいくまい)

「青木先生にでも手術をしてもらわれますか?」

という田所のさり気ない言葉が脳裏に引っかかって離れない。

(三宝の前で陰部を曝《さら》け出すのはな)

父親の沽券に関わる——と思うのだ。

(当麻さんの病院でやってもらうか?)

絶対的な安心感がこみ上げたが、

(いやまてよ、甦生記念には彼女がいたな)

と記憶が蘇《よみがえ》って佐倉の目は曇った。当麻と共にここで乳癌のオペをした長池幸与《ながいけさちよ》の顔が浮かんだ。手術後暫くしてから長池は手紙を寄越し、そちらで働かせてもらえないかと言って来た。驚いて当麻に相談した。別れた——と言っても愛人が出来てそちらに走った——夫の面影を先生に見たらしくて先生の近くにおりたいと思ったようですよ、という当麻の回答に二重に驚かされたものだ。

（病院に不満があって辞めたいと言い出した訳ではないから、まだ甦生記念にいるに違いない。いや、いるはずだ）

佐倉は長池幸与から賀状が来ていたことを思い出した。

「お蔭様で元気でおります。先生のご活躍をお祈りしております」

とだけ添え書きがあった。佐倉は別段何も書かず、返しの賀状を儀礼的に送った。

長池幸与を思い出した時、甦生記念に赴くことは出来ないと思った。いっときの気の迷いで今頃はもう冷めているだろうが、自分が現れることで彼女の心をまた乱してはいけないと思うのだ。〝焼け木杙《ぼっくい》に火が付く〟とは、一度は相思相愛になった男女がよりを戻した時の言い草で、元より一方的に相手が懸想してきたことだから自分達にその言い草は当てはまらないが、こちらに入院時に長池幸与が時折見せた思わせぶりな媚態が思い出されて、当麻のメスを受けに彼の地《か》へ赴くという選択肢は払拭した。

（さて、それではどうしたらいいのだ？）

胆石は無症状のまま経過して死後の解剖時に発見されることが五十パーセント程度ある、いわゆるsilent stone（沈黙の石）と称されるものだ、と書かれた論文を読んだことがある。

（しかし、自分の場合は既に一度疝痛発作を起こしたからサイレントストーンではない。これから無症状に過ぎるなら準サイレントストーンというところだが）

気休めの独白を落としたものの、また厭なことが思い出された。論文の著者の解剖学者は、こんなことも書いていた。

「サイレントストーンのまま過ぎた被剖検者の五割に胆囊癌の併発が見られた」

「胆囊癌の患者はほぼ百パーセント胆石を合併していた。一方、胆石患者は、放置された場合、約半数で胆囊癌を併発すると思われる」

もうかなり以前に読んだものだが、これはと思う論文はファイルしてあるはずだ。帰ったら探し出し読み返してみようと思うが、いつまで逡巡していても埒《らち》が明かない、次にまた発作が起きたら覚悟しなければなるまい、と佐倉は焦燥感に苛立《いらだ》った。胆囊の出口を塞いだ石が今回のようにすぐに外れてくれればいいが、下手をすれば外れないまま胆囊炎を併発することもある。

（そうだ、ドレナージで急場を凌《しの》ぐという手があった）

石によって流れを塞《せ》き止められた胆汁は胆囊内に充満し、大概は細菌感染を伴って膿と化し、高熱と腹痛をもたらす。時には内圧に耐え切れず胆囊が破裂し、腹膜炎をもたらすこともある。あるいは、炎症を起こした胆嚢が小腸を巻き込み、薄い小腸壁を融解して胆嚢小腸瘻《ろう》を作って、そこから胆石が膿と共にこぼれ落ちることがある。そうなれば胆嚢の炎症は自然緩解されるが、小腸に流れ落ちた石が今度は小腸の狭い所に引っかかってそこを塞ぎ腸閉塞を起こすこともある。実際佐倉は、そんな〝胆石イレウス〟を東京の公立病院時代に一例経験し、隔月で開かれていた関東甲信越消化器病学会で発表したことがある。

（ま、そこまで行くことは極稀だから、取り敢えずはＰＴＧＢＤで凌いでもらえばいいか）

ＰＴＧＢＤとはPercutaneous Transhepatic Gallbladder Drainage（経皮経肝胆嚢ドレナージ）のことで、局所麻酔で脇腹――と言うより右の側胸壁――からエコー下に針を肝臓に刺入し、腫脹《しゅちょう》した胆嚢にまで針先を進める方法である。陽圧になっている胆嚢内から針を通して膿汁が逆流してくる。洗浄を繰り返し、洗浄液がクリアになったところで針からガイドワイヤーを通し、先端が針先から出たことを確認して、針を抜き、代わりにガイドワイヤーにシリコンチューブをかぶせてワイヤーの先端が胆嚢内に出たところでワイヤーを引き抜き、チューブを皮膚に固定、先端をバッグに接続して一連の操作は終わる。

（現にこれで急場を凌ぎ、一夜で帰した患者もいた。そうだ、これでいこう）

午後からの入院患者のカルテカンファレンスの後ででも事と次第を話し、いざとなったら頼むよと部下達に申し伝えておこう——ここまで思い至って、漸く長い逡巡から解放された。

大きな安堵感が苛立たしい焦燥感に取って代わったところで、不意に智念朝子の顔が浮かび、おもむろに机に置いたままの『紛争地の生と死』を取りソファーにもたれて頁《ページ》を捲《めく》った。

読み出したらやめられなくなった。冒頭の件《くだり》、自分がなぜ看護婦を志したかのいきさつを語っている記述からして引き込まれた。

今は亡きオードリー・ヘップバーンが主演して話題をまいた『尼僧物語』をテレビで見て看護婦に憧れ、ヒロインのようにいつかは未開の地に赴きたいとの志を抱いたという件を読み終えた時、佐倉は慄然とした。

忘れもしない、高校受験を前にした年だ。仙台の映画館で封切られた『尼僧物語』を母親と見に行った。『ローマの休日』を見て以来ファンになったというオードリー・ヘップバーンが主演ということを母親が目ざとく新聞の広告で知ったのだ。受験勉強の骨休めにどーお？　と誘われ、母親と連れだって歩くのは気恥ずかしかったが、カソリックや修道院、それにシスターがどんなものか知りたい思いも手伝ってついて行った。

八月も終わりに近い、漸く暑さが和らいだ日だったが、午前中に出かけて見終わったのは昼過ぎで、冷房の利いた館内から外に出た途端、頭上から降り注ぐ白い陽光にクラクラッと目眩《めまい》を覚えた。それが、今し方見終わった映画のシーンと重なった。ヒロインのシスターが、母国ベルギーの植民地であるアフリカはコンゴに看護尼として赴く物語だが、ガラス張りの野営の病院でメスを揮う外科医のアシスタントを務めるうち、自分のような信仰は持たない、むしろ無神論者に近いこの外科医に心惹かれていく。異性としてよりは、医療に傾ける情熱、外科医としての腕の確かさに。

屋根はあるが壁はないオープンステージのような病院、それを支えるアフリカの大地にきらめく太陽が瞼の裏に焼きついていた。

暑さの所為もあろうが、母親は終始無言だった。周平も黙々と歩いた。そのまま駅に向かうと思ったが、

「かき氷でも食べて行こうか」

と言って、母親はとある喫茶店の前で立ち止まった。

「映画、どうだった？」

店に入ってウェートレスに注文を告げたところで母親が言った。

「よかったよ」

周平は素直に返した。

「そーお？　どこが？」

母親は目をきらりと光らせて畳みかけた。

「あのお医者さんが恰好よかった」

「そうね、恰好よかったわね」

母親の目がまたきらりと光った。

「見たことがない俳優さんだけど、何て人かしら？」

母親は脇に置いていた映画のパンフレットを取り上げて頁を繰った。

「ピーター・フィンチって言うのね。イギリスの俳優さんだって」

「どれ、見せて」

周平は手を伸ばした。だが、母親はすぐには渡そうとしなかった。

「一九一六年生まれで、四十三歳だって」

「へーえ、外国の人は老けて見えるね。お父さんくらいかと思った」

周平の父親は五十歳で、母親が四十五歳、二人が結婚して七年目に周平が生まれ、兄弟姉妹はいない。

「そうね。渋いわね。素敵な俳優さんよね」

母親はそう続けて漸くパンフレットを周平に渡した。

「ヘップバーンは、『ローマの休日』という映画で彗星の如く現れたけど、この『尼僧物語』が最高よね。御茶目な王女様も魅力的だったけど、このシスター役が一番」

周平がパンフレットに見入っている間も、母親は店に入るまでの沈黙とは裏腹に冗《じょう》舌《ぜつ》に喋り続けた。

『ローマの休日』はおろか、ヘップバーンの主演する映画は見たことがないから相槌の打ち様がなかった。周平はひたすらピーター・フィンチの略歴と物語のあらすじ、評論家たちの映画評に読み耽《ふけ》った。

挙句、自分でも思いがけない言葉を放って母親を驚かせた。

「僕、医者になるよ」

「えっ!?」

母親はただでさえ大きい目を更に見開いて周平を見返した。

「あんた、小学生の時、家庭科が苦手で、雑巾やパンツが縫えないと言ってお母さんに泣きついていたから、お医者さんになるのはいいけど、切ったり縫ったりの外科の先生は無理よね」

つまり、この映画でピーター・フィンチが演じたような外科医にはなれまい、と母親は言いたかったのだろう。思い当たるところがあったから返す言葉を失ったが、医者になりたい、外科医が無理なら内科医でもいい、ヘップバーン演じる尼僧の結核を、ピーター・フィンチ演じる外科医はメスではなく聴診器で診断した、それも恰好いいではないか、と周平は思った。

「でもよかった」

周平の無言の頷きを見届けてから母親は言った。

「あんたを連れてきた甲斐があったわ。教師もいいけど、病気を治すお医者さんの方が余程皆に感謝されるか知れないものね」

父親は外語大学を出て地元の大学の教養部で英語の教師をしていた。

「お母さんも、人生をやり直せるなら、この映画のヒロインのような生き方をしたかったな。そうすれば、もっと素敵な出会いがあったかもね」

母親の最後の一言に周平は引っかかった。〝もっと素敵な出会い〟とは何だろう？父親とではない、ピーター・フィンチ演じるこの孤高の外科医のような男性との邂逅《かいこう》だろうか？

両親が不仲だとは思わないが、格別仲が良いようには見えなかった。母親が通う町外れの教会に父親は足を向けようとはしなかったし、およそ家庭サービスらしいことを父親はしなかった。母親とはクラブ活動や友達のことを話題によく話したが、父親とは余り会話がなかった。父親は黙々と夕食を終えると、さっさと自分の部屋に引きこもってしまった。翌日の講義の備えだと言って。周平は中学一、二年までは取り残された母親と喋ったが、三年になってからは父親と同じように自分の部屋にこもり、机に向かった。

父親は書斎にベッドを置いていて寝室も兼ねていた。周平も受験が近付く頃には自分の勉強部屋に簡易ベッドを入れてもらって専らそこで寝るようになっていた。母親は後片付けの後リビングで暫くテレビを見たり、教会の信徒仲間と電話で話したりしていたが、男達より早めに床に就いた。六畳の和室が母親の寝所だった。

父親の書斎を、周平は一度限り覗《のぞ》いたことがある。部屋の三方がはめ込み型の書庫になっており、夥《おびただ》しい本がぎっしり詰め込まれていた。大方は英語本で、その数の多さとボリュームに圧倒された。

「お父さんは大学で英語を教えているから、読むのは英語の本や英字新聞ばかりなのよ」

そう言えば横文字だらけの新聞が束になって部屋の片隅に置かれていたな、と、母親の言葉に頷きながら周平は思い至った。

父親が別世界に住む人間に思われた。どう背伸びしても、父親のような学者にはなれないと思った。それなら、一体自分は何になればいいのだろうと思い悩んだ。

英数国理社の五教科は程々に出来たが、飛び抜けて好きで得意とも言える教科はなかった。高校は県立の進学校に進むことは決めていたが、その先は漠然としていた。父親は自分のような教師の道を歩むものと思っているのだろうか？　母親もそう思っているのだろうか？

『尼僧物語』を見たのは、そんなことを考え、進路について悩みだしていた頃おいだった。

迷いも悩みもふっ切れ、大学は医学部を受験する、何が何でも医者になる、父親とは違った道を行く、と周平は固く心に決した。

岐路

鉄心会本部に傘下の病院のトップが召集された。重大な発表があるという。

胆石の発作はあの日以来ないが、いつ起こるか知れないという不安は佐倉の脳裏にこびりついている。

(一種のPTSDだな)

かの日の激烈な痛みを思い起こす度佐倉は自嘲気味に独白を胸に落とす。PTSD——Post Traumatic Stress Disorder 外傷後心的ストレス障害——は近年盛んにマスメディアを賑わせている用語で、個人の対応能力を超えた強い衝撃的な体験が心に傷を残して引き起こされる精神障害と定義づけられている。

ＰＴＳＤを与えるものは人であったり、災害であったり、不慮の事故であったりするが、佐倉の場合は胆石による疝痛で、これを除けばＰＴＳＤは解消されるものだ。信じていた者に裏切られたり、少女期に夜な夜な父親に乳房や性器をいじられたといった消え失せることのない精神的カタストロフィーとは次元を異にする取るに足りないものだ。

そう言い聞かせつつ、厄介なものを抱えてしまった、獅子身中の虫だ、と食事の度に忌忌しさをかみしめる。

あれ以来、食事には殊の外神経を使うようになった。脂っこいものは極力控え、蛋白質は肉類に頼らず、魚か植物性の豆類で摂るようにした。

（いっそ菜食主義に切り換えるか？）

とまで思い詰めたが、なに、いざとなれば石を取ってしまえばいいんだ、と開き直って思い止《とど》まった。

本部の会議室に集まったのは、約五十名の病院長だった。この種の会合に出るのはまだ二度目だから、参会者は何となく見覚えがあるといった程度で、名前は、受付で渡され、それぞれ胸につけたネームプレートを流し見て確認するが、名刺を交換する訳でもなく、元より記憶には止まらない。

例外は、日頃手術の手伝いに赴いている徳之島病院や、青木隆三ら若手の外科医が非常勤で交代に出向いている加計呂麻や沖永良部島《おきのえらぶじま》の病院長で、彼らは自分達の方から佐倉に挨拶に来た。

召集を受けた時、ひょっとして当麻鉄彦に会えるのではないかと、密《ひそ》かに期待を抱いたが、会場に当麻の姿は見かけなかった。立錐《りっすい》の余地もなかった前回に比べ、今回は数えられるほどの人数だ。

(そう言えばあの時は、副院長クラスの医者達も来ていたっけ。当麻さんや雨野《あまの》さん、坂出病院の千波《せんなみ》さんもその立場で来ていたんだった。今日は病院長だけなんだ)

一抹の寂しさを覚えたが、かえってよかった、と佐倉は思った。絶対に言うまいと誓って来たが、当麻の顔を見れば、うっかりポロリと胆石で悶えたことを漏らしかねない。さては、当麻に執刀を依頼する話にまで発展しそうだが、胆石如きでと笑われてしまうだろう。青木君や久松、沢田君らで充分じゃないですか、と。

（いや、訳ありの実の娘がいるんです。彼女の前で裸で横になるのは父親としての矜《きょう》持《じ》が許さないんです）

とは口が裂けても言えない。

図らずも思い出すことがあった。中条志津と別れて傷心の身を置いた東京の公立病院でのことだ。外科病棟に勤務していた看護婦に石垣島出身の子がいた。南国の女性特有の、濃い眉と切れ長の目が印象的だったが、理屈っぽく何故この検査をするんですか、とか、この点滴は必要ですか、等々、医者の指示にいちゃもんをつけてくるので煙たがられていた。同僚がいちいち丁寧に答えているのを流し見て佐倉は感心していた。自分は余り関わりたくないタイプの女だと思ったからだ。

この看護婦がある時患者の立場になった。

「急性虫垂炎」で緊急手術の要ありと診断したのは佐倉だった。夜勤に入っていた彼女が、たまたまナースステーションで術後の患者の指示を書いていた佐倉に、「先生、ちょっとお腹を診て頂けませんか？」と下腹を抱えながら訴えたのだ。気乗りはしなかったが、元より嫌とは言えないから、空いた病室のベッドで彼女を診察した。

三十八度五分の熱がある。前夜の夕食後から鳩尾のあたりに痛みを覚え、急性胃炎かと自己判断して有り合わせの胃腸薬を飲んだという。何とか眠れたが、朝、熱っぽさを覚え体温を計ったら三十七度五分あった、痛みは鳩尾から右下腹部に移っていた、食欲もなく、朝食は抜いたが、夜勤に備えて昼はうどんを食べたという。

四時半に夜勤入りしたが、どうにも痛くて立っているのも辛くなったので、と訴えた。

「ゆうべは胃もたれかと思いましたけれど、……多分、アッペですよね？」

ベッドに横たわって白衣の前を勿体振った手つきで開けながら彼女は言った。

小麦色の健康そうな肌をしていたが、右下腹部には典型的な局所腹膜炎の所見があった。

「うん、間違いなくアッペだね。それも、ひょっとしたら破れかかっている。明日の朝までは待てないだろう」

掌に強《したた》かな〝筋性防御〟の〝板状硬結〟を感じて佐倉は言った。

「でもどうして鳩尾の痛みから始まったんですか？」

素直に「はい」とは答えまい、「抗生物質の点滴で何とか凌げないんですか？」とでも返ってくるかと思ったが、意外な質問だった。尤もすぐに、理屈っぽさで周りを辟易《へきえき》させている彼女らしい問いかけだと思い直した。

「虫垂はね、胎生期、つまり、君がまだお母さんのお腹にいた初期の頃は鳩尾にあったんだよ。それが段々下に下がって来て、生まれる頃には右の下腹に納まったんだ。虫垂に炎症が起こると、昔、と言っても十ヵ月そこそこの間だが、その頃にあった鳩尾を思い出してそこに痛みを感じ始めるんだ。〝原始痛〟というんだが……」

「腕や脚を切った人が、もう無くなってしまった手や足に痛みを覚えるようなものですか？」

白衣のボタンを留めて起き上がりながらナースは言った。

「ああ、よく知ってるね」

実際感心して佐倉は返した。

「沖縄の病院に勤めていた頃、戦時中に埋められた地雷を踏んでしまって腕や脚を失った人が時々かつぎ込まれてきました。その人達が、無いはずの手や足が痛い痛いと訴えていましたから」

そうか、自分と同じ年恰好に見えるから三十そこそこだろう。ここへはまだ自分と同時期、一年前に来たばかりだから、その前は沖縄の病院にいたんだ、郷里の石垣島には大した医療機関はなかっただろうからな。それにしても何故東京へ出てきたのだろう？——そんなことを咄嗟の間に思い巡らしてから、

「そういうのもね、〝幻肢痛〟というんだよ」と佐倉は言った。

「ああ、そう言えば、整形の先生から聞いたことがあります。同じ字ですか？」

「いや、違う。アッペのゲンシツーはこちら」佐倉は左手をかざして掌に右手の指で〝原始〟となぞって見せた。

「腕や脚を失った人が訴えるのは〝幻〟に四肢の〝肢〟と書く」

ナースは大きく頷いて見せたが、すぐに顔をしかめ、前屈みになって下腹を押さえた。

こんな問答にうつつを抜かしている場合ではない、と佐倉は思い至った。

「とにかく、そういう訳だから、これから手術をしよう。婦長に連絡しようか？」

「手術が終わってからにして下さい」

何故か彼女は抵抗した。後に、婦長とは反りが合わないものを感じている、自分を田舎者扱いし、自分としては理に適ったことを言っているつもりだが、婦長は頭ごなしに否定してきて、さては、あんたは黙ってらっしゃいと口を封じてくる、だから婦

長の前で裸を曝け出したくなかった、と佐倉に打ち明けた。

虫垂切除術は穿孔性腹膜炎を起こして腹腔内に膿が広がっているとみなされる場合を除いては、下半身を麻痺させるだけで意識を保ったままの腰椎麻酔で行うが、翌日までは臥床《がしょう》の必要があるから、尿道にバルーンを通して膀胱に留置し、バッグに接続して尿量をチェックすることになる。

佐倉は手術室の主任ナースに連絡を入れ、かくかくしかじかで病棟勤務のナースの緊急手術をするから手配してくれるようにと言った。

夜勤のナースは三名だ。一人手が足りなくなる上に、術前準備に一人取られる。残り一人で大丈夫か、とリーダー格のナースに尋ねると、

「彼女、点滴さえしてもらえば、後は自分でやりますと言うんですよ」

曰《いわ》くありげな目でリーダー格は答えた。

「えっ？　剃毛やバルーン留置を？」

「ええ、それに、下着は脱ぎたくない、つけたままにしておいてって言うんですが……」

触診の折、彼女の下腹部を平均以上の量の陰毛が覆っているのを佐倉は見ていた。

漆黒の髪と濃い眉から想像していた通りだ。ソケイ部までは剃らなくてもよいが、臍《さい》下《か》から恥丘の半ばまでは無毛にしなければならない。余程年配のナースになら抵抗を示さないだろうが、夜勤のナースはリーダー格でも精々五、六歳上、四十前だ。しかも、余り和気《わき》藹々《あいあい》としてはいないようだから、秘所を見られたくないのだろう。

「ま、やれると言うんなら、やらせてみたら」

少し考えてから佐倉は答えた。

「はい、私達も助かりますから、そうします。下着もつけてていいですね？」

バルーンカテーテルはパンティーの脇から接続チューブを出してバッグに取り付けられる。手術中恥丘までずり下ろしていれば術野の清潔は保たれる。前代未聞で呆れるばかりだが、いいよ、と佐倉はこれにも頷いた。

幸い手術は腰椎麻酔の有効時間一時間内で終えられた。原始痛で始まるアッペは進行が速く一日で穿孔して腹膜炎に至ることが多いと上司に教えられていたが、正にその通りで、一晩置いていたら確実に破れていただろうと思わせる、半ば腐りかけている虫垂であった。

翌朝、出勤早々佐倉が病室を訪ねると、病人の姿が見えない。ベッド脇に、バルーンと空の蓄尿バッグが置かれてある。バルーンを抜いていいという指示は出していないから怪訝な思いに包まれながら引き返そうとすると、点滴台を支えながら病人が帰ってきた。

「どこへ行ってたんだ？」

咎める口調で言うと、ナースはにっと笑って、

「おしっこに行ってました」

と悪びれず答えた。

「自分でバルーンを引き抜いたのか？」

バルーンは簡単には引き抜けない。尿道から膀胱に挿入したら、導尿用のカテーテルに取りつけられてあるバルーンにつながる別の導管から空気か水を注入してバルーンを膨らませ尿道に落ち込まないようにする。空気か水を注射器で抜いてから引き抜かないと、それこそ尿道の破裂をもたらしかねない。

「はい、すみません。もういいかと思って」

畳みかけた佐倉に、彼女は薄笑いを浮かべ、やはり悪びれた風もなく答えた。

（自分でバルーンを膨らませたんだから、抜くのも雑作無いことだったか。そう言え

ば注射器もバルーンセットと共にベッド下にあったな）

夜勤のナースは日勤者への申し送りで同僚のこの武勇伝を面白おかしく伝えた。

「変わってるわよねえ、あの子は」

婦長は苦り切った顔で言ったが、

「でも、私もそうするかも知れません。だって、恥ずかしいですもの」

と、件《くだん》のナースと同じ年頃で独身のナースが返し、うんうんとばかり頷く者もいた。

「部下の緊急事態を知らないまま何かあったら私の責任になるのよ。まだ宵の口だったでしょ。言ってくれれば私がすぐに出て来たのに」

夜勤者の一人は帰っている。申し送りに残ったナースは言葉に詰まった。

傍らのカウンターで手術患者の翌日からの指示を書きながらそれとなく申し送りに耳を傾けていた佐倉が助け船を出した。

「婦長さんの手を煩わせるのは申し訳ないから終わってからにして欲しいって言ったんだよ。自分で何もかも術前準備をしたかったからじゃないかな」

「それはいいですけど、あの子は今日から欠勤になりますでしょ。勤務表をすぐに組み直す必要があるんです。簡単にはいかないんですよ。皆の都合や希望を聞きながら組まないといけないんですから。先生から連絡を頂いた時はもう十時過ぎでしたから、夜更けに皆に電話をするのもどうかと思い止まりましたけど、これから大変です。二週間は勤務は無理ですよね？」

「いや、幸いドレーンも入れずに済んだし、一週間後には抜糸できるだろうから、その翌日には勤務に入れるよ。何せ、自分でバルーンを抜いてしまう元気さだから」

佐倉の答えは笑いを誘ったが、婦長は憮然としたままだった。

今にして佐倉は、この石垣島出身のナースが取った一連の行動に得心がいくのだった。

自分も自らバルーンカテーテルを入れ、下着をつけたまま手術台に横たわれるなら奄美大島で手術を受けてもよいが、と思うのだった。

長池幸与が自分の勤める甦生記念病院でなく、遠く離れた離島にまで乳房の再建術を求めて来たのも同様の心理状態からではなかっただろうか、と今にして思われた。

徳岡鉄太郎が現れた。その姿を見て、一同はアッと息を呑んだ。常の堂々とした足取りではなく、車椅子を宮崎に押されての登場だったからだ。体も一回り小さくなっている。

容貌にも変化が見られた。黒々として一部額にかかっていた頭髪はオールバックに撫でつけられ、しかも白いものが目立った。眼光は相変わらず鋭かったが、炯々たる輝きはやや乏しく、表情も強張《こわば》って見えた。

以前はマイクを使うことはなかったが、スーツの襟元にはピンマイクが見て取れた。

宮崎がまず参会者一同をねぎらってから、理事長は一ヵ月程前から歩行に支障を来すようになり車椅子生活に入っていると告げた。しかし、意気軒昂、理想の医療実現に邁進《まいしん》する思いは些かも衰えておらず、本日お集まり頂いたのも改めてその変わらぬ思いを伝えたい一念に依《よ》ってのことです、と続けた。

これには驚いた。徳岡の様変わり様に、

(理事長もいよいよか)

と、一瞬なりともそんな懸念が皆の胸を掠めたに違いないと佐倉は思ったからだ。

一同が固唾を呑んで見すえる中、徳岡が宮崎に取って代わった。

徳岡はまずテーブルのコップに手を伸ばして一口二口水を飲んだが、一連の動きが滑らかさを欠いている。心なしか手が震えているようにも見受けられた。水も一気に飲み干すかと思ったがそうではない。一旦口に含み、かみしめるようにして飲み下している。

（パーキンソン病さながらだな）

と佐倉は思う。

宮崎の気遣いだろう、コップの脇にタオルが置かれてあるが、徳岡はそれで口もとを拭った。その仕草も緩慢だ。

（これでまともに喋れるのかな？）

ＡＬＳ（筋萎縮性側索硬化症）は発語障害や嚥下《えんげ》障害も伴う。水をかみしめるようにして飲んでいるのも誤嚥してむせ返らないための用心だろう。

徳岡はおもむろに口を開いた。果たせるかな、以前の流暢な語り口は鳴りを潜め、ゆっくりゆっくり、それも、口もとが締まらず涎《よだれ》が口角から流れ落ちるのを例のタオルで拭いながらの喋りだ。

痛々しかった。しかし、気概は些かも衰えていない。冒頭の発言からしてそれは窺えた。

「ＡＬＳになって、徳岡はもうおしまいだ、いい気味だ、と我が鉄心会を快く思っていない連中はほざいているだろうが、幸か不幸か、筋肉はやられても、ＡＬＳで脳が冒されることはない。宇宙物理学者ホーキングの例を見てもそれはお分かりだろう。彼は車椅子に身を委ねながら、凡人の思いつかぬ宇宙の起源を解明しようと頭をめぐらしている。

車椅子であちこちに講演に出かけ、七、八年前だったか、ひょっこり日本にも現れた。

彼は二十一歳でＡＬＳを発症したが、六十近い現在尚存命だ。

〝憎まれっ子世に憚る〟は至言だな。私も日本医師会を始め、政界に出てからはそちらの連中達にも散々憎まれてきた。その分、憚らせてもらったよ。

しかし、私が目指す理想の医療の完遂までにはまだまだ。最大の目標である国際医科大学は、土地は確保でき、青写真はほぼ出来上がっているものの、土台さえできていない。銀行が融資を渋っているからだ。私の病気が公になったからだろう」

これだけ喋るのに、従来なら一分で終えたと思われるが、口角をタオルで拭い拭い、コップの水を一口二口飲みながら、しかも時々言葉をまさぐりながらだったから、優に三、四分は要した。

徳岡が一息ついたのを見て取った宮崎が、機敏に動いて空になりかけたコップに卓上のポットを傾けて水を注ぎ、タオルも取り替えた。

「そこで、今から話すことが本題だが、銀行への対応策として、今年一杯で私は理事長を退くことにした」

会議室に軽いどよめきが起こった。後ろの方では顔を見合わせる者たちもいる。

徳岡はまた一息二息つき、口もとを真新しいタオルで拭った。

「代わりに、弟の銀次郎《ぎんじろう》に理事長になってもらう」

また軽いどよめきが室内の空気を震わせた。

一同の視線が最前列の中央に座っている人物に注がれているのに佐倉は気付いた。後姿を遠目に見るだけでそれと気付かなかったが、前回の管理者会議で一度会っている。新任の病院長として紹介され、参会者の前に自分と共に並び立った人物だから覚えがある。当麻鉄彦の上司で、昨年は湖西町の町長選に出て当選を果たしたことを鉄心会の月報で知った。

初対面の印象では、兄鉄太郎と容貌もさ程似ておらず、鉄太郎から放たれるオーラも銀次郎からは感じ取れなかった。

（大丈夫かな？）

一言ご挨拶をと司会の宮崎に促されて銀次郎が立ち上がり、鉄太郎の傍らに進み出てこちらに向き直った。

鼻筋が通り整った顔立ちに、この人は母親似かも知れないと、初対面の折には鉄太郎の自伝に載っていた徳岡時子《ときこ》の写真を想起して思ったものだった。今、銀次郎を正面視して、佐倉はその思いを新たにした。鉄太郎の丸い鼻と炯々たる眼光は父親譲りのものだろう。

銀次郎の挨拶は当たり障りのないもので面白味がなかった。語り口も鉄太郎のような抑揚に欠いた。

兄は不死身だと思い頼り切っていたが、こんなことになって残念だ、しかし、体の自由は失っても、兄が引き合いに出したホーキングのように頭の働きは些かも損なわれていない、肉体の働きがままならぬ分、かえって脳は自由闊達に動いている、向後も司令塔として鉄心会をリードしてくれることを疑わないし、自分はその手足となって兄を支えたい、云々云々。

（理事長の挨拶の二番煎じだな）

自分の印象はそんなものだが、他の者達はどう感じただろうか、と佐倉はそれとなく辺りを窺い見たが、どの顔にも紅潮は見られない。むしろ、血の気が引いた感じだ。

銀次郎が挨拶を終えて席に戻ると、宮崎がマイクの前に立った。

「新たに院長となられた先生方をご紹介します。お名前をお呼びした先生はその場にお立ち下さるようお願いいたします」

自分も着任して間もなくの管理者会議で名を呼ばれたことを佐倉は思い出した。その時は他に二人ばかりだったが、今回宮崎が読み上げた医者は五、六名に上った。一年の間にそれだけ新設病院が造られたか既存の病院を買収したかだ。

（鉄心会は今のところまだまだ勢い付いている。しかし、理事長が交代したらどうだろう？　もうひとつ押し出しが利かない銀次郎氏がトップでは、皆の士気が上がらなくなるのではあるまいか？）

佐倉が自問自答している間に、徳岡鉄太郎の背後で天井からスルスルとスクリーンが降りて来た。

鉄太郎は自ら車椅子を操作してスクリーンの一方の端に移動した。手にレーザーポインターらしきものを握っている。

日本地図がスクリーンに映し出された。都道府県名が明記されている。そこに○や△や×印が付されている。

「四十七都道府県すべてに一病院、五大都市には少なくとも二病院を設置する、というのが私の当初の目的だったが、今年度の時点で、達成率は漸く六割程度だ。相変わらず地元の医師会の強固な反対に遭っている所もある。×印がそれだ。○と△は既に出来上がっている病院だが、○は黒字で合格、△はかつかつで要努力だ」

佐倉は離島に目をやった。徳之島と奄美大島は○だが、沖永良部と加計呂麻は△だ。全国的には○と△が相半ばしている。当麻のいる甦生記念病院は？　と目を転じると、○になっている。

画面が変わり、国際医科大学の建設予定地が映し出された。自分の理念に共感共鳴してくれた地主が、無期限で貸与を申し出てくれ、土地を担保とすることにも同意してくれている、後は銀行の融資を待つばかりだが、それには自己資金を確保するためにも○印の病院が少なくとも三分の二以上になることが必要だ、三年以内に達成して欲しいと鉄太郎は続けた。

画面が更に転じ、巨大なビルが現れた。国際医科大学の完成予定図だ。二千坪の土地に、地上十二階、地下二階、ベッド数八百の偉容で、屋上には無論ドクターヘリポートを設置する予定だという。空港に近いから外国人の利用者も少なくないだろう、ここに勤務する者には、英語はもとより、フランス語、中国語の素養が必須である。希望者は今から語学を身につけておいて欲しい、一般職員で入職を希望する者にもその旨伝えるように、と鉄太郎は締めくくった。

座右の銘

会が引けて宿泊先の学士会館に戻って来たのは、智念朝子との逢瀬の約束時間の三十分前だった。

この会館のことは仙台から東京に移って間もなく知った。旧帝大系の卒業生に会員となる資格があり、宿泊費が割り引かれるという。シングルルームは朝食付きで一泊八千円程度だった。

勤めていた公立病院の上司が旧帝大系の東日本大学の出で、佐倉や、同時期に入職した看護婦の歓迎会をここで開いてくれた。

「郷里から親御さんなんか呼ぶときはここを利用したらいいぞ。スイートルームも一つ二つある」

と教えてくれたので、この病院に勤務していた十年の間に両親を二、三度呼んでここに泊まらせた。

塩釜の鉄心会病院へ移ってからも、東京で開催される全国規模の学会に出た時は学士会館を利用した。

「落ち着いた、いいホテルですね」

日本料理のレストラン〝四季〟で相対するや、朝子は物珍しげに辺りに瞳を巡らしてから言った。

「ここは、よく利用されるんですか？」

佐倉は学士会館を上京の折の常宿にするにいたったいきさつを話した。

「東京に、十年もいらしたんですか？」

朝子はくるっと瞳をめぐらした。

「ええ、まあ……」

「わたしも、そろそろそれくらいになりますけど」

「ああ、そうでしたっけ……？」

初対面の折朝子から手渡された『紛争地の生と死』は読み終えていたし、そこに簡単な略歴も書かれていた。

「高校を出て、沖縄の看護学校に行かれたんだよね」

「はい、中部病院の付属の……」

「で、その病院にお礼奉公も含めて勤められた。何年って書いておられたかな？」

「ほぼ十年って書きました。本当は十年と五ヵ月程でしたけれど」

健康そうな皓歯《こうし》をのぞかせて朝子は微笑した。

「そうか、それから東京に出て十年……？」

「ええ」

佐倉は視線を宙にさ迷わせた。上京後の歳月は著書には書いてなかったはずだ、と記憶を辿った。

(看護学校は確か三年だ。お礼奉公十年。上京して十年。するとまだ四十代前半か？)

「わたしの年を計算していらっしゃいますね？」

「えっ……？」

虚を衝かれた思いで視線を戻した佐倉の目に、嫣然と唇を広げた朝子の顔が眩《まぶ》しく映じた。

「弟の陽一郎と九つ違いと申し上げましたから、ご存じと思っていましたけれど」

「あ、いや、陽一郎君の年は定かに覚えていなかったので……」

助平根性を見透かされたようで、佐倉はしどろもどろの体となった。

「弟は三十三歳です。ですから私は四十二歳。もうすぐ三になりますけど……。弟も四になります。生まれた月が同じなので」

佐倉は即答を返せず、コクコクと頷いて見せてからコップに手を伸ばし、渇いた喉に水を流し込んだ。

(大人の女の風格を漂わせているから三つ四つ老けて見えたのだ)

言い訳がましい独白を胸に落としてから口もとをおしぼりで拭った。

「わたしが妹で陽一郎が兄だったら、今年はお互い厄年でしたね」

朝子の口は自分と裏腹に滑らかだ。自分とこうして相対していることを、楽しんでこそおれ不快とも退屈とも思っていない、と佐倉は確信した。

「なるほど、そう言えばそうだね。じゃ、その裏返しで今年はきっといい年になるよ」

「そうでしょうか？　わたし、三十三の厄年が案外と言うよりとても良い年だったので、その反動が怖かったんですけど、幸い、今のところ無事に過ぎています」

「三十三の年に、良い事とは？」

「念願かなってMSFに入れたことです」

「ああ、成程。でも、MSFは志願すれば誰でも入れるんでしょ？　ことに、あなたのようにしっかりしたキャリアがあれば」

「いえ、そうでもないんですよ」

「と、言うと……？」

「ドクターでも、フリーパスということはないんです。何より求められるのは語学力ですね。色んな国の人達が集まってきますからその人達とのコミュニケーションが取れないと仕事にならないので、最低限、英会話の力が求められます。陽一郎もそれで色々なメソッドで英会話を勉強しています」

「そうか。あなたはどうやって語学力をつけたの？」

「幸い、就職先が沖縄中部病院だったので、外国の人と接触する機会が多くて……そのうち患者さんになった軍人の方の奥様と親しくなって、その方にレッスンを受けるようになったのです。お世話になったからと言ってお宅に呼ばれた時、行く行くはMSFで働きたいと思っているから英会話の力をつけなければならないんですがどうしたらいいんでしょうと相談しましたら、じゃウチにいらっしゃい、琉球大学の学生さん達に毎週教えに行っているが、あなたにはマンツーマンでお教えしますよ、と仰って下さって、週に一度お宅へお邪魔するようになりました」


佐倉は沖縄へ一度限り行ったことがある。沖縄海洋博の時で、その年の夏休み、同級生の浅沼に誘われてのことだ。

「かわいいコンパニオンの子と知り合いになれた。彼女が案内してくれると言うから行こうぜ」

どこで知り合ったのか聞くと、購読している全国紙のあるコラムに沖縄博の特集記事が編《あ》まれていて、その娘《こ》がコンパニオンを代表する形で顔写真と共に載っていたという。愛くるしい造作に魅せられてファンレターまがいの手紙を送り、友人を誘って海洋博へ行きたいと思っている、是非お目に掛かりたいと思っている云々と書き送ったところ、おいでをお待ちしております、私は会場のどこそこにおりますからお声を掛けて下さいと、色好い返事が来たそうな。

暑い盛りに、北の方ならまだしも、灼熱の太陽が照りつけているだろう南方の地へ行くのはためらわれたが、浅沼の強引な誘いに負けて同行した。

件のコンパニオンは、小造りな顔から想像していた通り、小柄なかわいらしい娘だった。

二人を接待するために半休を取ったという。返礼に、宿泊先のホテルでディナーをふるまいたい、と浅沼が申し出た。彼女は快く応じたが、一旦家に帰って着替えてから伺います、と言った。自宅は車で二十分ほどのところだという。

一時間後、白のブラウスにコンパニオンの制服に似たコバルトブルーのタイトスカートという清楚ないでたちで彼女は現れた。

佐倉はほとんど聞き役に徹し、浅沼が根掘り葉掘り彼女の生い立ちや家族構成、さては学歴や職歴まで尋ねて喋りまくった。

父親は警察官、母親も同じ職場の交通安全課に長年勤めており、兄弟姉妹は三人、自分は末っ子だと彼女は言った。高校を出て地元の短大に進み、来年卒業予定でスチュワーデスを目指していると素直に答えた。

「ご両親は、じゃ、オフィスラブで結ばれたんだね？」

という浅沼の詮索にも、

「ええ、そうですね」

と悪びれず答えた。


「コンパニオンのあの娘、どう思う？」

帰りの機内で、浅沼が放った第一声がこれだった。

「かわいい娘だったね。性格もよさそうだし……」

「うん、そうだろう」

浅沼はほくそ笑んだが、すぐに話題を転じた。

数年後、佐倉が中条志津と別れて東京に出て来た年の秋、浅沼から結婚式の招待状が届いた。新婦の名前を見て驚いた。あのコンパニオンに相違なかったからである。

「友人代表として祝辞を頼む」と添え書きしてあった。

志津と別れた傷心を尚引きずっていたから気乗りがしなかったが、追い討ちをかけるように浅沼が電話を寄越してきて、俺と彼女との出会い、いきさつを知ってるのは君だけだから是非頼むよと、有無を言わさぬ口吻《こうふん》で言った。公立病院へ自分を招いてくれた同期生にも招待状を送ってあると言う。一緒に来てくれたら嬉しいと。浅沼とその同期生柿原《かきはら》、それに佐倉は臨床実習《ポリクリ》で同じグループになって親しくなった。

浅沼が電話を寄越した翌日、柿原が昼休みに顔をのぞかせて、浅沼から招待状が来たこと、佐倉と一緒に出席してくれと書いてあったが、君はどうする、と打診された。君が行くなら行くよ、と佐倉は答え、実は花嫁はな、と浅沼と彼女とのなれそめを物語った。

「ふーん」

と柿原は唸った。

「奴さん、彼女に目をつけたのは計算尽くじゃなかったのかな？」

「どういうことだい？」

切り返すと、柿原が滔々《とうとう》と説明に及んだ。

「奴はよく言ってたよ。ハーフは両親の長所だけを受け継いで生まれるから容貌も体格も秀でている。昔は〝合いの子〟と言って冷やかされ、肩身の狭い思いをしたらしいが、今じゃ〝ハーフ〟は金の卵ともてはやされている。だから俺は国際結婚か、それが無理なら出来るだけ遠方、俺は北の地の人間だからさしずめ南の方の女性と結婚したいと思っている、と」

「その話、もらうよ」

「えっ……？」

柿原が訝った。

「いや、実は祝辞をと頼まれたんだ。沖縄の海洋博で新婦を見染めたらしいがそれらしきことを何も聞かされないまま今日の次第に至ったのでサプライズもいいとこだ、くらいしか思い浮かばないでいたからね、その話は受けそうだ」

「いいだろう、是非言ってやってくれ」

正直なところ、親しかったとは言え、他人の結婚を祝う気にはなれなかった。志津への思いを完全には断ち切れていなかったからだ。しかも式場は仙台のホテルだから、否でも志津を思い出すことになるだろう。柿原が同行しないなら、自分も何とか断りの口実を捻《ひね》り出す所存でいた。祝辞など、気の重いことこの上なかった。

当日、ホテルに足を踏み入れた瞬間から佐倉は胸騒ぎを覚えた。そんなことは偶然でしかあり得ないが、休日でもあり、ひょっとして志津が夫や子供あるいは友人と連れ立ってここへ来ているかも知れない、どこかですれ違うかも知れない、との妄想が脳裏を掠めたのだ。

披露宴の部屋に入るまで落ち着かず、着飾った女性が傍らを行き交う度、佐倉はそれとなく流し目をくれた。

祝辞は柿原がくれたネタを交えて恙無《つつがな》く終えた。ネタは受け売りで提供者は同席の柿原であることを暴露したところで哄笑《こうしょう》が起こり、媒酌人の教授夫妻も声を立てて笑い、「ええっ!?」という顔で浅沼を見やった。

「いやいや、そんな下心で彼女にアプローチした訳ではないんです」

佐倉がスピーチを終えて席に戻ると、司会の女性が真偽を質《ただ》したのへ、浅沼は立ち上がって弁解した。

「ハーフ云々や、それが無理なら遠距離同士の結婚がいいぜということは確かに言った覚えはありますが、だからこの人を選んだ訳ではなく、新聞に載っていた写真が余りに愛くるしいんで、一目会いたいと思って佐倉君を誘ったんです。僕が単独で行ったら相手は警戒するだろうと思いまして……」

またドッと哄笑が起こった。

浅沼が海洋博以後新婦といかなる経緯で晴れの日を迎えたかは知る由もなかったが、遠距離恋愛を実らせ、幸福そのものの顔で臆面もなくのろけて見せている様に佐倉は軽い嫉妬と羨望を覚えた。

浅沼とは賀状だけのやりとりで多年が過ぎた。再会したのは品子との結婚式に彼を呼んだ時だった。品子と彼女の両親の希望で式は仙台市内のカソリック教会で挙げたが、披露宴は浅沼と同じホテルで設けた。こちらは佐倉の選択だった。司会は浅沼のようにプロに頼むことなく、柿原に引き受けてもらい、友人代表としての祝辞を浅沼に頼んだ。

佐倉は東北大の外科医局に入って三年後に関連病院である名取《なとり》の市民病院へ出張を命じられたが、浅沼はほぼ同時期に、秋田大学の助教授として郷里に錦を飾る形で着任することが決まった講師に誘われて医局を離れた。浅沼も秋田の大館が郷里で、父親が地元で開業していたから、渡りに船の思いだった、と賀状に添え書きしてあった。

その賀状は、浅沼が結婚して数年後から家族写真が貼りつけられて分厚くなり、すぐに彼からのものと分かった。旅行先で撮ったもの、自宅とおぼしき屋内で撮ったものの数点がちりばめられてあり、コンパニオンであった彼女とは仲睦《なかむつ》まじく、子供も男の子と女の子二人が出来ていることを知った。佐倉はそういう趣味を持たなかったから、短く近況だけを書いた。

十年後、たまたま学会で再会したのがきっかけで、父親の跡を継がなければならなくなった、ひいては自分の後釜を引き受けてくれないかと浅沼に懇願された。長男高志の不登校や不良仲間との付き合いに頭を痛め、それを見て見ぬ振りをしている妻品子との間もぎくしゃくして息詰まるものを覚え、家を離れたいと切望するようになっていた佐倉は二つ返事で引き受けた。

そうして再び浅沼との交友が始まった訳だが、尾坂病院に着任した早々、浅沼の家に呼ばれた。開業医の父親、その妻、それに浅沼の妻子を紹介された。年子だという長男と長女は中学生で一、二年後に高校受験を控えているということだったが、二人とも利発そうな顔をしていた。

果たせるかな、数年後、長男は一浪後に東北大の医学部に、長女は同じく薬学部に、こちらは現役で合格したと知った。手術の手伝いに来た時にさりげなくそれと告げた浅沼の満更でもないといった顔を見ながら、遠い昔、柿原が言った言葉は真実を穿《うが》っているかも知れないと思った。不肖の息子を持ち、それ故に家を出て遠隔の地に逃れて来た自分の境涯と比べ、妬《ねた》ましさにも駆られながら。

「で、海外へは暫く行かないでいいのかな？」

〝沖縄が〟キーワードになって図らずも遠い日に思いを馳せていた佐倉は、朝子が一息ついてコップを手にするのを見届けながら言った。

「あなたが書かれた本を拝見すると、出し抜けにすぐまたどこそこへ行ってくれと要請が来たりしているようだが」

「そうなんです」

コップを戻しかすかにルージュの入った口もとをナプキンで拭ってから朝子は返した。

「先生からお電話を頂くのがもう二、三日遅れていましたら、お目に掛かれないところでした」

「え、どういうこと？」

「要請を受けたんです。海外出張の」

佐倉の目がかげった。

「まだ帰国して一ヵ月にもならないのに？」

「ええ……いつも大体、こんな調子です」

「で、どちらへ？」

「スーダンです」

「スーダン！……!?　アフリカじゃないですか？」

「ええ、そうです。エジプトとコンゴの間ですね」

（コンゴ……！　懐かしい響きだが……）

咄嗟に尼僧姿のオードリー・ヘップバーンと外科医に扮したピーター・フィンチの顔が、目映《まばゆ》い白熱の太陽に照らされた大地と共に蘇ってきた。しかし、それは遠い昔の話だ。コンゴでは血腥い内戦が続き難民が続出しているとメディアは伝えている。隣国スーダンも民族対立が跡を絶たず、国が二つに分かれかねない状況と聞いている。

「アフリカへ派遣されるのは……？」

「初めてです」

「民族紛争が絶えず起こっているようだが、危険じゃないのかな?」

「わたし達が派遣されるのはどこも紛争地ですよ」

朝子は形の良い唇の間から白い歯をのぞかせた。

「自然災害で大きな被害を受けた国などは例外ですけれど」

(そう言われればそうだ)

朝子の書いた『紛争地の生と死』を思い起こした。

「一度は行ってみたいと思っていましたし、アフリカの地を踏まなければMSFの職員として一人前じゃないよと言われていましたから、楽しみです」

佐倉の思惑など素知らぬ気に朝子は華やかな笑顔を見せた。目と鼻の距離にありながら朝子が遠退《とおの》いたように思った。

「先生も、一度はアフリカに行ってみたいと思われて船医になられたんですよね?」

言葉を返せないでいるところへ朝子が二の句を継いだ。

「ああ……」

出し抜けだった。まだそんなに遠い日のことではないが、忘却の彼方《かなた》に去っていたことだ。

「朝子さん、どうしてそのことを……？」

鉄心会の月報に、着任の挨拶を自己紹介と共に書いてくれと編集者から頼まれて、ざっと経歴を綴った中に、尾坂病院を心ならずも退職せざるを得なくなった憂さ晴らしに、ヨーロッパから大西洋に出、パナマ運河を経由、太平洋に出て台湾経由で日本に帰る貨物船に船医として乗り込んだことを書いた。しかし、それが朝子の目に触れたとは考えられない。

「弟から聞きました」

思い当たった。外科スタッフの忘年会に、折々手術見学に来ている陽一郎も招いた時だ。

話が弾《はず》んで佐倉は、ここへ来るまで三ヵ月間船医だった、大西洋、太平洋を渡ったことは終生の思い出となるだろう、というようなことを語った。

「船酔いで大変な目に遭われたことも」

朝子が言葉を重ねた。

「そう、大西洋に出て間もなくのことでしたよ。船が急に揺らいで来たかと思うと立っておられなくなり、そのうち気分が悪くなってきてね。巨大な磁石で上から下から内臓が引き出されるような感覚を覚えた途端、噴水のように吐物が口から出、下からは水様便が飛び出し、トイレから離れられなくなった。出るものが無くなったものの、恐らく脱水を起こしたのだろうね、座っているのも辛くなってベッドまで這って行き、丸一日起き上がれなかった」

「そんな時に急病人が出たら大変でしたね」

含み笑いをしながら朝子が言った。

「そう。でも幸いに貨物船だったからね。船酔いでダウンしたのは私だけで、三十人程の船員たちはケロッとした顔で、船長以下次々とのぞきに来ては、一番弱いのはドクターだな、なんて、勝ち誇ったようにニヤニヤしている」

朝子は手を口へやって「オホホ」と笑った

「奴さんらだって船酔いは経験しているんだよ。後で聞いた話だが、一緒に乗り込んだ甲板員の友人は、大時化《おおしけ》に遭って船が揺らいでいる間中私のようにベッドに這いつくばったままで、死んでしまう、もう降ろしてくれとわめき出し、次に寄った港でさっさと下船してしまい、船には戻らなかったそうな」

「ほんと、酔う人は酔うんですよね。修学旅行で乗った時も、クラスメートの何人かは吐きっ放しで泣きの涙でした」

「私はそれまで船に酔ったことはないんだよ。しかし、大型船は揺れが違うんだね。一回毎の振幅が桁外れに長くて大きい。本当に磁石で胃は口から、腸は肛門から引き摺り出される感覚でね、後にも先にも初めての恐ろしい経験だった」

朝子がまた口もとを押さえた。

「先生は、飛行機は大丈夫なんですか？」

「全く、何ともないよ」

「わたしも平気ですけれど、弟は苦手なんですよ」

「へーえ、ＭＳＦに入ったら、しょっちゅう行き来しなければならないんでしょ？」

「ええ、それで、極力飛行機には乗りたくないから、行ったら最後、向こうに留まりたい、なんて言ってます。あの子、小さい時中耳炎を患ったんです。その所為でしょうか、気圧の変化で耳がキューンとなるのが人一倍辛いらしくて……」

「ふーん、ＭＳＦと心中する覚悟なんだね」

「さあ、それはどうですか。意中の女性次第かも知れません」

「ああ、そう言えば、看護婦さんだったかな、彼女がMSFに入って海外へ行ってしまったんで、陽一郎君も後を追って行こうとしているんだったね」

「ええ……」

「その人を、あなたは知っているの？」

「弟から写真を見せてもらって顔と名前は知っているんですけど、すれ違いばかりで直接会ってお話をしたことはないんですよ。わたしが派遣された所は、ドクターには日本人もおられましたけど、他のスタッフは外国の方ばかりでしたから」

〝日本人のドクター〟に、佐倉は軽い嫉妬を覚えた。この明眸《めいぼう》皓歯、聡明なナースと一緒に仕事が出来たらどんなにか楽しかろう。

不意に、思いがけなく、二十年前のある場面がフラッシュバックした。大学の外科医局から出張を命じられて赴任した名取の市民病院での一コマだ。当直の夜、救急車で運ばれてきた劇症肝炎の患者に、外科病棟の準夜勤に当たっていた中条志津と徹夜で血漿交換を施した時のことが。患者は内科病棟のICUに収容されたから外科病棟の志津が敢えて手伝うことはなかったのだが、深夜で人手が足りないこともあって内科病棟の夜勤のナースはてんてこ舞いとなり、見かねた佐倉が外科病棟で手の空いているナースに手助けを求めたのだ。そこへ飛んで来てくれたのが志津だった。志津は外科病棟に行ったり来たりしながら、準夜勤のデューティは終えたのでと言って、一晩中内科のＩＣＵに詰めてくれた。

志津に朝子の顔がダブった。

(この人のナース振りを見てみたいものだ)

本で読んだ限りでは、次々と運び込まれる負傷者の手当てに追われるのみか、爆撃を受けた病院に生存者を探し求め、限られた時間内に救い出す作業までやってのけている。

「病院を爆撃するなんて信じられない」

と朝子は憤りをぶちまけているが、ＭＳＦのメンバーとていつ戦火の巻き添えを食って命を失うかも知れないのだ。

料理が運ばれてきて、佐倉は我に返った。中条志津の幻影が消え、

「おいしそう」

と顔を綻ばせた朝子の優美な額に見惚れた。

学士会館には和食と中華、それにフランス料理のレストランがある。朝子と会う約

束をとりつけた時、どれがいいかを打診してあった。朝子は即座に「和食がいいです」と答えてから、「でも、先生のお好みに合わせます。わたしは何でも頂けますから」と続けた。

異存はなかった。佐倉も懐石料理を専らとしていたからである。

鉄心会の本部から召集がかかった時、咄嗟に朝子の顔が脳裏に浮かんだ。同時に妻の品子と塩釜の家のことも思い出された。

千載一遇のチャンスと捉えた。まずは朝子に連絡を入れた。何の用かと聞かれれば戸惑うところだったが、鉄心会の理事長に呼ばれたので、と切り出しただけで、何ら詮索することなく二つ返事で朝子は会うことを快諾してくれた。

気持が弾んだ勢いで品子にも電話を入れた。

「例の話、煮つめたいんだが」

東京へ行く、会えないか、と切り出した時、品子は声をくぐもらせた。一瞬出端を挫かれたが、昂揚した気分がいや勝ってこう続けた。

「そのお話でしたら、もう少し待って、秀二が大学に入るまで、と言ったでしょ」

眉間を寄せている品子の顔が浮かんだ。

「それを、書面ではっきり書いて欲しいんだ」

即答が返らない。嘆息めいたものが伝わってくる。

「君が書けないなら、俺が箇条書きにしていくから、それに応諾の旨サインをしてくれてもいい」

品子は言葉を濁したが、最後は佐倉が押し勝った形になった。

「塩釜まで来て下さるの？」

と言ったから、

「俺だってはるばる奄美から出て行くんだ。君も出て来てくれていいだろう。家裁の調停になったら、やむを得ない、俺がそっちへ出て行かなければならないがね」

と佐倉は切り返した。これで品子は引いて、東京へ出て来ることに同意した。

朝子と同じ場所で品子と会う気にはならなかったから、東京にいた十年の間に品子と度度落ち合ったことのある目黒の雅叙園で会うことにした。

「先生の、座右の銘はありますか？」

料理が中断して間ができたところで、改まったように朝子が言った。

「座右の銘、ねえ……」

不意を突かれた恰好で佐倉は鸚鵡《おうむ》返《がえ》しをして首を捻った。

「特にないが、強いて言えば〝鬼手仏心〟かな」

「きしゅぶっしん？」

今度は朝子の方が首を傾げた。

「どういう意味でしょう？」

「〝鬼〟の〝手〟に〝仏〟の〝心〟と書く」

朝子はハンドバッグから手帳を取り出し、備え付けの鉛筆を引き出して〝鬼手仏心〟と頁一杯に大きく書いて佐倉に見せた。

「こうですか？」

「ああ、そう。外科医のことだよ」

「はい……？」

朝子が手帳を引っ込めてもう一度小首を傾げた。

「私ら外科医は、生身の体にメスを入れ内臓を切り刻む。傍《はた》から見たら、いかにも残酷な行為で、外科医は鬼だと思う人もいるだろう。実際、外科医だから許されるが、そうでない者がメスを振り回したら紛れもなく犯罪だからね。外科医の行為も傷害には違いないが、患者を苦しめている病巣を切り取って楽にさせてあげたいという思いから、止《や》むに止まれず傷つけさせてもらっているんだよ、という意味かな。〝仏心〟なんておこがましいがね」

朝子は一、二度目を瞬いてから佐倉を見すえた。

「わたし、沖縄中部病院に勤めていた頃、手術室にも配属されたんですけど、外科の先生方、特に若い先生達は、切りたくて切りたくて、まるで患者さんを物としか見ていないんじゃないかと思うことがありました。仏心を感じさせてくれる先生などいませんでした。でもMSFに入って海外に出てみると、そこで出会うドクター達はほとんど例外なく、先生の仰る仏心を持った人達ばかりで、神神しささえ感じ、手を合わせたくなる程でした」

佐倉は見知らぬ異国の外科医達に妬ましいものを覚えた。その中には、朝子の心をときめかせた、いや、今もときめかせている人物がいるのではないか、それと匂わせるような記述は彼女の本に一切なかったが――佐倉は朝子の深い瞳の奥をまさぐった。

最後の料理が運ばれて来て、二人はどちらからともなく絡み合った視線を逸《そ》らした。

「こんなご馳走頂くの、本当に何年振りかです」

膝に落ちたナプキンを整え直しながら朝子が言った。

「あなたの本を読むと、次々と運び込まれる負傷者に手を取られて、食事も陸《ろく》に摂れない日があるんだものね。缶詰とビスケットだけで何日も過ごしたこともある、と何《ど》処《こ》かに書いてあった。私にはとてもＭＳＦの仕事は務まらないと思ったよ」

「そうですか」

箸の手を休めて佐倉に向けた朝子の目が幾らかかげった。

「もう十年若くて、その時あなたと出会っていたら、あるいは私もＭＳＦに身を投じたかも知れないが……」

十年前と言えば浅沼と再会し、尾坂病院に勧誘されて〝渡りに船〟とばかりに話に乗った頃だ。長男高志の素行に頭を痛め、妻品子との関係もぎくしゃくして塩釜を飛び出す算段を思い巡らせていた。その時ちらとＭＳＦの存在が脳裏を掠めることはあった。実際、資料を取り寄せてもみた。そして、驚いた。あまりの薄給に。医師でも月に僅《わず》か十五万円程度、研修医にも劣る額だ。どこかの病院とかけ持ちならまだしもだが、MSFの応援に行っててくるから数ヵ月の休暇を宜しくと言って快く出してくれるような病院はあるまいし、是が非でも行きたいなら、それまで貯めた三千万円程の預貯金を切り崩しながら行くしかないが、精々十年で底が尽きるだろう。そう計算を巡らしてあっさりその選択肢は消去した。

「先生はまだお若いじゃありませんか」

朝子が心なしか悪戯っぽい目をして言った。

「長く勤めていらした病院を定年になってからMSFに入られた方もいらっしゃいますよ」

「定年になってから？」

「ええ、六十代半ばになってから。外科の先生ですけど、かくしゃくとして、今でもメスを執っておられるようですよ。わたしとはすれ違いで直接お目に掛かったことはありませんが」

(やれやれ)

安堵の思いが佐倉の胸をよぎった。朝子と接触があるなら、その外科医にも嫉妬を覚えるところだった。

（だがまさか、今度朝子が派遣されるスーダンにその外科医がいるというわけではあるまいな？）

『尼僧物語』の幾つかのシーンが想起された。ピーター・フィンチ演じる孤高の外科医と、そのアシスタントを務めるうちに密かに彼に思いを寄せるようになるヘップバーンのシスターの顔が。

（そうだ！）

佐倉ははたと膝を打った。

何処かで見たことがあるような気がしたが、

（この人の目は、あのシスターのそれだ）

「偉い方だね、頭が下がるよ」

お世辞ではなく、赤心からの言葉だ。一般に、定年退職した医者は民間病院のお飾り的管理職に落ち着くか、非常勤医として精々週の二、三日外来診療だけに従事して後は自分の趣味に精を出す者が大半だ。自分の十年後を考えてもそんな姿しか思い浮かばない。

朝子がいかにも同感とばかりこくこくと頷いた。その反応にも佐倉は妬ましさを覚えた。

「その方は、今どちらに……？」

やはり居場所が気になる。

「さあ、存じ上げませんが……」

朝子が小首を傾げたので佐倉はもう一度安堵した。

「本部に戻って調べれば分かりますけど……」

「あ、いや、そこまでは……」

すかさず顔の前で手を振ったが、やや大仰なジェスチャーだったと反省した。

「ところで、朝子さん」

取り繕うように佐倉は居住まいを正した。

「私の座右の銘は言ったが、あなたのは何だろう？」

ナプキンで口を拭って、朝子も背筋を伸ばした。胸の膨らみが際立ち、それに目を奪われまいと、佐倉は視線を上げた。

「一期一会、です」

「ほー、それはまたどうして？」

「この言葉の由来は茶道だそうですね？」

「あ、そう？　知らなかった」

「看護学校を卒業する時、教務主任の先生が学生たちをご自宅へ招いて下さって、お茶を振る舞って下さったんです。茶道の師範でもいらしたんですね。それでその時初めて一期一会という言葉とその意味を教えてもらいました。一生に一度しか会えない人かも知れないと思って、心を込めてお茶を点てるのが茶道の心得。そのように、あなた方はこれから実践の場で毎日患者さんと出会い、接することになるけれど、二度と会うことがない患者さんも沢山いるでしょう、少なくともその人達があなた方に看てもらってよかったと思って下さるような看護を心がけなさいね、この言葉を餞別として贈ります、と仰って……」

「フム。それこそあなたはいい先生に出会えた」

「はい。でも、一期一会の重みを本当にかみしめるようになったのはＭＳＦに入ってからです。紛争地や被災地で出会う病者や難民は勿論ですけど、その人達の救助に当たるＭＳＦのスタッフも、一度会ったきり二度と顔を合わせることがない人もいますから」

「ＭＳＦのスタッフは何人くらいいるんだろう？」

「登録して下さっている方は二万人以上います」

「えっ、そんなに？」

「ノーベル平和賞を頂いてから認知度がうんと広まったこともあると思います」

「そう？　それでもまだ足りないのだろうか？」

「ええ。私のようにＭＳＦ専属のスタッフは少なくて、ドクターやナースの多くは、短期間だけ勤務先の病院から休暇を取って来られてますから、それこそ入れ替わり立ち替わりなんです」

「日本では、短期間でも常勤の職場を離れて、たとえばＭＳＦの活動に加わってきます、なんてことは許されない。許されるとしたら日赤の医者くらいかな？　それも、余程マンパワーにゆとりのある病院のね」

「そうですね。ボランティアに対して向こうの人達は寛大なんですよね。理解があると言うか、当たり前のことと考えているように感じます」

「ハーバード大学はアメリカ屈指の名門大学だが、成績優秀なら入れるというものではない、高校時代にいかにボランティア活動をしたか、そういうことも評価の対象になる、成績だけならジョン・F・ケネディはハーバードに入れなかった、高校時代にリーダーシップを発揮して率先社会的奉仕にも精を出したことが評価されて入れた、というようなことを何かで読んだことがあるよ」

「犯罪者の実刑判決にも、必ず何々のボランティア活動を何ヵ月課す、という条項がありますものね」

打てば響く快さを佐倉は覚えた。

「ま、私も、十年後くらいには、罪の償いにボランティアでMSFに加わらせてもらうかな」

「えっ、何の罪ですか？」

朝子が目を丸めた。

「私の座右の銘は鬼手仏心と言ったが、心ならずも患者さんを殺《あや》めてしまったことが一度ならず二度、三度とある。いや、あった。まだ若い、未熟な時代だったが……」

朝子は言葉を返さず、佐倉を見つめたままだ。佐倉の二の句を待つかのように。

「『赤ひげ』という映画を知ってる？」

「映画は知りませんけど……」

訝った目のまま、やや間を置いてから朝子は返した。

「山本周五郎の小説は読んだことがあります」

「えっ？　そんな古い作家の作品を？」

「看護学校の教務の先生が大のファンで、読むように勧められて、図書館で借りて読みました。その方が山本周五郎の本をごっそり図書館に寄贈されたそうです」

「そう？　ひょっとして一期一会の由来を聞かせて下さった茶道の先生かな？」

「いえ、別の先生です」

「ふーん。沖縄中部病院の高等看護学校はさすがに多士済々だったんだねえ」

「そうですね。看護のことだけでなく、色々教えて頂きました」

「ところで、小説にも出て来たと思うが、赤ひげこと小石川養生所の医者新出去定《にいできよじよう》が、往診の途中ならず者にいちゃもんをつけられる場面がある。おぼえておられるかな？」

朝子は佐倉に目を凝らしたまま小首を傾げた。

「下手に抵抗すると命がねえぞ、とならず者が凄みを利かせるんだがね」

「はい……」

「弟子達はおろおろするが、赤ひげは些かもたじろがず、やくざまがいの啖呵《たんか》を切ってみせるんだね」

思わせぶりに佐倉は一息ついた。

「どんな啖呵かしら？」

すかさず返した朝子に佐倉はほくそ笑んだ。

「人殺しなら俺の方がしてるぜ。十人やそこらは――」

「まあ……！」

朝子は大きな目を一際大きく見開いた。

「無論、赤ひげ特有のはったりで、そんなに殺してる訳ではないだろうが、江戸時代後期で診断も治療の手だても限られていたから、たとえば癌や重い心臓病の患者は打つ手がなく、手を拱いて見ている他なかった。それに赤ひげは忸怩《じくじ》たる思いでいたんだろうね」

「ＭＳＦのドクター達も、赤ひげと同じ思いをかみしめているような気がします」

「うん……？」

「皆さん、現代の最先端医療の知識や技術を身につけていらっしゃるけど、紛争地の俄作《にわかづく》りの医療施設では設備も機器も薬も不足だらけで、次々と収容されてくる負傷者や病人に応じ切れず、マンパワー不足も相俟って、命を落として行く患者さんが跡を絶たないからです」

「そう言えば、ちゃんとした建物でなく、テントやコンテナで病院まがいの施設をこしらえた話があなたの本に書かれてあったね。それに大量出血で運ばれてきた患者に輸血さえできれば助けられたものを、間に合わずみすみす失血死して行くのを無念の思いで見ている他なかったことも……」

「紛争地では、本当に限られたことしか出来ないんです。無力感に打ちのめされることもあります」

「それでもまた出かけて行くんだね？　病院が爆撃されることもある危険な所へ。そこへあなたを駆り立てるものは何だろう？」

朝子は唇をきゅっと結んで佐倉を見すえた。

「私が親なら、そんな所へ行かせたくないと思うだろうが」

「そうですね。わたしの両親も、わたしが外国へ行く度に、もうこれで最後にして欲しい、寿命が縮まると言います」

「それなのに、弟の陽一郎君までがあなたの後を追おうとしている。ご両親はそのことをご存じなのかな？」

「知らないと思います。弟には、徒《いたず》らに心配させてはいけないから、いざその時が来るまでは内緒にしておくようにと言い含めてありますから」

不意に三宝の顔が浮かんだ。万が一にもそんなことはないと思われるが、彼女がMSFで働きたいと言い出したら自分はどうするだろう？　まず絶対に反対するだろうが、十年先――いや、もう九年だが――に青木のプロポーズを受け入れることがあって、青木がMSFに入りたい、ついてきてくれるかと言ったら、彼女は父親を振り切って行くだろうか？

青木はこのところ陽一郎と親しくしている、無論自分の許可を得てのことだが、産婦人科の手術を手伝っている。三宝がその様子を時折、佐倉が夕食に誘った時などに伝える。たとえば陣痛微弱で分娩が長引き、そのうち胎児の心音が聴き取り難くなった時、これ以上待っては危険とみなした陽一郎がすぐ様妊婦を手術室へ移し、青木を呼んで帝王切開に踏み切ったというエピソードなどだ。赤子の首には臍帯《さいたい》が巻きつき、取り上げた時は仮死状態だったが、ベテランの助産婦が赤子を受け取るや、熱湯と冷水に交互に赤子を浸すこと数十回、ついに赤子は息を吹き返して呱々《ここ》の声を上げたそうな。あんなに感激したことはなかったわ、と三宝は目を輝かせて語った。

(意外に感激屋だな)

と、その時佐倉は思ったものだ。

「智念先生が行こうとしている紛争地でスタッフの皆さんが一番心和むのは、帝王切開で赤ちゃんが無事取り出された時なんですってね」

陽一郎の話は姉の受け売りだろう。祝福されてこの世に誕生する赤子ばかりではない。紛争のどさくさに紛れて暴徒にレイプされ、妊娠に気付いた時は手遅れで止むなく出産に至る女性達のことも朝子の本には書かれている。

「さっきの質問に戻るが」

脳裏に浮かんだ三人の幻影を振り払って佐倉は上体を乗り出した。

「無力感を覚えながら、下手すれば命を落としかねない危険な地へ敢えて出かけるのは何故だろうね?」

一瞬たじろいだかに見えたが、唇を結び直して朝子は佐倉を見すえた。

「誰も行かなければ、現地の人達はもっと悲惨な状況に追い込まれるからです。先生が離島にいらしたのも、同じ思いからではないでしょうか？」

（俺が、同じ思い……？）

鸚鵡返しを胸の裡《うち》でしながら、朝子の真っ直ぐな視線を佐倉は眩しいと感じた。

涙

目黒の雅叙園を指定したのは佐倉の方だった。塩釜生まれの塩釜育ちで、薬科大学も仙台の私学、東京は修学旅行と、佐倉と見合いをして付き合い始めてから二、三度来た程度で、およそ不案内の品子に都内の落ち合い先を選ばせるのは酷だと判断してのことだ。

それでなくても品子には気の進まぬことに相違ない。

「何のお話？　例の件なら秀二が大学に入るまで待ってて言ったでしょ？」

東京へ行く、すまないが出かけてきてくれないか、と一週間前電話を入れた時、品子は端《はな》から突慳貪《つっけんどん》にこう言い返した。

「だから、その確約を書面にしてもらいたいんだ。口約束じゃなく……」

「何故そんなに急ぐの？　まだ先でもいいでしょ？」

(何故……？)

切り返されて佐倉は絶句した。品子が鼻持ちならないほど嫌いになったわけではない。同居していたなら毎日顔を合わせるのが苦痛になったとでも言えるが、尾坂病院に行って以来単身赴任だ。唯一理由に挙げたのは長男の不行跡とそれを咎めず庇い続けた品子への不満だったが、その高志もうこの世の人ではない。次男の秀二も自分にはなつかない、やはり品子べったりの母っ子だが、おとなしい性格で、親子の縁を断つ程のことはない。

「どなたかに、見せたいの？」

言葉をまさぐっている間に品子が二の句を継いだ。

棘を含んでいる。チクリと痛いものを胸に感じた。

「何を疑ってるんだ？」

強い調子で返した。

「いい女《ひと》ができたんじゃないかと思って」

意外にさりげなく品子は返した。

「あなたに妻や子供があると知ったら、大概の女の人は腰が引けるでしょうけど、三年後に女房は別れると言ってくれている、ほら、ここにその誓約書がある、と言ってお見せになれば、あるいは心を動かす女もいるでしょうから」

「穿ち過ぎだよ」

切って捨てるように言い放ってから、品子の憶測は満更的外れでもないと思い直した。

智念朝子の顔が脳裏をよぎっていた。

日曜の朝たけなわのこととて、雅叙園は賑わっている。圧倒的に女連れが多い。若い女性よりも中年から初老の女達が、三々五々連れ立って玄関を行き来している。色とりどりの鯉が泳いでいる池をガラス戸越しに眺められるラウンジの片隅に佐倉はやっと二人掛け用の席を一つ見出して腰を落ちつけた。約束の十時に十分残していた。

一週間前の電話で、正午には羽田に行かなければならないから午前中に会えないかと打診した時、「東京まで出て来いと仰るなら、あたしもその方がいいわ」と品子は返した。秀二は野球部に入っていて、その日は他校との試合がある、弁当を作ってやらなければならないから自分も早起きする、夕方には迎えにも行くから五時までにはこちらに戻らないと、と続けた。

秀二が小学生の頃は、休日にキャッチボールをしてやった。ピッチャーに仕立て、自分はキャッチャーになって、ほれ、ど真ん中に投げて来い、とミットを構えてやった。品子を呼んで、バッターボックスに立たせたりもした。時には車で秀二の小学校に二人を乗せて出かけ、広い運動場で佐倉がフライを打ち上げ、二人に取らせた。品子は怖がって秀二が逃がしたボールを拾う役割に徹したが、秀二は飽きることなくボールを追った。

しかし、そうした団欒《だんらん》も長くは続かなかった。高志が暴れ出したからである。無論高志が小学生の時にも佐倉はキャッチボールの相手やバッティングセンターに連れて行ってやったが、高志は余り興味を示さなかった。公立病院時代に覚えたテニスにも誘ってみたが、妻の品子も高志も、陸すっぽラケットに球が当たらず、運動神経は二人はまるで駄目と早々に諦めた。

高志が不慮の事故で亡くなる前から秀二はめっきり母親っ子になり、佐倉とは余り口を利かなくなった。高志の不品行をなじる佐倉と、それを庇う品子との板挟みにあっておろおろしていたが、自分を守ってくれるのはやはり母親の方だと、高志を庇い続ける品子にすり寄ったのだろう。

佐倉が夜遅く帰宅すると、秀二の姿が見当たらないことは多かった。塾へ通いだしていた所為もある。否、そもそも塾へ行くようになったのも、煙たい父親と顔を合わせることを極力避けたいという魂胆かららしいとは、品子が何気なく漏らした一言でそれと知った。

「お兄ちゃんが死んだのはあなたが冷たく当たったからだと秀二は言うのよ」

(自分も高志とはろくろく口を利かなかった癖に！)

実際、兄弟が言葉を交わしている様を見ることはほとんどなかった。

「あの二人はカインとアベルだな」

結婚のお祝いにと言ってポーランド人の神父がくれた聖書を多少繙《ひもと》いて知った創世記の人物を引き合いに出して品子に嘆いて見せたことがある。

「それは言い過ぎよ」

と品子は咎めるように返した。カインは自分よりも弟アベルの貢物を神が良しとしたことに嫉妬を覚え弟を殺してしまう。カインはその罪の報いを神から受け、エデンの園を追われる。

旧約聖書創世紀のその物語は神話に過ぎないと佐倉は一笑に付したい思いだったが、他人同士は元より、兄弟間の殺傷事件がニュースに取り上げられる度、人類は正しく〝カインの末裔《まつえい》〟だなと痛感する。

「そうじゃないだろ。秀二も高志を嫌っていたはずだ。それに高志は自殺した訳じゃない。秀二の言い分をそのまま伝える君にこそ問題がある。抑々《そもそも》は君が高志を甘やかし、不良仲間と付き合っているのも見て見ぬ振りをしていたからだ。高志が学校に行ってないのを俺は長い間知らなかった。しかし、君は知っていながら放任していた」

「そんなことはないわよ」

品子は切り返した。

「何度も注意したわ。でも、学校は面白くないの一点張りで聞く耳を持たなかったから、一年くらい休学してもいいと思ったのよ」

「大学生ならいざ知らず、高校で留年する奴がどこにいる！　それに、一年の休学で済むならまだしも、そのまま休学を続けたら〝中卒〟で終わってしまう。十代半ばで人生の落伍者になっちまうんだ」

「やり直しは出来るわ」

品子はなおも言い返した。

「社会に出てからでも遅くない。定時制高校に行ったり、独学で大学受験の資格を取る人だっているわ」

当の本人がもはやこの世の人でなくなっている。それを承知でのやりとりは空《むな》しいばかりだ。佐倉の足は更に遠退き、尾坂から塩釜の自宅に帰ることも年に一、二度になった。品子に会いに行くのではなく、自分を避けてはいるが佐倉の方はまだしも父親としての感情を失っていない秀二の顔を見、一言でも二言でも声をかけてやりたいと思うからだった。

だが、その義理めいた思いも、尾坂鉱山が閉鎖と決まり、病院も診療所に縮小されて外科医を要さなくなった時点で佐倉の念頭から掻き消えた。それでも品子への愛情が残っていたなら、塩釜に戻って古巣の鉄心会病院に再就職することを考えただろうが、品子との生活を考えると息苦しさだけを覚えた。思春期になれば息子は益々父親と距離を置くようになるだろうし、母親べったりだからよもや高志の二の舞を演じることはないだろうが、父親を疎ましいと感じて家に寄りつかず外で遊ぶようになるかも知れない。成績も高志よりはましだが、精々中の上程度で、エリートコースを歩むことはまずないだろう。

尤も佐倉は、高志にも秀二にも、自分と同じ医学の道に進んで欲しいと思ったことは一度もない。開業医ではないし、将来開業する気もなかったことが理由の一つ、二つ目は、医者になることはもとより、医者であり続けることの難しさを痛感していたからだ。ことに外科医は、術後の経過が思わしくなければ病室の敷居を跨ぐのも苦痛となり、患者や家人への説明に神経をすり減らす。不治の病ならまだしも、自分の腕の未熟さ故に患者を死へ追いやっているといううしろめたさを拭いきれない時は、毎日が針の筵《むしろ》に座らされている思いで、いっそ地の果てまで逃れたいとさえ思う。一度限り、

「あなたは子供達に医者になって欲しいと思っているの？」

と品子に聞かれたことがある。

「いや、医者はもう俺一代でいいよ。こんな険しい道は子供らに歩ませたくない」

「そうね。ことに外科医は大変ですものね。私の友達で研修医を終えたばかりの外科医と付き合っていた人がいたけど、デートの約束を何度もドタキャンされて厭になっ

て半年そこそこで別れてしまった人がいるわ。普通のサラリーマンと結婚して今は幸せでいるらしいけど」

佐倉にも覚えがある。品子と見合いをして付き合い始めて間もない頃、東京へ呼んで学士会館のロビーで待ち合わせることにしたものの、約束の時刻の三十分前に緊急の手術に呼び出された。品子が東京へ着いた頃だ。しかし、携帯電話のない時代で連絡の取りようがない。手術の準備にあたふたしているほんの合間に医局へ戻り、かくかくの者が三十分程して到着するはず、アナウンスででも呼び出してメッセージを伝えて欲しい、とホテルに電話を入れた。二、三時間程遅れそうだからひとまずチェックインし、ホテルの界隈《かいわい》かどこかで時間を潰していて欲しい、と。

「お元気そうね。少し日焼けしたかしら?」

面と向かうなり、品子の方から口を切った。

「まあ、南国だからね。日中外に出ることは余りないが、それでも東北とは日差しが違う」

探るような妻の視線を些か眩しいと感じながら佐倉は返した。

「昼は済ませて来たんだね？」

駅弁で、と言おうとして、子供の弁当を作るついでに自分の分も作って持ち込むと聞いたことを思い出していた。

「ええ、あなたは？」

「ホテルで遅まきの朝食を摂ったから昼は抜きだ」

「ホテルって、ここへお泊まりになったの？」

「いや、例の学士会館だ」

付き合い出して結婚するまでの一年間に、何度か品子を東京へ呼んだことがある。ゆっくり東京見物をしたいという品子のために学士会館に宿を取った。両親連れで来たこともある。その時は、シングルでなく、館内に二部屋しかないスイートルームの一つを取ってやった。

「レトロな感じで、とても落ち着きますわ」

と品子の母親は言って、「あなたも会員になれるんじゃありませんの？」と夫を振り返った。

「この人は、学部は勿論違いますけど佐倉さんと同じ大学を出てますから、先輩になりますわね」

　見合いの席で母親はこうも言った。

「ご両親様から、ご出身が東北大の医学部と伺って、主人共々、とても親近感を覚えましたのよ」

　母親はひとり冗舌で、座を取り仕切っている感じだった。佐倉はその言葉の端々に多分に追従めいたものを覚えて余り良い気分ではなかったが、実直そうな父親と、父親似の整った顔立ちと控えめな品子の物腰がまずまず気に入って、付き合ってみるよ、と両親に言った。

　その第一印象は、結婚してから覆された。いや、丸々というわけではない。確かに控えめなところもあるが、自分の主張を結構押し通し、(我の強い女だ)と辟易させられることもあった。

「じゃ、何故わざわざここにしたの？　学士会館でよかったのに」

(咎めるような口吻と感じたのは、こちらに多少の疚しさがあるからだ)

　智念朝子の顔が浮かんでいた。

「うん、そうも思ったが、折角出て来てくれるんだから、少し趣きの変わったところの方がいいと思ってね、学士会館にはこういう雰囲気のラウンジはないし……」

品子はこれには答えず、視線を左右に巡らした。左方には色とりどりの鯉が泳いでいる池が見て取れる。右手にはロビーから続く通路を三々五々連れ立って客が往来している。

二の句を継ごうとしたところへウェートレスが注文を取りに来た。

「俺はコーヒーでいいが、君は？」

「あたしは、抹茶セットを頂きます」

そう言えば品子はコーヒーをほとんど飲まなかった、朝食はトーストにコーヒー、それにハムエッグと野菜サラダが佐倉のお決まりのメニューだったが、品子と子供達は専ら和食だった――と遠い記憶が蘇った。

(食の好みも合わなかったな)

佐倉は魚を好んだが、品子と子供達は肉を食べたがった。

「ところで、持ってきてくれたかい？」

ウェートレスの後姿を見送ったところで佐倉は言った。品子は無言のまま傍らに置いたハンドバッグに手を伸ばし、膝の上でそれを開くと、白地の封筒を取り出し、佐倉に差し出した。開封のままのそれをのぞくと、覚えのある便箋が四つ折りにされている。佐倉が離婚の条件を箇条書きにして品子に送りつけたものだ。

便箋をつまみ出し、恐る恐る開いた。箇条書きは万年筆で綴ったものだ。下方の僅かなスペースに、

「上記の件、同意します。但し、秀二が大学に入るまでは保留にして下さることが前提条件です」

と、細字の万年筆で書かれ、署名捺印が付されてある。

「有り難う、いいんだね？」

一読二読して便箋を折り畳んで封に戻してから、佐倉はやおら顔を上げた。

「いいも何も、同意しなければあなたは家裁に持ち込んでもご自分の思い通りになさるんでしょ？」

「そうだな、最悪の場合はね。調停に何度か通うことも覚悟していたが……」

実際、今回も、話し合いに応じたとしても、自分が提示した条件に素直に同意した誓約書を持参してくれる望みは五分五分かそれ以下と見込んでいた。条件について何

か異議を唱えるか、何故別れたいのかと、当初の問いかけを繰り返されるばかりではないかと危惧していた。

元々品子とは格別の愛情を抱いて結婚した訳ではない。司式のポーランド人神父の、「あなたは嘉藤《かとう》品子を妻とし、終生愛することを誓いますか？」との問いかけに「否」との言葉が喉元まで出掛かったのを呑み込んだ記憶は消えていない。

尾坂病院に移って以来、品子との夫婦の交わりは断っている。初めて離婚を切り出した時、それも口実の一つに挙げたが、刹那品子は涙を見せた。自分は品子にもはや〝女〟を感じなくなっているが、品子はまだ自分を〝男〟と見ているのだと悟った。まだ男としてのリビドーを他に求めたいから離縁を切り出した、とは思われたくなかった。現に、意中の女性がいる訳でもなかった。だから、苦し紛れに中条三宝のことを告白に及んだ。

長い話になった。中条志津とのことは結婚前に告白してある。だが、三宝のことまでは言及していなかった。

別れて二十年後に志津が乳癌の手術を求めて尾坂に自分を訪ねてきたこと、退院間際に三宝と初めて見《まみ》えたこと、五年後に志津は亡くなったが、形見にと渡された志津の日記を読んで母親と自分の関係を知り、三宝が勇躍奄美大島まで来たこと、等々、佐倉の改めての告白に、品子は意外に冷静に聞き入っていた。だが、語り終えた時、佐倉の話を咀しゃくするように暫く唇を開いたり閉じたりしていた品子は、思い切った風に言った。

「その方が亡くなるまでの五年間、時々会ってらしたんでしょ？」

「うん……？」

意表を突かれた思いだったが、何も疾しいことはない。いや、一度限り、退院間際に志津を十和田湖《とわだこ》へ案内した帰り、束の間立ち寄った公舎で唇を交わしたが、それは自分から誘ったものではない。志津の方から抱擁を求めたのだ。浅い口づけだった。志津が舌を絡めて来そうになった刹那、佐倉はそれを押し留め、抱擁を解いた。志津はいざ知らず、自分は〝焼け木杙に火を付ける〟気はさらさらなかった。志津をもはや患者としてしか見られなかったからだ。

「乳首の再建術を受けにもう一度尾坂へ来たが、それっきりだよ。彼女がいつ亡くなったかも知らなかった」

事実はそうではない。呆《ぼ》け始めた父親に振り回されていると母親が訴えて来たので、二人の様子を見に塩釜へ帰った時、ついでに寄った自宅で相変わらずの長男高志の狼《ろう》藉《ぜき》振りを見て気が滅入った時、志津を仙台のホテルへ呼び出したことがある。憂さ晴らしのつもりだったが、それだけでは申し訳ない気がして、退院の前日、夫と共に志津を迎えに来た三宝の印象を伝え、彼女を志津との間に出来た子と認める訳ではないが、せめて〝足長おじさん〟になりたいと提案することを思いついたのだ。志津にはあっさり、「駄目、あたしの目の黒いうちは」と断られたのだが。

そんな志津との逢瀬をあえて品子に語ることはない、〝嘘も方便〟でいい、と割り切った。

「家裁に調停に入ってもらっても、あなたが調停員の説得に応じる訳でもないでしょうし……」

幾分投げ遣りな調子で品子は返し、唇をかみしめて俯いた。拍子に、眉間に縦皺《たてじわ》が、額に横皺が走った。

（大分、老けたな）

自分より四歳年少だからまだ五十には手が届いていないはずだし、この前会った時から半年も経っていないのに、と佐倉は思った。薄く化粧を施しているようだが、それがかえって顔色を消して生気を奪っている。否でも智念朝子の潑剌《はつらつ》とした顔と比較していた。

「ま、そうだが……何にしても、有り難う」

ひとしきり品子の顔を流し見やってから、佐倉は封筒を押し頂いて胸のポケットに納めた。品子は見るともなく上目遣いにその仕草を見て苦笑気味に唇を伸ばした。

「あなたは、当分、奄美大島にいるの？」

予期した問いかけだ。

「多分、ね」

佐倉は素直に頷いた。

「みほさん、て言ったかしら？　娘さんも、ずっとそちらにいるのかしら？」

「さあ、どうだろうね？　十年はいると言っているが……」

「十年？　どういうことかしら？」

「さあ、それはどうだか分からない。敢えて詮索したことはないからね。自分なりにそう思い定めて私の所へ来たんだろう」

「父親冥利に尽きるわね。あなたとしては、嬉しいでしょ？」

「いや、当初は戸惑ったよ。俺には娘はいないことになっているからね。皆にどう紹介したらいいものかと思って……。苦肉の策で姪ということにしたんだが、いつばれるか知れない」

「でも、一緒に住んでるんでしょ？」

「いや、別々だ」

すかさず返してから、そうか、同居させてもよかったのか、と今更ながら思った。が、すぐにその思いを打ち消した。

「姪とは口実で、本当は若い愛人を呼び寄せて家に囲っている、などと口さがない連中が言いださないとも限らないからね」

「でしたら、堂々と、親子だと名乗ったらいいじゃありませんか」

「うん……？」

一瞬、（それもありか）と思ったが、またすぐにこの思いも払拭した。

「名字が違うからね。君との間の子ではない、曰くつきの娘だと、これまたすぐに広まってしまう。それに、君とも離婚してないんだから、事実を話せば君を傷つけることにもなる」

「同居しているならいざ知らず、遠くに住んでいるんだから、あたしは別に……。奄美大島なんて、外国みたいなものですもの。あたしが鹿児島あたりに住んでいたら、そうでもないでしょうけど」

「そう言ってもらえると気が安まるが……」

「それよりあなた――」

品子は改まった面持ちで上体を屈め、声を潜めた。佐倉は背にしているが、品子からは丸見えの隣の席では四人連れの中年の女達が賑やかに喋っている。自分達の話に夢中でこちらの会話にはおよそ耳を欹《そばだ》ててはいまいと頓着せず普段の声で喋っていたが、品子は気遣ったらしい。女達の賑やかなお喋りが束の間静まっていることに佐倉は気付いた。

「その娘さんと親子の名乗りを上げたいからあたしと離縁したいの？」

「どうしてまたそんなことを……？」

佐倉もつられて上体を屈め、声を潜めた。

「だって、普通男の人が離縁を持ち出すのは、他にいい女ができて一緒になりたいと思うからでしょ？」

「そうとも限らないさ。女房には内緒で愛人を作る男は少なからずいる」

「そうね。でも、あなたはそんなことはできない人よ。何でもけじめをつけないと済まない性格だから」

品子のこの言葉で、思いの外早くあっさりと署名捺印した誓約書を見た時一瞬閃いた（ひょっとして彼女にも誰か意中の男ができたのかも知れない）という疑いを佐倉は払拭した。同時に、夫は愛人故に自分と別れたがっている訳でもないと妻は信じていると知れ、些か面映《おもはゆ》いものが胸に疼いた。三宝と朝子の顔が瞼の裏で交錯していた。

（二人が、義理の母子になる日があるだろうか？）

熱いものが胸をよぎったが、当分まだ妻であるだろう女を前にして、些か不埒な考えだぞと咎める声なき声も聞こえた。

ウエートレスが注文の品を運んできて、会話はごく自然な形で数分間中断された。

隣のテーブルの女達の声が否でも耳に入ってくる。四人連れだが、よく聞いていると、専ら喋っているのは一人で、他はそれに短いフレーズの言葉を差し挟んでいるだけだ。内容は他愛のない噂話だ。

「分からない」

抹茶を飲み干して口もとを拭った品子が、もののついでにといった感じで目を伏せたままぼそっと言った。

「うん？　何がだい？」

コーヒーカップを置いて佐倉は品子の目を探った。品子は上目遣いに佐倉を見た。

「他に好きな女ができたわけでも、みほさんと親子であることを公にしたいからでもないとしたら、何故あたしと別れたいのか……。あなたがいきなり離婚の話を切り出した時、最初に言ったことを覚えていらっしゃる？」

「ああ」

「何て？」

「娘ができたんだ――だったよね？」

「そう。てっきりあたしは、娘って赤ちゃんで、不倫相手の若い女に産ませた子かと思ったわ。そういうことならもう別れるしかないなって。でも、そうじゃなかった。なのに、その娘さんが突然現れたからといって何故あたしと別れなければならないのか、どうしても分からなかった。いえ、今でも分からない。その娘さん、みほさんと、あたしと、二者択一をしなければならないのかって……。みほさんのお母さんはもう亡くなられたのだし……」

「だからだよ」

話が蒸し返されたことに苛立ちを覚えながら佐倉は返した。

「あの時も言ったと思う。母親が生きていたら、彼女は俺のことを知ることもなかったろうし、たとえ中条志津の夫が先に死んで志津が本当のことを三宝に知らせ、それで三宝が俺の所へ来たとしても、俺は彼女を追い返しただろう。志津が生きている限り、母親の許《もと》に留まるべきだと言い聞かせただろうね」

「もしそうだったら、あたしと別れようとは思わなかったのかしら？」

「それは、どうだったか……」

佐倉は言葉に詰まって視線を落とした。品子の視線を額に熱く感じた。

「尾坂病院を辞めると聞いた時、あなたは塩釜に帰ってきて下さるものと思った。高志もういないことだし……」

「その選択肢は――」

品子の視線の熱さに耐えかねて、佐倉はコーヒーカップに手を伸ばしながら顔を上げた。

刹那、品子の目に光るものを見出してたじろいだ。

(この女はまだ俺を愛している。だが俺は……)

「その選択肢も――」

いつの間にか手にしているハンカチで品子が目尻を拭ったのを見届けてから佐倉は繰り返した。

「考えないではなかったよ。しかし、すぐに病院に勤める気にはならなかった。だから、船医になった。イギリスの医者で作家のA・J・クローニンの『人生の途上にて』という彼の伝記本の中に船医になった体験談があって、メチャクチャ面白かった。自分もいつかは、と思った。一旦勤めて三ヵ月も休暇を取ることは許されないから、次の病院へ移る狭間がチャンスだと思っていた。最初のそれは、中条志津と別れて名取の市民病院を辞めた時だったが、大学の同期生の坂東君《ばんどう》が口を利いてくれた東京の病院はすぐにも若い外科医を欲しがっているということで諦めた。尤も、それでよかった。忙しさに紛れてくよくよ思い悩んでいる暇はなかったからね。もし船に乗っていたら、傷心の余り海に身を投げていたかも知れない。佐藤次郎のようにね」

「サトウジロウって……？」

「昔のテニスの名選手で、父がよく聞かせてくれた。ウィンブルドンの大会でベスト4に入った程の腕前だったが、欧州遠征の途上、マラッカ海峡で投身自殺を遂げた。まだ二十六歳だったそうだ」

「どうして自殺してしまったの？」

潤んだままの目で品子は返した。

「マラソンの円谷《つぶらや》選手のように、国を背負っている重圧に耐えかねたからだろうという説もあるが、失恋が最大の原因だった、という説が有力らしい。父に聞いた話だけどね」

「マラッカ海峡って、どの辺かしら？」

「インドネシアの近くだよね。多分、その日は凪だったんじゃないかな？」

「どうして？」

「俺は船医になって大西洋、太平洋を渡ったけれど、大西洋は波が荒いことで有名で、俺の乗った船がスペインのビルバオで荷物を積んで大西洋に出た途端、大時化に遭って揺れに揺れてね、荷をくっていた綱が切れてビルバオに引き返したらしい。俺はそれまで車は勿論船に酔ったこともなかったが、この時初めて酔ってへろへろになりベッドに這いつくばっていたから、船が引き返したことも知らなかった。

ところが、二週間後、パナマ運河から太平洋に出たら、打って変わって海は穏やかで、まるでアイスクリームを融《と》かしたみたいでね、デッキから降りてそのまま海の上を歩いていけるんじゃないかと錯覚する程だった。

インド洋も、凪の時は似たような状況だったんじゃないかな。で、佐藤次郎は吸い込まれるように海に身を投じたんじゃないだろうか？」

「あなたのそんなお話、もっと早くに聞きたかったな。あなたは物知りだし、あたしより沢山のことを経験していらっしゃるから、あたしの知らないことがまだまだ一杯あるんでしょうし……」

しみじみとした口吻だ。佐倉の胸に、品子への惻隠《そくいん》の情が湧き来《きた》った。自分は今この女を突き放そうとしている、しかし女の方は自分にまだ未練を残している。今また新たに見せた涙がそのことを物語っている。

船医の三ヵ月間は、終生忘れ難い思い出だ。語り出せば一夜では足りないだろう。

尾坂病院にもはや自分の居場所はないと悟った時点で次の就職先を考えた時、母校の庇護を絶ってアウトサイダーの道に入った一匹狼の悲哀をかみしめた。名取の市民病院は母校の関連病院で、大学の医局から出張の形で赴任したのだから、中条志津と別れて大学に戻っていれば医局員の身分のままでいられた。しかし志津を忘れたいばかりに仙台界隈に留まることをよしとしなかった。自分と同じアウトサイダーの道を歩んだ同期生坂東のことを思い出し、連絡を取った。幸い外科のポストが空いていて公立昭和病院に滑り込めたが、二年遅れていたらどうなっていたか分からない。二年後には坂東が郷里に帰ってしまったからだ。

塩釜の鉄心会病院に勤めることになったのも、たまたま品子の父親からの情報がきっかけだった。塩釜には母校の関連病院が無くはない。外科の医局長に不義理を働いたことを詫び、何とかどこかの病院に入れるよう便宜をはかってくれと頼み込めばあるいは許され、再び母校とのつながりを得られたかも知れないが、空きのポストがあるとは限らない。公立昭和病院時代に会得した乳房再建術を、いきなり飛び込んで来た外科医にやらせてくれる保証もない。年齢的には申し分ないから少なくともナンバー2くらいのポストをあてがわれてもいいが、十年も母校と縁を断っていた人間に国立大学の医学部傘下の病院がいきなり相応のポストをあてがってくれることはないだろう。まずは平でということになりかねない。平の外科医が時代の先端を行く手術をやりたいと言い出したら、上司はまずいい顔をしないだろう。

単純な乳房切断術は一時間半そこそこで済むが、自分がやりたい再建術を加えるとその三倍近くの時間を要する。患者が希望するなら形成外科医に回せばいいんだで片付けられかねない。

中条志津と出会った名取の市民病院で既に、上司の頑迷さに阻まれて思い通りの医療が出来ないもどかしさを経験していたから、頭を下げて塩釜の関連病院に就職を求める選択肢は外した。そうして義父の勧める新設の鉄心会病院に応募し、外科のチーフに抜擢された。

そこから尾坂病院に移るきっかけも、同期生浅沼との再会だった。その僥倖《ぎょうこう》がなかったら、悶々たる日々が続いていただろう。

「君の言う沢山の経験は、母校の庇護を絶って一匹狼になった、いや、ならざるを得なかったが故のもので、胸を張って語れるようなものじゃない」

「でも、悔いはないでしょ？　自分の思い通りの道を歩んでいらしたんだから」

（思い通り？　それは語弊がある！）

すかさず返そうとした言葉を佐倉は呑み込んだ。品子の目が乾き切っていないのを見て取ったからである。

（思い通りにはならなかったさ。結婚も、子供のことも）

「思えば、綱渡りの人生だったよ。船に乗ってね、何せ乗組員が三十人そこそこでしかも屈強な男達ばかりだから船医はお飾り的存在でほとんど出る幕がない、厭と言う程時間がある。で、暇に任せて来し方行く末につらつら思いを馳せた。挙句、君には我がままを許してもらおう、という結論に達したんだ」

「それはつまり、別れる、ということなのね？」

「うん。ひとつ思ったのは、我々に女の子がいたら、或いは塩釜に帰ったかも知れない、ということだった」

「どうして？　何故そんな風に思ったの？」

品子の目がまた潤んで来るのに気付いたが、これはどうしても言っておかねばと佐倉は気を奮い立たせた。

「船医として乗り込んだ船が太平洋の一ヵ月の航海を終えて愈々《いよいよ》最後の寄港地台湾の

高雄《たかお》に近付いた時、無性に日本が懐かしくなってね。家庭を捨てようとしている俺をそんなノスタルジアに駆り立てるものは何だろうかと考えた時、中条三宝の存在だ、と思い至ったんだよ。志津の退院間際と、再手術に尾坂へ来た時と、二度会ったきりだが、そうか、俺には娘がいたのか、秀二の後に生まれるはずだった水子の蘇りかも知れない、いや、そう思うことにしようと……」

品子の目尻から涙がこぼれ頬に伝ったが、気丈にも品子はそれを拭おうともせず、目で「続けて」と佐倉を促した。

「これを見てくれるかい？」

佐倉はスーツの内ポケットを探り、葉書大の白い封筒を取り出した。

「俺の所へ来る前、母親の見舞いに尾坂へ来た時と、三宝の看護大学卒業時の写真だ」

佐倉は封筒をそのまま品子に差し出した。品子は無言で受け取ると、幾らか表情を強張らせて中に指を差し入れた。

写真は二枚入れてある。一枚は佐倉を挟んだ中条家の四人、もう一枚は佐倉と三宝のツーショットで、佐倉はいずれも白衣姿だ。

品子は両手に一枚ずつ持ってじっと見入っている。佐倉は前髪のかかったその額に目を凝らした。横皺がはっきり三本数えられた。

「どことなくお母さんに似ているところもあるけど、でも、大部分あなた似ね」

写真を交互に見やったまま、自得するように頷きながら品子が言った。

「うん。ま、初めて三宝を見た時そう思ったが、念の為ＤＮＡ鑑定をしてもらったよ」

それには顎をひとつ落としただけで、品子は右手の家族写真の方に目を転じた。

「男性は、志津さんの夫と息子ね？」

「ああ、しかし、夫ももう故人だ。志津が亡くなって一年程して、クモ膜下出血でね」

「息子さんは？」

「結婚して、子供もいる」

「みほさんとの交流は？」

「たまにあるようだが……賀状くらいかな」

「あなたのこと」

品子が漸く顔を上げた。

「息子さんは、知ってるの？」

「さあ、どうだか……」

気にはなっていたが、生前の志津に確かめたことはなかったし、三宝に問い質したこともない。

「でも、みほさんがあなたの所へ来たことは知っているでしょ？　不思議に思うわよね？」

「うん、まあそこは、何とでも言えたんじゃないかな？」

「何とでもって？」

「彼女は尾坂病院のような僻地《へきち》の病院に関心を持ったようだったから、伝を得た俺の後を追って離島の病院で働きたいと言っても、家族は別に不思議に思わなかっただろうしね。離島の人間が都会に憧れて出るようなものだ。逆ヴァージョンだがね」

胆石発作に苦しんで手術台に横たわる自分を想像した時、自分で剃毛から尿道カテーテルの留置までやってのけた石垣島出身の看護婦を佐倉は思い出していた。同時に、胆石のことを品子に話そうか話すまいかと迷った。

「そうかしら？　それでいいのかしらね？」

思わせぶりに言って、品子はまた写真に目を落とした。今度は佐倉と三宝のツーショットの方へ。

「あなたは、女の子を欲しがってたものね。みほさんは天からの授かりものね。美人だし、賢そうだし、可愛くて仕方がないでしょ？」

「まあね。子供を有り難いと思ったのは、高志や秀二がまだ物心がつかないうちだけだったからね。今にして、成人した娘がかすがいになるとは思わなかった」

「何のかすがい？」

品子は口もとを歪め、皮肉なうすら笑いを浮かべた。

「うん……？」

「物知りのあなたにしては今の言葉は語弊があるわね」

訝った佐倉に品子はうすら笑いを続けた。

「だって、かすがいというのは、相手があってのことでしょ？　みほさんは、あなたと誰とのかすがいなの？　少なくともあたしではないし……」

一本取られたと思った。

「そうだったね。君の方が国語能力は上だ」

「ご冗談を」

品子の目と口もとから笑いが消えた。

「あなたは承知しないでしょうけど、あたし、みほさんの親代わりになってもいいのよ」

今度こそ絶句した。

「あたしも、女の子が欲しかったし、流れた子はきっと女の子だったろうなと思うから」

言い放って、品子は唇をかみしめた。乾いていた目がまた潤んで来ている。ひるんだ面持ちでそれを見すえる佐倉から目を逸らすことなく、先刻の皮肉めいたうすら笑いとは裏腹に、心なしかはにかんだような笑いを品子は見せた。

「お別れするまでにまだ三年近くあるでしょ。それまで、ゆっくり考えておいて。みほさんにも、あたしの今言ったこと、伝えて下さって……」

品子は目尻から頰に伝った涙を拭おうともせず、手にした写真にもう一度目をやってから、二つを重ねて佐倉の前に置いた。

混　乱

数時間後、佐倉は奄美大島に戻った。

空港のロビーに三宝の姿を見出した時、妻との話の締めくくりはこの娘のことだったと思い返された。

(堂々と、親子だと名乗ったらいいじゃありませんか)

品子の思いがけない言葉が蘇った。秀二の妹となったかも知れない水子の話をとっかかりに、今や中条三宝の存在が唯一の生き甲斐であるとまで言い切った時、品子は唇をかみしめ、何かを探るように佐倉を凝らし見てから、言った。

「みほさんも、どんなにかあなたを〝お父さん〟と呼びたいでしょうに……」

佐倉は絶句し、胸からのど元にこみ上げる熱い塊にむせた。

「結局あなたは、みほさんと二人、南の島で暮らして行くのね？」

別れ際に、品子はこうも言った。

「さあ、どうだかな。年頃の娘だ、いつ好きな男ができて離れて行くか知れんさ。十年はそばにいると言ってくれたがね」

「結婚もしないで？」

「その辺は分からない。母親の残した日記から憶測する限りだが、高校の同期生で医学部に進んだ男と付き合っていたらしいが、男は同じ同期生で開業医の娘に心を移してしまったとかで、そのショックを引き摺っているようだ。いわゆるＰＴＳＤという奴だね。プラトニックラブに終わったのがまだしもだったが……」

「じゃ、男性不信に陥っているのね。お母さんと違って、潔癖な娘さんなのね」

（不用意な発言だ！）

何気なく聞き流しそうになった品子の言葉を内心咎めた。中条志津が不潔な女だと言わんばかりだ。ひいては、その女と関わった自分も同じ穴の貉《むじな》だと言われたような気がした。

（そういうお前も、俺が初めての男ではなかったじゃないか。結婚前のことだから、敢えて追及はしなかったがね。君が三宝のように処女であったら、或いはもっと君を愛せたかも知れない）

確証はない。しかし初夜の情交で、品子の〝成り成りて成り合はざる処〟は佐倉の〝成り成りて成り余れる処〟を易々と受け入れ、一滴の血も滴らせなかった。

寝物語に佐倉は、志津の初体験を聞いたことがある。夫もあなたと同じ童貞だった、自分も処女だったから、初めての交合はうまくいかず、何日目かに漸く結ばれたが、その瞬間股間に痛みを覚え、ベッドのシーツに鮮血を散らした、大慌てでシーツを洗い、ドライヤーで一時間かけて乾かした、と志津は告白した。

「待たせたかな？」

羽田で知らせた到着時刻より十五分程遅れている。三宝は恐らく二十分前には来ていただろう。

「いえ、そんなには……」

三宝は腕の時計をちらと見やってから言った。見覚えのある細い臙脂《えんじ》色《いろ》の革バンドの時計だ。三宝が初めて自分を訪ねて来た時、目にして以来だ。ペアもので、男性用のやや太めの黒い革バンドのそれは佐倉の左手首にある。しょっちゅう手術衣に着替えて手洗いをするから病院へははめて行かない。今回のように外泊の旅に出かける時だけだ。

三宝の腕にも普段は見かけなかった。三宝ばかりではない、手術室のナースでつけている者は誰もいない。入院患者の脈拍数を測るノルマを課せられている病棟勤務のナースはほとんどの者がつけているが、中には、病室にかかっている時計で間に合わせ、はめていない者もいる。

「少し早いが、ここのレストランで夕食を摂ろう。お腹は、余り空いていないかな？」

自分も腕の時計を見やってから佐倉は言った。三宝は軽く首を振った。

「今朝は寝坊して朝ご飯を食べるのが遅かったからお昼を抜いてます」

「私も昼抜きだから、丁度いい」

品子とは一時間余り語らった。時計を見て十一時を廻っていることに気付き、慌てて羽田に向かった。

「もう、これっきりなの？」

雅叙園の前でタクシーを拾う間際、品子が言った。

「離婚届が郵送になるなら、あるいはね」

これには品子は何も返さなかった。

話の最後は、お互いの親のことを尋ね合った。佐倉の父親は呆けてしまって散々母親を手こずらせた挙句、誤嚥して肺炎を起こし、救急車で運ばれた塩釜の鉄心会病院で十日後に亡くなった。母親も程なく大腿骨骨折を起こして寝たきりとなり、肺炎を併発して不帰の人となった。

佐倉はその臨終に立ち会えなかった。パナマ運河から太平洋に出た船に届いた電報で母親の死を知った。肺炎を起こして入院したことも、既に船上の人となっていた佐倉は知らなかったから、その訃報には驚いた。

差出人は品子で、母の最期を看取ってくれたのも品子だと帰国して知った。親不孝者だと思った。葬儀は内々の家族葬でひっそりと済ませたと聞いた。

「あたしの両親は勿論、ご焼香させてもらったわ」

他に参列者は、佐倉の両親の兄弟姉妹、つまり叔父叔母に当たる者と、品子が勤める調剤薬局の上司だけだったという。

佐倉は品子の両親に詫びに行った。

「ご両親の住んでおられたお宅をどうなさいますかな？」

亡くなった佐倉の父親よりは若いが、それにしても古希を過ぎ、頭や眉、トレードマークのちょび髭もめっきり白くなった品子の父親が言った。隣で、暫く見ないうちにめっきり老けたと感じさせる品子の母親が相槌を打っている。二人と見《まみ》えるのは、長男高志の葬儀以来だ。品子との離縁の決意は自分の中で醸成したまま口には出していなかったから、無論義父母も知らない。

「それよりあなた」

品子の母親が横合いから口を出した。

「周平さんの次のお勤め先をお聞きしないと。品子も知らないようだし」

奄美大島の名瀬に新設予定の鉄心会病院に院長として赴くことは船医になる前に内定していたが、品子には知らせていなかった。病院のオープンは半年後で、船医の雇用期間は三ヵ月だから、帰ってから話しても遅くはないと思ったからである。

「そうだな」

今度は夫の方が相槌を打った。

「品子は周平さんが前に勤めておられた病院の調剤薬局に勤め出したから、こちらに戻って来られるものと思っているが、違いますかな？　品子からはまだ何も聞いてませんが、周平さんとの間で内々そう打ち合わせが出来ているんじゃないか、だから品子も今の病院の調剤薬局に勤め出したんだと、てっきり私はそう読んでいたんだが……」

義父は腕組みをしてちょび髭を撫でながら佐倉を探り見た。

返答に窮した。

「私もそのつもりでいましたが」

ややあって、佐倉は苦肉の弁明を捻り出した。

「鉄心会病院に戻りたい旨、理事長の徳岡鉄太郎先生に相談に行ったところ、奄美大島に新しい病院を建設予定だから、そちらへ行ってくれないかと言われまして。以前お世話になった手前、断りきれなくて……」

義父母は顔を見合わせた。

「品子達も、一緒に行くのかしら？」

義母が半分夫を、半分佐倉を見て言った。

「いえ、品子さんも折角調剤薬局に勤めたばかりですし、秀二の学校の関係もありますから、単身で参ります」

義父母の質問は執拗《しつよう》に続いた。奄美大島とはそもそも奈辺《なへん》にあるのか？　交通の便はどうなのか？　新しく出来る病院はどれくらいの規模で何科があるのか？　院長で行くということだが、それならもう手術はしないのか？　衣食住に困ることはないのか、等々。ざっと一時間も質問攻めに遭った挙句、些かうんざりした気分で佐倉は暇《いとま》を告げた。


「病院は、何も変わったことはなかったかい？」

レストランに落ちついたところで佐倉が先に口を切った。

「ええ、特に……あ、でもハブに嚙まれた人が一人救急車で運ばれてきました」

「ほー、大丈夫だったのかな？」

「ええ、一応入院してもらいましたけど……」

「いつ来たの？」

「土曜の午後です。夕方近く……」

「じゃ、青木君が診たのかな？」

「ええ、私も当直でした」

それは知らなかった。医者の当直者は一覧表が院長室に貼ってあるから把握しているが、ナースのそれまではチェックしていない。

(そうか、三宝が青木と当直を共にすることもあるんだ)

口に出しかけた言葉を呑み込んで佐倉はふっと不安を覚えた。

二十年前の名取市民病院の当直の夜のことが蘇った。あの頃の自分は、頻回に当直をしていた。外科の上司に「悪いけど今夜代わってくれないか」と頼まれれば二つ返事で引き受けていた。一つでも多くの救急疾患を経験したかったからだ。

病棟勤務の中条志津は月の三分の一程夜勤があり、午後四時半から午前零時までの準夜勤とそれ以降の深夜勤が半々だった。

土砂降りの日、志津の車の中で初めて抱擁と口づけを交わして以来、当直の夜にも情事を重ねた。深夜勤者への申し送りを終えた志津が、医局の当直室へ忍び込んで来たのだ。ほんの二、三十分の交わりで、情交のさ中、急患の電話に佐倉が慌てて身を起こすこともあった。

鉄心会名瀬病院の医局の当直室は一階に、ナースのそれは三階の内科病棟のナースセンターの隣に設《しつら》えてある。当直医がナースの宿泊室に人目を忍んで入り込むことはまず不可能だが、宿直のナースが一階の医局の当直室に忍び込むことはあり得なくはない。

(三宝に限ってそんなことは万が一にもあるまいが……)

「その患者さん、山に入るお仕事だそうで、これまでにもハブには何度か嚙まれたことがあるんですって」

佐倉の思惑をよそに三宝は快活に続けた。

「ハブはもう奄美では大分減ったと聞いてるが、まだまだいるんだね。天敵ということで沖縄がインドから入れたマングースの方が増え過ぎて困っていると役場の連中がぼやいていたが……」

一旦三宝の話に乗ってから、佐倉はすぐに話題を変えた。今日はその為に三宝を呼び出したのだ。

「ところで青木君とはその後どうだい？」

三宝はかすかに頰を赤らめた。

「どう、て……？」

「外では、もう会っていないよね?」

「ええ……」

「しかし、当直で一緒になれば二人だけになる時間もできる。気を付けないとね」

三宝は頬を染めたまま、佐倉の言葉を咀しゃくするように口をうごめかしていたが、ややあって、意を決したように口を開いた。

「青木先生のことは心配しないで。あたしは何とも思っていないから」

意外な言葉だ。

「何とも?」

「前にも言ったけど、純粋で、まじめないい方だとは思っているわよ。でも、それ以上には……」

「しかし、青木君の方はそうじゃない。十年でも待つ気でいるんだろ? 当直で二人きりになった時など、繰り返し三宝にそんなことを言うんじゃないかと思ってね」

三宝は唇を伸ばし、口角を上げた。えくぼが自然に出来た。

(目鼻立ちは俺に似ているが、このえくぼは母親譲りだ)

先刻まで思い浮かべていた昔の恋人の顔がまた髣髴《ほうふつ》と浮かんだ。

「ううん、大丈夫。何も仰らなくってよ」

「デートの誘いもないかい？」

「ないわ。最近青木先生は、あたしなんかより智念先生と仲良くしているみたいで……、婦人科の手術もほとんど青木先生が手伝っているでしょ？」

智念陽一郎が熊本大学から赴任してきた当初は専ら佐倉が婦人科の手術を手伝っていたが、ここ暫くは青木隆三に手伝わせている。陽一郎が手がけるのは子宮筋腫や卵巣嚢腫等の良性疾患と帝王切開で、子宮癌となると、自分が手をつけることは今後もないだろうからと、母校に紹介状を書いている。

佐倉が自分の代役に青木を指名したのは、甦生記念病院時代、三キロもある巨大な子宮筋腫を抱えて遠方の地からはるばるやって来た〝エホバの証人〟の手術も求められるまま無輸血でやってのけた当麻鉄彦の薫陶を受けて、婦人科の手術にも青木は心得があると知っていたからだ。沢田や久松、それに甦生記念病院から来てまだ間がない塩見では力不足で陽一郎も心許《こころもと》ないだろうと思われた。

佐倉がバトンタッチを思い立ったのは、婦人科の手術日と自分の外来診察日が重なっており、手術開始の午後一時半に間に合わせるためには、昼食の時間も含めて一時間前には外来診療を終えねばならないが、患者が増えてきて午後一時を回っても捌《は》けないことがしばしばとなってきたからである。済まないがオペの開始を一時間延ばしてくれるよう智念君に伝えてくれと手術室に連絡を入れることが重なって、陽一郎にもオペ室のナースにも申し訳ないという思いが募ってきたのだ。

青木は二つ返事で智念の助手を務めることを了承した。久松と沢田は婦人科の手術についた経験は皆無に近い、君は当麻先生の下で何度も子宮筋腫のオペについたようだから智念君も心強いだろう、宜しく頼むよ——佐倉の言葉に、部屋に入って来た時は緊張気味だった青木の表情は崩れた。

「また、甦生記念に戻れと言われるのではないかと思ってました」

佐倉は苦笑した。

「敢えて追い出すようなことはしないさ。君から申し出るならいざ知らず」

青木の顔が少し引きつったように見えた。

(ちょっと毒を含んだ言い方だったかな？)

青木と三宝がこの空港で落ち合ったことを嗅ぎ取ってからというもの、意識的に二人を引き離そうとした期間が暫くあったことは事実だ。その間は露骨にという程ではなかったが、青木に執刀の機会をあまり与えず、久松と沢田に患者を回した。週一度のカルテカンファレンスやその後の総回診でも、受け持つ患者が久松や沢田よりも少ない青木は肩身の狭い思いをしただろう。

（悪いことをした）

青木はさておき、三宝には青木と付き合う気はさらさらないと知って、邪険にし過ぎた、些か大人気なかった、と佐倉は反省した。

しかし、十年間は誰ともお付き合いしないと宣言した三宝に、十年でも待つ、と青木は返した由、その一言は佐倉の脳裏にこびりついて離れない。青木を誠実で真面目ないい男だと言ってのける言葉の裏に、自分は不誠実な男に裏切られた、その傷心をいまだに引き摺っているという声なき声を聞いたように思った。更には、青木が他の女に心を移すことなく十年間自分を待っていてくれたら、その誠意には応えたい、という思いも感じ取れた。

とまれ、十年間は自分の許をはなれないと三宝が言ってのけた時、いとおしさに抱きしめたい衝動に駆られたのだったが……。

「青木君と智念君が仲良くしているからと言って、三宝に対する青木君の気持が変わったわけではないだろう」

「それは、そうかも知れないけど……」

語尾を濁したのが気になった。

「うん？」

「青木先生、ＭＳＦでしたっけ？　国境なき医師団のことや智念先生のお姉様のことに興味があるらしくて、手術が一段落すると、根掘り葉掘り智念先生に尋ねてるの」

「ほー。まさか、彼もＭＳＦに志願するつもりじゃないだろうね？」

返しながら智念朝子の顔が浮かんで熱いものが胸に走った。

「ええ。でも智念先生が見せるＭＳＦの資料を真剣に見ておられるから、どうでしょうね？」

「ふむ……ま、ＭＳＦに寄付するくらいに留めておいた方がいいと思うがね。三宝も智念さんの話には熱心に耳を傾けて色々質問していたが、彼女の真似はしない方がいい」

三宝はすかさず肩を竦《すく》め、首を振った。

「とてもとても真似なんか出来ないわ。智念さんの本を読んでもうびっくり。何て勇気のある方だろうって。だって、危ない目にも何度か遭っていらっしゃるんですものね」

「そうだな。今頃はまたアフリカに発《た》っているだろうね」

「えっ、そうなの？　この前お会いした時は暫く日本におられると仰っていらしたのに？」

「うん、全くねえ、ＭＳＦも人使いが荒い。ま、それだけマンパワー不足なんだろうけどね」

「アフリカのどこへいらしたのかしら？」

三宝の目は訝ったままだ。

「智念君から聞いてないかい？」

「ええ、余りお話しすることはないから」

佐倉は安堵を覚えた。朝子のみならず、陽一郎に注がれる三宝の目に熱いものを感じ取っていたからだ。

（この娘は少なくとも十年間は自分の所にいると断言したのだ。陽一郎のような熱血

漢に心惹かれたとしても、よもやその後を追って行くことはあるまい)

同じ屋根の下には住んでいない。公然と親子であるとも名乗っていない。職場では他人行儀なやりとりに終始している。それでも身近な所に三宝がおり、呼び出せばいつでも、多少人目を憚ることはあってても食事を共にできる。予期せずもたらされたこの境涯が、ある日突如元の木阿弥に戻ってしまうことなど、今の自分には到底考えられない。この幸福を奪って行くものには敢然と立ち向かわねばならない。そのためには何もかも白日の下に晒《さら》すことも厭わない。そう、三宝は自分の紛れもない娘であり、自分のものである、と——。

(あたし、みほさんの親代わりになってもいいのよ)

つい先刻耳にして鼓膜に張り付いているような品子のショッキングな言葉が思い出され、佐倉はそれを払い退けるように頭をぶるっと一振りした。

「スーダンという所らしい。後で地図で見てみてごらん」

「はい。でも、どれくらい行っておられるのかしら？」

「取り敢えずは一ヵ月らしいが、状況次第で延びたりするそうだ」

「無事に戻って来られるといいわね」

「大丈夫だろう。彼女はこれまで何度も修羅場をくぐってきているから」

その実、自分こそ朝子の無事を祈っているのだと言いたかった。

それにしても、朝子がスーダンへ派遣されることを何故自分が知っているのか三宝は疑問に思わなかったのか、と佐倉は訝った。まさか昨日会ってそのことを知ったとは思わないだろうから、陽一郎からでも耳にしたと思っているのだろうか？　スーダンへの派遣は数日前に言われたことで、恐らく陽一郎の耳にも達していないと思われるのだが。

三宝には上京するとは伝えたが、智念朝子に会うとは言っていない。妻の品子と会うことだけ言ってある。それも、何のために会うのか、詳しい内容は伝えていないし、三宝が詮索することもなかった。

「話は変わるけれどね」

改まった佐倉の表情に三宝は少し驚いたように二、三度目を瞬いて小首を傾げた。

「私の家庭、つまり、塩釜の妻子のことだが……」

「はい……」

見開いた目がもはや瞬時もまばたきをすることなくこちらに注がれた。

「三宝も気付いているだろうが、もうすっかり疎遠になっていて、このままではいけないと思ってね、今回は離婚の話を煮詰めるために行ったんだよ」

三宝の唇がかすかに動いた。若い胸が揺れて、それは、密かな息遣いの所為かとも思われた。

「何とか了解はしてくれたが、今すぐにという訳にはいかない、息子が大学に入るまでは待ってくれと言われた」

「息子さんて……？」

ひょっとして中条志津は生前自分の身内のことをちらとでも娘に漏らしていたかも知れないと思っていたが、三宝の訝った目でそれは無かったと知れた。

「二人いたが、長男は不慮の事故で亡くなり、次男が母親といる。高校一年だから、卒業までには二年半かな」

三宝の顔に困惑とも戸惑いとも見て取れる表情が浮かんだ。

「お父さん……」

語尾がかすれて聞き取れない。しかし、病院や界隈では禁句にした呼称を久々に耳にして、熱いものがじわりと胸にこみ上げるのを覚えた。

「うん……？」

佐倉は三宝の目をのぞき込んだ。

「奥さんとは、何故離婚しなければいけないの？　息子さんにもお父さんは必要でしょ？」

咎めるような色あいを含んだ言葉に佐倉はたじろいだ。

「元はと言えば――」

返答を紡ぎだすのに時間がかかった。

「愛情のない結婚をしたのが間違いだった。三宝のお母さんと別れた後は、女性に対して不感症みたいになっていたからね。そうとは知らない両親が何度も見合い話を持ってきた。気の乗らないまま見合いをしては断っていたが、気が付くと三十代半ばにさしかかっていたし、親孝行のつもりで結婚に踏み切った」

「母の結婚も、同じだったみたい」

「えっ……？」

「母も、恋愛結婚ではなく、お見合いだったから」

「うん、でも、お母さんは別に失恋して破れかぶれになって結婚した訳じゃないから、私の場合とは少し、いや、大分違う。正男《まさお》さんて言ったかな、尾坂で会っているが、優しそうないい人に見受けられた。お母さんは見る目があると思ったよ」

嘘ではない。上背も志津にやや勝る程度、容貌も十人並みで、志津と並ぶと一見釣り合いの取れないカップルに見えるが、一重瞼の優しい目や物腰からは人柄の良さが滲《にじ》み出ていた。二十年も前のこととて、もう時効とは言え、その妻を寝取ったことにうしろめたさを覚えさせるだけの人間味を感じた。志津のくっきりとした目鼻立ちとは裏腹に造作の目立たない顔で、その造作を母親よりも受け継いでいると見た三宝の兄の顔は定かに思い出せないが、志津の夫であった正男の顔は鮮明に思い出され、懐かしささえ覚える。

(もうこの世の人ではないからだろうな)

独白を胸に落とした佐倉は、三宝の目にうっすらと滲んでいるものに気付いて思わず目を瞬いた。

三宝ははにかんだような笑顔を作ったが、すぐにそれを取り繕うように口を開いた。

「お父さんの奥さんだって、いい方だと思うわ」

涙声になっている。佐倉はもう一度目を瞬いた。

「何度もお見合いをした挙句に選んだ方ですもの」

胸を突き上げてくるものを覚えた。

「ま、確かにね、人間は悪くない。先延ばしのまま話は終わったが、ともかく私の我がままを聞き入れて離婚を承諾してくれたんだからね」

三宝は無言のまま佐倉に目を凝らした。滲んだ涙がかすかに目尻を濡らしている。

「もしかして、お父さん」

淀《よど》みかけた空気を、三宝が先に払った。

「うん……？」

「あたしがお父さんの所へ来てしまったことがいけなかったのかしら？」

「どうして？」

「奥さんは、あたしがお父さんを横取りしてしまったと恨んでいらっしゃるんじゃないかしら？」

佐倉は苦笑した。

「そんなことはないよ。家内は三宝に会いたいと言っていたよ」

「そうなの？」

三宝の目が新たに潤んだ。

「息子が二人と言ったが、実は次男の後にもう一人生まれるはずだった。女の子であって欲しいと思ったが、水子になってしまった。家内も女の子を期待していた。上二人が男の子だったこともあるが、男親は女の子には目を細めるだろう、夫婦のかすがいになってくれるだろうと思ったらしくてね。ま、実際に女の子が無事生まれていて、三宝のように賢くてかわいらしく育ってくれていたら、あるいは家内の期待通りになったかもね。だから、三宝のことを打ち明けた時、流れてしまった胎児はきっと女の子だった、代わりに三宝さんがあなたの所へ来てくれたんだ、と言ってくれたよ」

三宝は唇をかみしめたが、こらえようもなく涙が目尻に溢れた。それを拭いも隠しもせず、佐倉を見すえたまま唇が開かれた。

「やっぱり、奥さんはいい方。お父さんが他に一緒になりたい人がいるならしかたがないけれど、そうでないなら、別れて欲しくない。そんな風に言って下さる奥さんに、あたしも一度お会いしたいもの」

佐倉は言葉を返せない。

「息子さんにも会ってみたい」

三宝が畳みかけた。

「だって、義理の弟ですものね」

敢えて思い巡らしたことはなかったが、言われてみればその通りだ。三宝は〝義理〟と言ったが、満更血がつながっていなくもない。秀二は紛れもなく自分の息子であり、三宝も正真正銘自分の娘で、二人の体には自分の血が流れている、否、正確に言うなら遺伝子が受け継がれているのだ。その姉弟が生涯に一度も見えることがないとしたら、それは確かに不自然だ。

（自分の目の黒いうちに会わせてやるべきだろうか？）

自問を胸に落とした時、佐倉ははっとした。

（俺はこの娘をまだ認知していなかった！　俺が明日にでも死んだら、この娘に俺の財産は分与されないのだ。いや、それとも）

めまぐるしく思惑が頭を駆け巡った。

（三宝が紛れもない俺の娘であることを知った以上、品子は三宝にも秀二と同等の分与をしてくれるだろうか？　しかし、離婚すれば自分の分与権を品子は失うことになる。それでも三宝のことを慮《おもんぱか》ってくれるだろうか？）

焦燥感に似たものが胸を騒がせて来る。

(三宝を認知するには？　ＤＮＡの鑑定書を持って行けばいいのだろうが、それにしても、ここではまずい)

狭い土地だ。役場の人間の口にテープを貼るわけにはいかない。院長と看護婦の中条三宝は叔父と姪の間柄なんかじゃない、曰くつきの親子なんだよと、誰か一人でもリークしたら、たちまち島中の人間が知ることになるだろう。

(別に知られてどうということもないが、三宝が私生児のままではいかにも気の毒だ。だが、待てよ)

不意にある疑惑が浮かんだ。

(志津の夫も半年程前に亡くなっているが、遺産相続はどうなったのだろう？)

頭が混乱してきた。一家の主が鬼籍に入ったら、その遺産の半分は妻に、残りは子供達に相続権があることくらいは知っている。

(しかし、志津も先立っている。と、なれば長男の正樹《まさき》と長女の三宝――そうだ、三宝はまだ中条家の戸籍から抜けてないはずだから、二人に相続権があることになる。正樹はどうしたのだろう？　よもや三宝が俺の子であることを知って三宝を除籍したりはしていないだろうに。いや、勝手にそんなことはできないだろう。そうであれば、俺が三宝を認知することも叶わないのでは？　はてさて、どうしたものか？）

中条正男ではなく、佐倉周平の娘であることを知った三宝が、兄の正樹にその事実を打ち明けたとは思えない。自分と親子関係にあることがお互いの毛髪で実証されたDNA鑑定の証書のコピーを三宝に渡してあるが、三宝がそれを正樹に示して中条家からの除籍を申し出ない限り、三宝を自分の籍に入れることはできないのではないか？　必然、自分の遺産を相続させることも。

（癌じゃない、胆石如きで早々にお陀仏になることはあるまいが……）

忘れていた〝獅子身中の虫〟が疼きだしたような錯覚に囚《とら》われ、佐倉は思わず右の脇腹に手をやった。

一枚の葉書

食事を終えて空港を出ると、見せたいものがあるから自分について来るようにと言って佐倉は車を先に出した。

　空港から五分も行かない所に新築のホテルがあることにこの前上京の折気付いた。三階建てで都会風のモダンな建物が広い敷地の一隅を占めている。敷地には駐車場と、二面のテニスコートが設けられていて、それを三宝に見せたかった。

「三宝も学生時代はテニスをしていたよね？　お母さんから聞いた覚えがある」

　駐車場の一角に車を停め、降りるように促して佐倉は言った。

「ええ、高校時代に始めて大学でも」

「ああ、そうだったかな。私が尾坂でテニスをしていることを知って、いつか三宝の相手をしてやってと言われたものだ」

　テニスコートをフェンス越しに並んで見ながらの会話だ。

　コートの一面で若いカップルがラケットを振っている。二人に気付いてちらと視線を流したが、またすぐに元に戻した。

「女性の方は初心者だな」

　佐倉のささやきに三宝は微笑んだ。

「ボールがあちこちに飛んで、男の方は大変だ」

三宝が先刻よりも口角を上げた。

「でも、懐かしい音」

女の方はフレームショットで冴えない音だが、男は心得があるらしく、スイートスポットに当たった球をポンポーンと小気味よく弾《はじ》き返している。

「どうだい？　また始めるかな？」

落日を受けて眩しげに眼を細めている三宝に佐倉は言った。

「ええ、お父さんもこちらへ来てからはしていないの？」

「うん、何やかや忙しかったからね」

「ラケットを買わないといけないわ。名取に置いてきてしまったから」

「私もどこかへしまいこんじゃったから、新しいのを買うよ」

返してからすぐに佐倉は、でまかせを口走ってしまった、尾坂から引っ越しの荷に入れたそれは、ある人にやってしまって自分の手許にはないのにと思った。その〝ある人〟が三宝の顔にダブって、物悲しいものが瞬時胸によぎった。

「もうひとつ見せたいものがあるから、私の家に寄ってくれるかな？」

多分ホテルの泊まり客なのだろう、自分達の目もものかは青春を謳歌しているカップルの姿は三宝の目に、否、自分の目にも毒だと佐倉は思い至った。

「はい……」

三宝は一瞬ためらう風を見せてから佐倉の後についた。

常夏の南国だが、十月の空は既に薄暮に包まれかけていた。


自分の寓居――終の住処《すみか》になるかもとの予感はあったが――に三宝を連れ来《きた》ったことはこれまで一度もない。病院に近いから周囲の目を憚ったこともあるが、中年男の独り住まいの有り様を若い娘に見られたくなかった。別に見られて困るものはないのだが、しまい込んでいない洗濯物や、キッチンに取り出したままの食器や調味料の類《たぐい》が散らかっている。

家は平屋だが3ＬＤＫ程の広さで独り身には広すぎる程だ。庭もついていて、役場が時々シルバー人材センターの人間を遣わして草の手入れをしてくれる。

「院長はん、お独りじゃ寂しかろうから、犬でも飼われたらどうかな?」

七十歳を超えていると思われる小池老人が、初めて口をきいた時こんなことを言った。

「わしは五年前に女房に死なれましたが、幸いそのちょっと前に犬を飼《こ》うてましてな、これに随分慰められました。ワン公がおらんかったら、寂しうて女房の後を追ってたかも知れんです」

浅黒い細面の顔は皺だらけだが、いかにも人の好さそうな人相をしている。最初から気心の合うものを覚えたから、その提案は有り難く受け止めた。聞けば小池老人は朝夕まめに三十分は犬を散歩させているという。自分にはとてもそれだけのゆとりはない。朝は三十分早く起きれば済むことかも知れないが、夕方にそれだけの時間を取ることはまず不可能だ。手術の無い日はまだしも、手術日に至っては午後の七時八時、時には深夜に及ぶこともある。

（三宝と同じ一つ屋根の下に暮らすことになればあるいは可能かも知れんが……）

小池老人の好意に当たり障りのない言葉を返しながら佐倉は別のことを考えていた。

「お邪魔します」

他人行儀に言って三宝はヒールを脱いだ。佐倉は玄関に明かりを点《とも》すと、余計なものは見せまいと、書斎に設えたすぐ横の部屋へ三宝を誘《いざな》った。

机と椅子、本棚、二人が掛けられる程のソファー、それにテレビで六畳間は立錐の余地がない。隣の和室へは寝に行くだけで、夜はほとんどこの書斎で過ごす。

「これだよ、見てもらいたいものの一つは」

佐倉は椅子に掛けると、今朝方品子に見せたばかりの写真を上衣のポケットから取り出し、三宝に差し出した。

「三宝が来るまで、その写真が唯一の心の支えだったかな。二度と会うことはないと思っていたからね」

三宝は写真に見入ったまま唇をかみしめた。と、見る間に目が潤んで、大粒の涙が頬を伝った。

「あたしも、持っています」

声を詰まらせながら三宝が言った。

「母が形見に残してくれた日記に、挟んでありました」

生前には渡さなかったということか？　志津の闘病記とも言えるその日記を、志津の逝去の直後三宝は志津の主治医であった病院の副院長から手渡されたという。それによって自分の出自を知り、さんざ悩んだ挙句志津の遺言通り佐倉の許に馳せてきた。しかし、三宝が看護婦でなかったら、そんな大胆な行動には及び得なかっただろう、と佐倉は思った。実の父親の所へ行くなどと言って中条家を飛び出した訳ではなく、僻地医療に専念したいからと言ってセント・ヨハネ病院から転じてきた、それはそれなりに筋の通った理由だから家人はさほど怪訝に思わず三宝の旅立ちを許したのだろう。

「もうひとつ、見せたいものがある」

濡れた目のまま写真に見入っていた三宝が片手の指の背で目尻を拭ったところで佐倉は言った。

机の引き出しから佐倉が取り出した一枚の葉書に三宝は目を転じた。

「尾坂病院でね、テニスを一緒にしていた事務の女の子がくれたものだ」

三宝は写真を机に置いて差し出された葉書を手に取った。

「絵葉書ね。十和田湖の〝乙女の像〟……」

「うん、高村光太郎の作品だ」

「奥さんの智恵子さんをモデルにしたんでしょ？」

「と、言われるが、智恵子はこんなグラマーじゃない。寧《むし》ろ華奢な女性だったから、これは光太郎の理想像かな」

「智恵子は精神を病んだのよね？」

「ああ、でも光太郎はずっと智恵子を見守り続けた。そしてあの有名な詩が生まれた。知ってるかい？」

「はい。智恵子は東京に空が無いといふ、ほんとの空が見たいといふ——」

次のフレーズが思い出せないのか三宝が口籠った。佐倉がバトンを受け継ぐように口を開いた。

「阿多多羅山《あたたらやま》の上に毎日出てゐる青い空が智恵子のほんとの空だといふ」

途中から三宝が和していた。

「よく覚えてたね」

感心して佐倉は言った。

「高校の国語の教科書に載っていたし、看護大学の精神衛生学の講師の先生がいきなり黒板にこの詩を書いて、知っている者手を挙げろって」

「ほー、なかなか粋《いき》な先生だね。精神科の医者だったのかい？」

「ええ」

「で、手を挙げた者は？」

「あたしの他にも五、六人いました」

「そうか。その先生は何故光太郎の詩を講義の引き合いに出したのかな？」

「精神分裂病が統合失調症という名称に変わったでしょ？　そのお話が主題で、精神分裂病は不治の病で人格が破綻して廃人同然になってしまう人もいるが、元々は頭の良い人がなる病気だから、病気になってかえって隠れ持っていた才能が発揮されることもある、智恵子はその一人で、精神病院に入院しながら素晴らしい紙絵の作品を沢山作ったたって、そんなお話をして下さったの」

「そうだね、元々智恵子は画家だったが、彫刻家の夫に比べて自分は才能に劣るというコンプレックスに悩み、それが昂じて精神の破綻を来したらしい。光太郎はそんな智恵子をいとおしんで、詩にも詠み、若い日の智恵子を思い出しながら〝乙女の像〟を渾身の力を振り絞って造り上げた。智恵子亡き後は山に隠《こも》って仙人のような生活をしながらひたすら智恵子を偲んでいたんだけどね」

光太郎の詩には智恵子との情交を綴った生々しいものもあるが、それを話すのは恐らくまだその経験が無い三宝には毒だろうと思って控えた。

「私が見てもらいたいのはね」

裏を見せて手渡した絵葉書を、三宝に持たせたまま佐倉は引っくり返した。達筆とは言えないが、一字一字丁寧に楷書体で書かれた文字が下半分のスペースに連ねられている。短い数行の文章だ。

お別れしてひと月が経ちました。
お元気でしょうか?
病院は診療所となって、先生始め、半分の人が退職してしまいました。
私も昨日、田村《たむら》事務長に辞表を提出してきました。
先生がおられなくなって寂しいです。
先生のことは永遠に忘れません。
大里清子《おおさときよこ》

乾いていた三宝の目が、またみるみる潤んだ。
葉書に見入ったまま、まだほんの二年程前だが、その数倍もの遠い過去のことに思われる日、他でもない、母志津の四十九日の法要を終えて間もなく、実の父と志津が告白している佐倉を、長い逡巡の果てに勇を鼓して尾坂に訪ねた日のことが三宝の脳裏に蘇っていた。

佐倉はいなかった。葉書に書かれている田村が、不憫に思ってくれたのだろう、尾坂のバス停に迎えにきて、病院の閉鎖と佐倉の退職を手短に物語ってくれた。そのまま空しく帰すのもこれまた気の毒に思ってくれたのだろう、閉鎖してしまったという病院に連れて行ってくれた。

病院は、佇まいは以前と変わらずそのままだが、中に入ると、森閑としてまるで人の気配はなかった。

田村の部屋となった事務長室に案内され、茶をふるまわれたが、そこに腰を落ち着ける前に通りすがった医事課にはほんの二人程の職員を見かけただけで、お茶を持ってきてくれた事務員は中年の女性だった。名札が胸にかかっていた記憶はあるが、名前までは覚えていない。

（この葉書の人ではない）

そればかりは確信できた。もう一人見かけた事務員も同じ年配者だ。母志津の手術後に病院を訪ねた時は、田村の前の事務長や、若い男女数人が詰めていた。その若い女性の一人がこの大里清子だったはずだ。

本棚の脇には布製のレターラックがかけられていて、何通もの封書や葉書が垣間見える。しかし、大里清子の葉書は、そこから取り出したものではない。机の引き出しにしまい込んであったものを父は取り出した。机の前に座った時、時々引き出しをあけては父はそれを読み返し、慰めを得ていたのだろう。

蛻《もぬけ》の殻同然の尾坂病院の病棟の一室でベッドに俯して嗚咽《おえつ》した日のことが思い出された。憎しみから思慕へと佐倉周平への思いが溢れ出した瞬間だった。

微妙な立場

東京でお会いしてから早三ヵ月が過ぎ、気がついたら年が明けていました。

お正月を如何お過ごしになられたのでしょうか？　陽一郎と数日前、こちらへ来てから初めて電話で話しました。携帯を耳に当てたらいきなり銃声が耳に響いた、姉さん、大丈夫かと言ってくれました。

そうなのです。目と鼻の先で戦闘が繰り広げられています。スーダンは久しく内紛が続いていて、戦火が止みません。北部の支配層と、南部黒人との武力抗争で、大国アメリカやイギリス、ソ連が絡んでいるようです。

私共は元よりいずれに加担する訳でもなく、戦いで傷ついた一般市民を、北の人であれ南の人であれ受け入れて治療に当たるだけですが。

スーダンに足を踏み入れなければMSF団員として洗礼を受けたことにならないと聞いていましたから、一体どんな世界がそこに待ち受けているのだろうと、興味半分、怖さ半分の思いを抱いて出発しましたが、飛行機の窓からアフリカの大地が見えて来た時、いよいよ憧れの国へ来たのだと、胸に熱いものがこみ上げました。

赤い大地にジャングルの緑が映え、世界最長と聞いているナイル川が、どこまでもどこまでも続いていました。御存じと思いますが、全長六千六百九十キロということですから、日本列島のほぼ二倍近い長さですね。

私が派遣されたのはマラカルという、上ナイルに位置する街で、政府直営の病院があり、MSFはその支援に当たっていました。私の担当は救急室で、そちらの経験が多少なりともあるということで白羽の矢を立てられたようです。

私達MSFの他に、国際赤十字もこの病院の支援に加わっており、手術室と外科病棟の責務を担っていました。

遠くでかすかに銃声が聞こえていましたが、病院の周囲は物静かで、拍子抜けするほどでした。

でも、一歩病院に入り、病棟を見てみると、戦闘で傷ついた人で溢れ、苦しげに呻《うめ》き声を上げている患者もいて、ああやはりここは戦乱の地なのだと思い知らされました。

病院は広大な敷地の中にあり、私の担当する救急室の他に、外来病棟、外科、内科、小児科、産婦人科、感染症の隔離病棟等、幾棟もの建物に分かれていました。

あてがわれた宿舎は街中の一軒家で、個室はなく、男性と女性のスタッフそれぞれの共同部屋になっていました。

リーダーはスペイン人の内科医師アグートで、専らアフリカ難民の援助に当たってきたという六十代の男性でした。

「爆撃もそうだが、ここでは何と言ってもマラリアに気をつけなければいけない」

と言って、その症状や治療法について教えてくれました。

負傷者は間断なく運び込まれ、重傷者が次々と息を引き取って空いたベッドもすぐに新たな患者で埋まってしまう状況です。

アグートの話によると、戦乱の犠牲者は既に百五十万人以上、三百万人以上が家を失い、難民となって水を求めナイル川の岸辺に避難しているそうです。南部のヌエル族やディンカ族の子供二万人近くが親を失って孤児となり、彼らは膝を寄せ合うようにして集団生活を送っているが、飢餓がもたらす栄養失調で抵抗力を失ってマラリアなどの感染症で易易と幼い命を散らしていっているとか。

スーダンの内戦の状況はよく分かりません。アフリカでは幾つもの部族が昔から抗争を繰り返してきたと聞いています。スーダンでは南部のコルドファンという地にたまたま大きな油田が発見されたために、これに目をつけた欧米の大国やソ連、隣国のエチオピア、エジプトなどが利権争いに絡んで内紛を助長しているようです。北部は広大なサハラ砂漠に面した乾燥地帯ですが、スーダンを支配しているのはイギリスとエジプトに植民地化されている北部のアラブ系ムスリム人だそうで、これに南部の部族民が反発して抗争を起こしているようです。

ＭＳＦは、南部のスーダンの支援に当たってきておりますが、元より、政治的な意味合いではなく、あくまで医療面でのこと、罪のない民間人の犠牲者を一人でも多く救いたいとの思いからです。

でも、目の前にした現実は、想像を絶するものでした。どこまでも続くナイル川の沿岸に押し寄せている難民の列は、これまた延々と続いて、痩せた乳房を絞り出すようにして赤子に母乳を与えている女性も数知れず、チームの一人にカナダから来た助産婦もいますが、その光景に息を呑み、嘆息しきりです。まだ二十代、先生の姪御さんより少し上くらいの若い女性ですが、確たる使命感を持っている素敵な人です。他にフランス人の医師やナースが加わって総勢十名程のスタッフです。

宿舎は、水道、ガス、電気などライフラインは保たれていますが、夜に電気は使えません。私達は一応反政府側の領域内におり、医療施設とは言え、見境なく攻撃の指標にされかねないから明かりは努めて消すようにしています。

水道はナイル川から引いたものですが、勿論飲めるようなシロモノではありません。シャワーや洗濯用です。飲料水はインスタント食品と共に日本で相当量調達してきており、そちらで間に合わせています。

　窓から射す月と星々の淡い光と同室のスタッフとのお喋りだけが夜のすさびです。昼間の緊張と疲れで、それも一時間と続かず、誰からともなく眠りに陥ってしまうのですが。

　陽一郎との電話で、先生は相変わらずお忙しく手術に診療に携わっておられるけれど、恐らく運動不足を補われるためか、テニスを始められたこと、姪御さんの三宝さんもお付き合いされていることを伺い、微笑ましく思いました。

　あ、そうそう、東京でお目に掛かった時、言いそびれたことがあります。私の座右の銘のことです。拙著を謹呈させて頂く方々に献辞としてその〝一期一会〟を書かせて頂くのですが、先生への拙著にはそれを書きませんでした。先生とお目に掛かるのはこれが最後ではない、いえ、最後にしたくはないと思ったからです。陽一郎がお世話になっていることもありますが、そればかりではありません。陽一郎から、先生がこれまで歩まれてきた道、外科医としての技量識見の深さ、お人柄を聞き、密かにお慕いしておりました。陽一郎共々、人生の師として色々御指導頂ければと願っております。

もう二、三ヵ月もすれば、ここでの仕事は終え、また日本に戻る予定です。お目に掛れれば嬉しいですが、お会いできなくてもお声なりお聴きできればと念じております。三宝さんともお話できればと。どうぞ、宜しくお伝えくださいませ。

かしこ

智念朝子

佐倉周平先生

(追伸)

ご返事は頂くに及びません。折角のお手紙が無事私の手許に届くかどうか心許ないからです。

街中にあてがわれたこの一軒家も、安住の住処ではなく、マラカルにある小さな空港も時々閉鎖され、下手をすれば退路を断たれることもあるようなのです。

献辞には添えませんでしたけれど、正直に申し上げてひょっとしたら先生にお目に掛かることはもう二度とないかも知れない、本当に一期一会で終わるかも知れないとの危惧も抱いておりました。弟がお世話になっていますから、それを口実に御地に伺うことは出来ても、先生が東京へいらっしゃることは年に一度あるかなしかとお聞きしましたから。それならやはり、一期一会と書き添えるべきだったかと、お別れしてからくよくよ考えておりました。そうこうするうちに今回の派遣の話が持ち込まれ、このままスーダンへ行ってしまったら悔いを残すことになるのではないか、せめて一言なり、行ってきますとお伝えしてから出掛けたいと思っていました。

そんな矢先に御上京の由をお伝え下さり、お会いする機会を作って頂き、〝一期一会〟と書かなくてよかったと思いました。海外では滅多に口にすることができないご馳走にも与《あずか》りました。そのお礼を最初に申し上げなければなりませんでしたのに、失礼を致しました。

船医になられたこと、〝赤ひげ〟のお話、楽しく拝聴しました。沢山の引き出しを持っておられるお方なんだなあと思いました。

今度お目に掛かる時には色紙を用意して参ります。是非先生の座右の銘〝鬼手仏心〟をお書き頂きたく存じます。

佐倉は朝子の手紙を二度読み返してから便箋を封に戻した。

返事を書きたいと思った。自分の方こそ学士会館でのひとときはこよなく楽しいものであったことを伝えたかった。のみならず、朝子と会った翌日に妻の品子と会い、離婚の話を煮詰めたこと、品子とは、尾坂病院に単身赴任して以来、実質的に夫婦ではなくなっていること等を打ち明けたいと思った。

（三宝のことも、いずれは話すことになるのだろうか？）

それにしても、自分と三宝がテニスを始めたことを陽一郎はどうして知ったのか？

一度限り、テニスコートに向かう途次、陽一郎とすれ違ったことがある。車の運転席の窓越しに会釈を交わしただけだったが、陽一郎はこちらのテニスウェアスタイルに気付いたのだろうか？　三宝とは別行動で、三宝は三宝でマイカーでホテルに向かっていた。陽一郎はひょっとして三宝の車ともすれ違ったのだろうか？　そうして、何か言葉を交わしたのか？　その後三宝とは二、三度食事を共にしているが、それらしきことは聞いていない。別に知られて困ることでもないが、敢えてオープンにすることでもない、少なくとも病院の職員にはプライバシーを露わにしないことだ、と佐倉はわきまえている。技師の田所には知られたが、自分の胆石のことも口外しないようにと田所には言い含めてある。部下達にも言いそびれたままにしてある。

だが、智念朝子には胆石の一件を伝えたかった。激痛に襲われ、緊急手術も止むなしかと観念しかかった時、咄嗟に浮かんだのは朝子の顔だったと。

本土は真冬だが、ここ奄美大島は十二、三度で寒さは覚えない。テニスには頃合いの気候だ。

日曜の午後、佐倉は三宝をコートに誘った。予約してあったから、昼下がり時にゆっくりとでかけた。ついでにホテルで夕食を摂る算段で、こちらもフランス料理のレストランを予約してある。

二面のコートの一面は家族連れと思われるグループが占めていた。中年の夫婦と中学生かと思われる子供が二人。微笑ましい光景に佐倉は目を細めた。

テニスを始めるのは久し振りと三宝は言ったが、高校、大学のテニス部で基本を叩き込まれたのだろう、ラケットのスイートスポットに当たっていると思われる球が小気味よく返ってラリーが続く。ネットの手前での低いボレー打ちも結構続く。サーブも、最初暫くは確率が悪くネットに引っかけたりライン外に飛ばしたりしていたが、段々と確実性を増してきた。

（なかなか筋がいい。運動神経がいいのも俺の血だな）

息子二人は母親に似てまるで運動が駄目だったことを思い合わせた。

隣のコートの二人の子供は男の子と女の子だが、少年の方は時々打ち損じてあらぬ方向へボールを飛ばしている。ボールは軟式で、佐倉達の黄色い硬式ボールを子供達は時々不思議そうに流し見ている。

「どうかな、シングルスをやってみるかい？」

佐倉の誘いに三宝は素直に応じた。学生時代に対抗試合で当然シングルスも経験していたはずだ。

果たせるかな、互角の試合になった。佐倉は正式にコーチについて指導を受けたことはない。テレビでプロの試合を見て覚えた程度で、いわば我流だったが、持ち前の運動神経の良さ——と自負していた——でそこそこの腕前になった。

一セット六ゲームを四セットしたところで、予約の二時間は五分を残すだけになった。

隣のコートの四人は既に引き揚げており、次の客と入れ替わっている。

「なかなかやるじゃないか」

四セット目を三宝が六—四で取って二セットオールになったところで佐倉は言った。

三宝のロブが頭上高々と越えてベースラインぎりぎりに決まったのを見届けて佐倉はギブアップした。ボールを追いかける気力はなかった。たっぷり汗をかいていた。三宝はと見ると、やや上気した顔にうっすらと光るものが浮かんでいる程度だ。

「お父さんも、思ったより上手でした」

ネットに歩み寄って佐倉が差し出した手を握り返して三宝はややおどけ気味に言った。

「その台詞《せりふ》はそっくりそのままお返しするよ。楽勝かと思ったが、意外に手強かった」

「大里清子さんとは？」

「えっ……？」

娘の手を握ったのは初めてだ。その柔かさを心地よいと感じた時、思いがけず記憶が蘇っていた。試合を終える度におずおずと差し出された大里清子の手を、やや意識的に強めに握り返していたことを。

「お父さんを永遠に忘れないと書いていらした方」

「ああ……」

「あたしよりお上手だった？」

胸を掠めた甘酸っぱい感覚を気取られまいと、佐倉は語気を強めた。

「いや、彼女とはシングルスをしたことはないんだよ。専らダブルスでね」

「そうなの」

三宝は訝り気味に返したが、それには言葉を返さず、佐倉はネットを離れた。自分の放ったショットを追いかけて転倒し、乱れたスコートの裾を楚々とした手つきで直していた清子の、地面に投げ出された白い脚の記憶がまた甘酸っぱい感覚を胸にもたらすのを覚えながら。


汗を拭い、着替えを済ませてレストランに落ちついた。

「智念君がね」

深刻な話を用意している。まずは他愛のないことから始める算段で佐倉は切り出した。

「はい……？」

三宝は唐突な感を抱いたようだ。出し抜けに何を？　と訝った顔を返した。

「私と三宝がテニスを始めたことを知ってるらしいが……」

「あっ……」

小さく声を放って、三宝はほんの少し頬を染めた。

「この前、車ですれ違って、窓越しに声をかけられたの。テニスの格好だねって言われたから、嘘をつけなくて……」

「いや、いいんだよ。私もその日彼とすれ違ったんだ。話はしなかったがね」

「後でお父さんに何か聞いてきたの？」

「いや、別に……。彼の方も、その後何も聞いてこないかい？」

「ええ」

自分は姉の朝子からの情報でそれと知ったことを言おうかと思ったが、大したことではないからと思い止まった。外科の手術の見学には来るが、婦人科の手術の手伝いは青木に任せてあるから智念陽一郎と私語を交わすことは久しくない。三宝とは週に一度ラケットを交え、食事を共にするようになったが、陽一郎の名がその口にのぼることもなかった。

「ところでね」

テーブルに肘を突いて、組んだ両手に顎を乗せて佐倉は上体を屈めた。

「中条正樹君とは、何かやりとりがあるかい？」

「やりとり、って……？　年賀状は下さったけど……？」

他人行儀に敬語を使ったのに佐倉は（おや？）と思った。父親が違うという認識がそんな言葉遣いに出たのかと。

「それ以外に、手紙や電話はないのかい？」

「ええ。どうして？　何か、あったの？」

三宝の目が曇った。

「うーん……」

佐倉は組んだ手を解《ほど》いて上体を引いた。時間が早い所為か、客は自分達以外には見当たらない。

と、思った直後、入口に賑やかな声がして、先刻まで隣のコートではしゃいでいた四人家族が入って来た。隣のテーブルに来られたらまずいと思ったが、向こうも気を遣ったのだろう、二つ三つ間を置いたテーブルに腰を下ろした。私語を聞かれる距離ではないと見て取れたが、佐倉はまた上体を戻し、テーブルに肘を突いた。

「いやね、三宝の母親も、夫の正男さんも亡くなって、遺族は正樹君ひとりになったよね？」

三宝の顔が強張った。

(乗り出した船だ)

構わず佐倉は続けた。

「三宝の立場が微妙だと思ってね。そのことで正樹君から何らかの話が三宝に持ち込まれるのじゃないかと思って——」

「何らかの……？」

訝ったままの目で三宝は鸚鵡返しをした。

「具体的に言えば、相続のことだが」

「相続……？」

解せないといった顔で三宝は小首を傾げた。

「そう。ご両親がどれだけの遺産を残しておられるか知らないが、本来なら、正男さんが故人となった段階で、その問題が発生するから、長男の正樹君から三宝に相談があって然《しか》るべきなんだが」

「あたしは別に——」

少し間を置いて、何かめぐらした考えを振り切った面持ちで三宝は返した。

「育てて頂いただけで充分で、何も要らないけど……」

(何と無欲な！)

「しかし、権利は権利だからね」

答えが返らない。唇をかみしめたまま、三宝は二度三度と瞬きをした。

三宝の出自について兄の正樹が本当のところを知っているかどうかは今もって分からない。三宝が初めて自分を訪ねて来た時手渡された中条志津の日記にも、それらしきことを匂わせる記述は一切なかった。但し、志津は日記をホスピスの主治医に託した。日記には親の志津が生前嫁の嘉子に三宝の出自を打ち明けたことをにおわせる記述があった。嘉子は自分の胸に納め切れず正樹に漏らしたかも知れない。

(それにしても、中条正男の子ではないとしても、三宝が志津の娘であることに変わりはない。相続権はあるはずだから、そのことを正樹が知らないはずはない。三宝がそれを求めないとしても、何らかの打診はあって然るべきだが、何も言ってこないというのは解せない。それとも、まだ整理中なのか？)

故人が遺書で自分の資産はこれこれと明記しておれば別だが、さもなければ、死後に発見された故人の預貯金を引き出すにはなまなかでない手続きを要すると聞いている。相続権のある子供が多数いた場合は全員の謄本と印鑑証明書、故人の除籍謄本等を揃えて払戻し請求書を金融機関に提出することになるが、子供の一人でも海外に出かけていたり、行方知れずであったりしたら厄介なことになる。

その点、中条家の場合、子供は正樹と三宝だけだから、面倒なことは何もない。三宝とは離れているが、正樹が必要なものを電話なり手紙なりで知らせるか、あるいは正樹に委任状を送れば済むことではないか？　正男が故人になってもう一年近く経っている。その預貯金の如何を息子の正樹が調べ上げていないはずはないが、三宝に打診がないということは、預貯金の通帳はその手許に置いたまま、払い出しの請求には至っていないということか？　三宝でなく、もし欲の皮の突っ張ったはらからだったら、すかさず遺産の分配を求めたであろうが。

「三宝から兄さんに打診してみることは出来ないかな？」

押し黙ったままの相手に佐倉は言葉を継いだ。

「ええ、それは……」

語尾が引かれた後の言葉は読み取れた。

「出来ないか？」

「ええ……」

「ま、そうだろうね」

佐倉は小さな嘆息と共に上体を引いた。

「善意に解して、兄さんが三宝の分も預かってくれている、ということにしようか」

「はい」

三宝がやっと白い歯を見せた。

「ま、じゃあ、それはそれとして、三宝はこのままでいいのかい？」

「えっ？」

「つまり、三宝の戸籍は中条家のそれに入っているが、それでいいのかどうかだが……」

三宝の口元から微笑が消えて、真剣な眼差しになった。が、それはすぐに困惑の面差しに変わった。

「と言っても、三宝を私の実子として戸籍に入れることはできないようだ。唯一可能な方法は、私の養女とすることらしい。そうすれば三宝は私の戸籍に入ることが出来、佐倉姓を名乗ることも出来る」

「仮の話だが」と断って当初は名瀬の市役所に三宝の戸籍問題の相談に及ぼうと考えたが、どこからそれが本当の話だと取られて島の人間の恰好の噂の種にならぬとも限らない。それを恐れたから、上京の折にこっそりと最寄りの区役所の戸籍係に電話で問い合わせて得た情報だった。

応対に出た女性から即答は得られなかった。「難しいケースですね。ちょっとお待ち下さい」

と電話を保留にして席を外した。上司にお伺いを立てに行ったのだろう。二、三分も待たされた挙句、

「娘さんをあなたの籍に入れたいならば、養女となさる他ないようですが、念の為、弁護士さんか、家庭裁判所にもお尋ねになって下さい」

と返ってきた。ここでは知られてどうということはないから仮空の話ではなく、己自身の話として相談に及んだのだが。

〝弁護士〟と聞いて反射的に思い出されたのが、同期生浅沼から紹介された仙台駅前

で開業している羽鳥《はとり》某だ。下の名前は思い出せない。が、三宝の胸に深い傷跡を残した男の父親であることは忘れもしない。こちらの弱みにつけ込んで法外な弁護料をせしめた腹立たしい人物だ。

弁護士と聞いてその羽鳥某しか思い浮かばないのが口惜《くちお》しかった。

(死んでもあ奴には相談するものか！)

胸の内で苦々しく吐き捨てて電話を切ると、佐倉は家庭裁判所に電話を入れた。区役所の戸籍係と同じ回答だった。弁護士に念を押すこともないだろうと判断した。

「話は変わるけれど――」

思い詰めた表情のまま三宝は口を開いた。

「現在の奥さんは私のことご存じなのよね？」

(そうか！　それはまだこの子に言ってなかったんだ！)

「まあ、話してあるよ。三宝に会いたいと言っていたが……」

三宝は唇をかみしめた。やや驚きを含んで見開かれた目にうっすらと涙が滲んでいる。

佐倉は目の遣り場に困った。

目黒の雅叙園で別れる間際の品子の顔が浮かんだ。

(俺は罪深い男だ)

声にならない独白を佐倉は胸に落とした。

戸惑い

佐倉に言わせれば、〝蚤《のみ》の心臓〟の持主叶太一《かのうたいち》が、ここ二、三週間風邪が治らないと訴えて来た。月に一度、定期的に通っているから、一ヵ月前に診ており、そろそろ来る頃かな、と思っていた矢先だ。

風邪引きならまずは内科を受診すればよいが、そもそもは、「真っ赤なおシッコが出た」と血相を変えて飛び込んできて佐倉の外来に回ってきたのが発端で、爾来《じらい》、佐倉の患者になっている。

〝血尿〟と言うからまず疑ったのは尿管結石だが、結石なら激烈な腰痛か左右いずれかの下腹部痛を伴うはずだが、それは無いと言う。女性ならば膀胱炎でも出血を伴うことがあるが、男性ではまず無い。

佐倉はすぐにエコーの技師田所に患者を回し、腎臓をよく見てくれと伝えた。腎癌、いわゆる「グラヴィッツ腫瘍」を疑ったのである。血尿を訴えてくる男性の場合は往々にしてある。前者には泌尿器科医が非常勤でいたから、彼が執刀し、佐倉は助手についている。公立昭和病院時代に二、三例、塩釜の鉄心会病院でも一例経験している。ここで佐倉は腎臓の摘出術を覚え、塩釜の病院では部下を助手に腎摘術を行った。

腎癌は肺や脳に転移を起こすと言われるが、佐倉の経験した患者は皆大過なく良好な経過を辿った。塩釜の患者はがっしりした体格の五十代の男性で、自分はキャンピングカーを作っている、相場は一台一千万円だが、先生にはお礼を兼ねて半額でお渡しするがどうかと持ちかけられた。佐倉は丁重に断った。旅行が趣味で、運転にも自信があり、剰《あまっさ》え、家庭が円満な人間であったら食指が動いたであろうが、どれも当てはまらなかったからだ。

叶太一は真面目に佐倉の外来に通った。のみか、叶に紹介されたと言って、何人もの患者が佐倉の診察を求めて来た。他院で手術を勧められたが、先生にお願いしたいと言って転院してくる者もいた。中には、佐倉が乳癌に対する乳房再建術を手がけていると知って遠方から来る女性もいた。

田所はすぐに叶太一のエコーフィルムを持って来た。

「先生の診断通りです。左の腎臓に径五センチの腫瘍があります」

念の為尿を細胞診の検査に出していたが、三日後、「腺癌」と返ってきた。紛れもない「グラヴィッツ腫瘍」だ。すぐに入院させ、腎摘術を行った。経過は順調で二年を経ている。

（ひょっとして肺転移か？）

聴診上は問題ないが、念の為胸部の単純写真を撮ってみる。写真が出来るまでに二、三の患者を診た。

検査技師にはエコーでもX線でも、さては血液部門でも、尋常ならぬ所見が出たら即知らせるように言ってある。叶の後の三人目の患者は漁師で、一週間前、漁のさ中、エイにかまれ、中指の皮膚を食いちぎられたと訴えて飛び込んで来た。尖端の皮膚が一円玉くらい綺麗になくなっている。

佐倉は久松、沢田と共に病棟回診中の塩見悠介を呼んだ。

「こうした傷はどうしたらいいと思うかね？」

塩見は小首を傾げた。

「ソフラチュールを当てて、隔日に包交（包帯交換）、でしょうか？」

ものの十数秒も考え込んでから自信なげに答えた。

「うん、ま、それでもいいが、皮膚がすっかり無くなっているからね。傷が瘢痕治癒するまでには相当かかる」

「どれくらい、でしょうか？」

「ま、一ヵ月かな」

「はあ……」

「しかも、瘢痕治癒した指先は変形し、感覚も無くなる」

「はあ……すると、他にどんな手だてが……？」

「植皮だよ」

「えっ？」

塩見は目を丸くした。

「どこから、ですか？」

「ソケイ部がいいだろうね。手伝ってくれるか？」

「あ、はい……」

佐倉は患者を寝かせるとトランクスを下ろさせ、左のソケイ部に局所麻酔のリドカインを注入し、親指大の皮膚切片を皮下脂肪と共に切り取った。

「指は根部麻酔でいくよ」

手指には尖端から末節骨、中節骨、基節骨の三指骨があるが、基節骨に沿って上下左右の四点に麻酔剤を少量ずつ注入すればその指全体をしびれさせることができる。

塩見は皮内針を中指の根元にさし入れる佐倉の手の動きに目を凝らした。

刹那、背後から声がかかった。X線技師の村田《むらた》が、机に立てられたシャウカステンにさっと二枚のフィルムを装塡し、

「院長先生、ちょっとこれを見て下さい」

と塩見の肩越しに言った。

佐倉は素早く四ヵ所にリドカインを注入すると、腰かけていた丸椅子から立ち上がった。

「ややっ！」

思わず声が出た。左肺の上部にくっきりと白い影が写し出されている。フィルムは正面像と側面像で、モノは上葉の中央辺りであることを示している。卵大だが辺縁はジャガイモのように凹凸不整、ゴツゴツした感じで、悪性のもの、他ならぬ癌の顔つきだ。

「CTを撮っておきましょうか？」

村田の二の句に佐倉は頷いた。

（孤立性だから転移ではない）

踵《きびす》を返した村田の背に言ったつもりだが、これは独白に留まった。

採皮したソケイ部の切開創を閉じるように塩見に言って、佐倉は切り取った皮膚切片のトリミングにかかった。余計な脂肪を削《そ》ぎ取り、指の欠損部よりやや小さめに皮弁を作って欠損部にあてがう。そうしてこの皮弁と指の残った皮膚を縫い合わせる。

半周程終えたところでソケイ部の処置を終えた塩見が助手に付いたから、これに糸を結ばせる。糸は一本だけ切って残り一本は束ねさせておく。

縫い合わせた皮弁に尖刃刀で数ヵ所点状に穴をあける。分泌物が皮弁の下にたまって癒着を妨げないようにするためだ。

　ガーゼを小さく折り畳んで綿棒様にしたものを皮弁に載せ、左右の糸束をこの上で寄せて結紮してガーゼ片を固定する。分泌液はガーゼに沁み込んで皮弁と創《そう》の下にたまることはないから両者の癒合を妨げない。

「抜糸は一週間後、それまでは包交しない」

　佐倉の言葉に、

「ソケイ部の傷の包交も一週間後でいいんですか？」

と塩見が返した。

「そうだな。そっちは間に一度来てもらおうか」

「先生、もう終わったんかい？」

　観念したように大人しく目を閉じていた患者が二人の会話に割って入った。

「ああ、痛くなかっただろ？」

　佐倉は漁師の目をのぞき込んだ。

「最初は痛かったよ。針でチクッチクッと刺されるような」

「それは麻酔だからね、仕方がない。化膿止めの薬を二日分だけ出しておくからね。

あとは、そうだな、三、四日して一度股の傷のガーゼ交換に来て。お風呂は一週間入れないな。無論、漁にも出られない」

「いやあ、それじゃおマンマの食い上げだよ」

「文句はエイに言って」

佐倉の返しに漁師は苦笑し、塩見と看護婦は声を立てて笑った。

「この患者のCTを見てきてくれるか」

男を帰すと、佐倉はシャウカステンに村田がかけていったフィルムを指さして塩見に言った。植皮に十五分かかっており、この間に三、四人の患者のカルテが机上に重ねられている。

「フィルムが現像できたら持ってきてくれるか」

頷いて塩見はフィルムに顔を近付けた。

「これは癌ですよね？」

「うん、まず、九分九厘」

返したところで、佐倉の腰の辺りで携帯が鳴った。加計呂麻に久松と交代で出向いている青木からだ。この時間帯に電話をかけて寄越すのは患者についての相談に違いない。

「診察中ですよね？　今、大丈夫ですか？」

青木の性急な声に（何か緊急事態だな）と察した。

「うん、どうした？」

机に並んだカルテの一つを目の前に置きながら佐倉は返した。一ヵ月前に退院したばかりの胃癌の術後の患者だ。

「高血圧で通っている五十九歳の男性ですが、十日前に診たばかりなのでどうしたのかと思ったら、夜寝ると首がしめつけられるようにしんどい、朝起きると顔がむくんでいる、と訴えるんです」

「十日前は何ともなかったのかい？」

「あ、すみません、そ、そうです。この前来てから二、三日後にそうなって、それ以来ずっと毎日だそうです」

「ヴァイタルは？」

「問題ありません。血圧も１３６／72で正常ですし、体温も六度五分です。ただ、まぶたが腫れぼったいのと、首の静脈に左右差があって右側が膨れて浮き上がっているのが気になってエコーで見てみたんですが、やはり左の二倍くらいの太さになっていました」

「フム。胸部写真は撮ったかい？」

「あ、まだです」

「呼吸音は？」

「特に、問題ありません」

「じゃ、ともかく、肺の写真を撮って結果を教えてくれたまえ」

「あ、はい……」

佐倉は電話を切って次の患者を呼ぶように外来の主任看護婦前野《まえの》和子《かずこ》に言った。四十代半ばで夫を三年前に肺癌で亡くしている。

「これ、片付けていいですか？」

前野はシャウカステンのフィルムに手をかけながら言った。

「ああ、いいよ」

「主人は右の肺でしたけど、これくらいの大きさの癌でした」

「そお？」

前野和子の夫を佐倉は診ていない。着任する前で、内科医が見つけ鹿児島大学に送ったが、既に全身の骨に転移していて手術の適応にならず、抗癌剤での治療となったが、奏効するには至らず、敗血症を起こして一年足らずで帰らぬ人となった。

一人息子がいて、なかなか優秀で鹿児島の名門ラ・サールに入ったというのが前野の自慢だ。

「父親の敵《かたき》を取るんだと言って医学部を目指しています」

佐倉の歓迎会の折、ついと寄ってきた前野が上気した顔で言った。二年前のことだから、今では受験生になっているはずだ。

「この方、転移がなければいいですね」

フィルムを外し、シャウカステンの明かりを消して前野は言った。

「そうだね」

相槌を打ちながら佐倉の気は重い。肺癌は自分のレパートリー外で、手術にせよ、抗癌剤にせよ、他院に委ねなければならないからだ。この辺であれば沖縄中部病院か九州の大学病院、あるいはがんセンターになるだろう。

気の弱い叶太一に告知した時の彼のショックを思い出しただけで気が滅入る。

待たせた患者の診察を終えたところで、塩見が戻ってきて、ＣＴのフィルムをシャウカステンにかけた。

「この人、ヘビースモーカーだったんですね。数年前に禁煙したそうですが、それまで五十年近く毎日四、五十本は吸っていたとか」

「そうなんだ。十五、六から吸い出したということだから不良少年だったんだよ」

佐倉が返したところへまた腰の携帯が鳴った。

青木からだ。

「縦隔の上部右側に腫瘍らしきものがあるんですが……」

縦隔とは両肺と心臓に囲まれた胸部の縦長なスペースを称するが、ここには食道、大動脈、並行して大静脈が納まっている。

「分かった。それによる上大静脈の圧排だ。いわゆる上大静脈症候群という奴だよ」

「オペになりますか？」

「オペ？」

青木の性急な問いかけに佐倉は戸惑った。

縦隔腫瘍と言っても色々ある。縦長の狭いスペースだが、前後左右に区分される。

佐倉が手がけられるとしたら、前縦隔に生じた良性のもので、胸線腫やデルモイドティストの類だ。胸腺は大人になると退化するのが普通だが、時に増大して〝重症筋無力症〟という特有の症状をもたらす。瞼が垂れ下がって来たと訴えて来る患者は何故か女性に多い。目の病気だと思ってまず眼科を受診するが、胸線腫を知らない眼科医は瞼を吊り上げる見当違いな手術を施すか、自分の手に負えないとなったら形成外科に回したりする。

瞼が垂れ下がるのはほんの一症状で、〝重症筋無力症〟の名が示す通り、筋力が衰え、全身の気だるさを覚える。故に、眼科でなければ内科医を訪れるが、胸線腫を思いつかない医者にかかると、気休めの点滴かビタミン剤を投与されるばかり、いっかな良くならないと訴えると、内臓は何もないから精神的なものだろう、一度心療内科を受診したらよいと匙を投げられる。

精神科医も胸線腫など思い及ばない医者がほとんどだから、これも気休めに向精神薬など投与してお茶を濁す。そうしてたらい回しにされる患者が少なくない。

デルモイドティストは〝混合腫〟と称される如く、胎生期の胎児の歯や髪が核になってできる豆腐のおから状の腫瘍で、被膜があり、周囲の組織とは一線を画しているからころっと剝がれる。佐倉は大学病院での研修医の期間に胸部外科を回った折これらを経験したが、もとより見学に及んだだけだ。しかし、胸骨を電気鋸で断ち割れば直下に縦隔が開けるから、前方にある腫瘍は比較的簡単に取れる。

(俺でも出来そうだ)

と思ったものだ。しかし、その後に勤めた病院に胸部外科はなかったから、手術に立ち会ったのはそれっきりである。

佐倉は外科医になると決めた時点で胸部外科には食指が動かなかった。人体の臓器は〝五臓六腑〟と称されるが、このうち胸部外科で扱うのは肺だけだ。心臓を除いて、後はほとんど腹腔にある。婦人科の手術も専ら子宮と附属器の卵管、卵巣を扱うばかりで面白くないと思った。

しかし、縦隔にあるのは良性腫瘍のみではない。胸線腫も悪性のものがあるし、肺癌が縦隔にはみ出していることもある。

(何にしても、俺には手のつけられないシロモノだ)

オペになるかと青木に問われて戸惑いを覚えたのはそんな理由故だ。

「ともかく、胸部写真を持ち帰ってくれるか。それと、患者を今からでもこちらに来させて欲しい。ＣＴを撮った方がいいだろう」

「入院の用意をしてもらった方がいいですか？」

「ああ、そうだね。できれば、身内の誰かと一緒に」

「分かりました」

青木の声には安堵の趣きがあったが、佐倉の気分は重くなった。漁師にしても加計呂麻の患者にしても、自分の手には負えない、他医に委ねることになるだろうと予感されたからである。

憂　鬱

二年前に腎臓の摘出を行った叶太一の胸部の異常陰影はＣＴで紛れもない肺癌と断定、熊本大学病院へ紹介した。

「先生にやってもらえないの？」と、叶はしょげ返った面持ちで言った。

今一人、加計呂麻で青木が診た患者も、〝上大静脈症候群〟の元凶は右肺の癌と判明し、これも大学病院へ送らざるを得なかった。

更に厄介な患者が続いた。

一人は地元で民宿を営む七十歳の男性で見覚えがある。何となく体がだるい、海開きが近付き、そろそろ忙しくなる時期だが、ふらついて思うように体が動かない、咳も出る、風邪だろうと思って家にある市販の風邪薬を飲んだが一向に変わらない、云々。

男は女房を伴って来た。と言うより、一人で行かせるのは心許ないからついてきました、と言う連れ合いの話が本当のようだ。妻君は肥満と高血圧で内科に通っているポッチャリした小柄な女性で、夫より五、六歳若い。

「いつもはじっとしていない人で、夜明け前に起き出して海に行ったり何やかやごそごそする人なんですよ」

女房がひとしきり代弁する。ここ一週間程前からだという。

熱はない。呼吸音にも異常はない。ふらつくというから瞳孔の動きを見る。こちらの指の動きを追えず右に左に動くようなら〝眼振〟でふらつきの原因になるが、瞳孔の動きは左右とも正常だ。

立たせて両足を寄せ、目を閉じさせ、「十秒間そのままにして。倒れそうになったら支えるからね」と、両腕を患者の腰の脇にやっていつでも支えられる備えをする。ロンベルグテストというやつだ。ポリクリで脳外科を回った折の一コマが佐倉の脳裏に焼きついている。

五十代の男性だったが、体がふらついて真っ直ぐ歩けないと訴えて来た。一見、健常人と変わらない。言語も明瞭だ。ところが、ロンベルグテストをやってみると、五、六秒も経たないうちに体が傾きよろめいた。教授が男を両手で支え、したり顔で佐倉達に目配せした。

「何を疑うかね？」

佐倉他二、三の学生が「小脳腫瘍」と答えた。ポリクリは七、八人で一つのグループとなり、順ぐりに各科を回ることになっている。

「確定診断をつけるには？」

「ＣＴです」

これはほぼ全員が答えた。後に発明者の英国人ハンスフィールドにノーベル賞が授与されたＣＴは、レントゲンによるＸ線の発見以来最大の快挙とされたが、当時は大学病院等大病院に設置される程度だった。何せ価格が数億円で、一般病院には手が届かなかったのである。

翌日、教授はまたしたり顔で男のCTフィルムを佐倉達に見せ、

「腫瘍《ツモール》はどこにあるかな？」

と、面々をねめ回した。放射線科はまだ回っていなかった佐倉のグループはCTのフィルムは初めて見るものだから互いに顔を見合わせるばかりだった。

「ここだ」

と教授は何枚ものフィルムの一枚の一点を指さし、感嘆するばかりの学生達に、CTがいかに画期的な診断のツールであるか、他の臓器の悪性腫瘍は〝癌〟と言うが、脳のそれは何故癌と言わないかを滔滔と語った。

民宿の主の〝ロンベルグテスト〟は陽性とはみなし難く、患者は何とか十秒間持ちこたえた。三十年前のCTの画像は脳裏から消えた。

「寝不足が祟《たた》っているんじゃないかな？」

佐倉の問いかけに、

「確かにそれもありますけど、でも何となくいつもと様子が違うもので……」

本人でなく女房が答えた。

「咳も出るということだから、肺炎まで起こしてないと思うが、念のため胸の写真を撮ってみよう」

女房は不承不承といった顔でナースに促されるまま夫を支えるようにして診察室を出た。

入れ替わるように入って来た男性は、これまた女房だという女性に付き添われていた。

初めて見る顔だ。細身で顔も面長、いかにも好好爺という感じで、病人風情《ふぜい》はない。

(なのに何故？)

との疑問がまず佐倉の脳裏に浮かんだ。

「この辺で――」

と男は胸の真ん中を指さした。

「食べた物がつかえるんです」

「水やお茶は？」

「それは、何とか……」

「ふむ。そんな症状が二週間前から？」

佐倉は、初診の患者に診察の前に書いてもらう問診票を見直した。幾つかの質問事項が連ねられてある。佐倉が考案したものだ。

「痩せてきたと書いてあるが、何キロくらい落ちたかな？」

「二キロは落ちました」

「ちょっと体重を測って」

佐倉はナースの前野に言った。

「何せ、食べないもので……」

前野が患者を診察室の奥の床に置いたヘルスメーターに連れて行っている間に、女房が佐倉に寄って耳打ちするように言った。

「五十四・二キロです」

前野の声に、

「やっぱり二キロ落ちとるわ。ずっと五十六キロを維持してましたからな」

と、患者の声が続いた。

「先生、何か悪いものでしょうか？」

女房がまたこそっと佐倉に顔を近付けた。

「食道にね、何か出来てる疑いがあります。すぐに検査してみましょう」

「えっ、今すぐですか？　朝、ちょっぴりですけれど、ご飯とお味噌汁を食べてますけど」

「大丈夫。バリウムを二口三口飲んでもらうだけだから」

「はあ……」

得心した面持ちで女房は顔を引いた。

「食道透視を」

患者と共に戻って来た前野に佐倉は言った。

「私も見に行くから、用意が出来たら連絡するように村田君に言って」

「はい、それじゃ今井《いまい》さん、奥さんも私についてきて」

前野は老夫妻の背を押すようにして診察室を出た。

佐倉は問診票を見直し、二十年前に大腸癌で手術を受けている既往歴があるが、大腸のどの部分の癌で、どんな手術をどこで受けたかを聞き出さなければと思い至った。

もっとも、今疑っている食道癌とは関係がないから敢えて問い質す必要はないか、とも思い直した。

前野が戻って来て、

「五分後には用意できるそうです。これ、堀部《ほりべ》さんの写真です」

と、手にしていた袋をかざして見せた。民宿の主夫妻が前野に続いて中待合室に入ってくるのが垣間見えた。

前野が気を利かして、佐倉がシャウカステンのスイッチを入れると同時に袋からフィルムを取り出した。

佐倉はフィルムに目を凝らした。このところ肺癌続きだ。

(二度あることは三度ある!)

続く時は不思議に同じ病気が見つかるものだ。それでなくても肺癌は近年胃癌を凌ぐ勢いで増えている。男女共にだ。

「堀部さんは一年前に胸部写真撮っているよ」

カルテを見直して佐倉は言った。

「インフルエンザを疑ったがマイナスだったんで肺炎を疑って撮っている。出してくれるか」

「はい」

機敏に動いて前野が奥の部屋から持ち来ったフィルムには丁度一年前の日付が付されている。

(まさか……!?)

シャウカステンに並べた二枚の胸部写真には明らかな違いがあった。一年前のそれにはなかった白い塊状、と言ってもさ程の大きさではない、3×2センチ程の縦長の陰影が今日の写真の左肺に見られる。肺門部の動静脈に似ているが別物だ。咳はまだしも、主訴であるふらつきとは結び付かない。

(念の為CTを撮ってみるか?)

「患者さん、入ってもらいますか?」

前野の声に我に返った。

「そうだな……」

ためらい勝ちな返事に一瞬前野は訝った目を佐倉に向けたが、二の句が口を衝いて出ないのを見て取って堀部夫妻を呼び入れた。

佐倉は二枚の写真の相違を示し、咳は多分先刻撮った写真に出た白い影の所為だろうが熱は無いし肺炎とは思われない、何かデキモノかも知れないからCTで精査してみよう、ついでに脳のCTも撮ってみよう、と二人に告げた。

「デキモノって、何か、悪いものでしょうか？」

女房がおずおずと尋ねた。

「うん、単なるリンパ節の腫れかも知れないが、ま、とにかく、CTを撮れば分かるから」

二人を送り出すと、次の患者は少し待ってもらうように前野に言って佐倉はX線室に急いだ。患者の今井次郎《じろう》を村田が透視室に招き入れたところだった。

「胃まで調べますか？」

村田がバリウムの入ったボトルを肩先で振りながら言った。

「いや、食道だけでいい。朝、少し食事を摂ってるしね」

「じゃ、半量でいいですね？　発泡剤はどうしますか？」

「一応、飲んでもらおうか」

「分かりました」

村田はボトルを手に透視室に入って患者を透視台に立たせた。佐倉は手前の遠隔操作室の椅子に腰を落とす。村田がボトルから紙コップにバリウムを注ぎ入れて透視台にコップを置き、二言三言説明をしてからこちらに出てきて佐倉の横に座ると、

「患者さん、少し難聴がありますね」

と耳打ちした。

「あ、そうかい？」

診察では専ら女房とのやりとりに終始したから気がつかなかった。

「今井さん、聴こえますか？」

マイクを通した佐倉の声に患者は一瞬びっくりしたようにこちらを探り見たが、

「よく聴こえます」とすぐに返した。

「では、左のコップを手に取って、一口だけバリウムを含んで下さい。含むだけで飲み込まないで下さいよ」

村田の説明を繰り返す形になったが、念を押さないと、含むや否やバリウムをさっと飲み込んでしまう患者がたまにいる。市町村が主催する胃の検診では一気にバリウムを飲ませるから、それに慣れた患者がたまたま胃の不調を訴えて病院へ来た時、

「バリウムを口に含んで」と言うなりぐいぐいと飲んでしまうのだ。

胃の集団検診では、故に食道癌が見逃されることが稀にある。検診車に乗り込んで透視検査に当たるのはX線技師で、事前に被検者の抱える何らかの不調、この今井のように胸の辺りで物がつかえるとか、胸やけがあるとか、最近食欲が無くて体重が落ち込んだとかの症状を把握している訳ではなく、いわばベルトコンベア式に次々と検査を、それも専ら胃に集中して行い、食道にはほとんど目が行かないからである。

「では、コップを戻して口の中のバリウムを飲み込んで下さい」

言い終わるや佐倉はモニターの画面に目を転じ、バリウムの流れを追った。

「おっ！」

一見バリウムはスムースに流れて行ったが、ややあって佐倉は声を上げた。隣から村田が顔を寄せた。

「ここだ」

先端から十センチ辺りの食道を佐倉は指さして見せた。

「明らかに細くなっている。そう思わないかい？」

「三、四センチ、程ですか？」

村田は画面を指でなぞった。

「そう、それくらいだ」

と答えて佐倉はもう一口バリウムを含むように今井に言った。

「はい、飲み込んで」

今度はコップを持たせたままだ。

「あ、ほんとだ。狭くなってますね」

村田が興奮気味に言った。

「発泡剤を飲んでもらおうか」

佐倉の言葉に村田はすぐに席を立って透視室に入った。

「もう一口バリウムと一緒にこれを飲んでくれますか？　ゲップが出そうになるけどこらえて下さいね」

村田は手にしたアンプル状の小瓶を渡しながら今井に言った。

だが、発泡剤を口に入れ、バリウムを一口含むや否や、ゲップと共に噴射状に吐き出し、患者は検査用にまとっていたガウンや床を汚してしまった。以後の撮影は不備に帰した。

「仕方がない。ひとまず入院してもらって、明日、胃カメラだな」

どうしたものでしょうとお伺いを立てるような顔つきの村田に佐倉は言った。

外来に戻って二、三の患者を見終わったところで、一息つく間もなくX線室から電話が入った。村田の上司で専らCTを担当している立石《たていし》の声だ。ちょっと来て下さいと言う。

「患者さんはもういないね？」

時計は午後一時前を示している。

「はい、今の方でおしまいですが、堀部さんはどうしますか？」

民宿の主のカルテはX線に行っている。どうしますかとは、外来に戻ってもらって本人か家族にCTの結果を告げるかどうかだ。

「向こうで説明するからいいよ。カルテを医事課に回しておく」

「はい、すみません。ではお先に失礼させて頂きます」

「ああ、ご苦労さん」

「お疲れ様」

十年一日の如き引け際のやりとりを終えると、前野は食堂へ、佐倉はCT室へ急いだ。


立石が曰くありげな目で佐倉に会釈し、モニターのCT画像を指さした。

「小脳に二ヵ所腫瘍らしきものがあります」

「二ヵ所!?」

佐倉は立石の指先に目を凝らした。

「じゃ、転移だな。肺は？」

立石は画面を移動させ、胸部の断面像を出した。

「左上葉に三センチ大のものがあります」

「肺が原発で、小脳に転移したか。厄介だな」

(いずれにしても、自分の手には負えない)

安堵する一方で、無力感に襲われ、佐倉はため息をついた。

「現像しますか？　家族の方に説明されますよね？」

立石が腰を浮かかす動きを見せて言った。

「いや、もう遅いからここで説明するよ。奥さんに入ってもらってくれるか」

二時からはスタッフ全員でのカルテカンファレンスと病棟の総回診だ。遅くなるのはいつものことながら、今朝は格別何やかやで気が急《せ》く。気疲れもしている。

　堀部の女房が立石に先導されて、場違いな所に踏み込んだというような落ち着かない目つきで入って来た。

　佐倉はモニターの画面を見せながらかいつまんで説明を終えると、

「残念ながらウチでは診断をつけるのが精一杯、治療は九州のどこかの病院でやってもらうしかないが、心当たりはあるかな？」

と尋ねた。子供が何人かいて島を出ているなら、最寄りのがんセンターかどこかへ紹介しようとの思わくからだが、女房は佐倉と立石を交互に見やってから首を振った。それならどこどこと言ってくれるならまだしも、「お任せします」と言われるケースが一番疲れるのだ。鉄心会の系列病院には二、三大学病院やがんセンターに伍して譲らぬ設備とマンパワーを誇る病院があるが、いずれも関東地方だ。子供達の誰かがそちらにいればと思ったが、子供は二人いるが民宿を手伝っていて島から出たことがないと言う。

　手術の適応にはならない。放射線か化学療法になると思うが、いずれにしても厳しい状況だ、本人は勿論、息子や娘さんともよく相談してもう一度出直して欲しい、今日はこれまでと告げて佐倉はＣＴ室を出た。

（やれやれ、肺癌はもうご免だ！）

と毒づきながら。


翌日の内視鏡検査で、今井次郎は紛れもなく食道上部の癌と判明した。前日の透視の段階ではまだゆとりがあると思われたが、カメラのシャフトは腫瘤に阻まれて先へ進められなかった。

「全体像はつかめませんが……」

エアを送って食道を広げ、何とか先へ進めようとしたが、マウスピースからゲップとなってエアが返ってくるばかりで広がらない。

諦めた格好で青木が言った。

「うん、透視で大体分かるからもういいよ。念の為にバイオプシーして終えよう。その前に奥さんに見てもらおう」

佐倉は内視鏡の前準備以来付き添っている外来のナースに目配せした。

今井の妻は入院の夫を残して一旦帰宅し、今朝また出向いてきた。無造作に七三に分けた髪は真っ白だが、顔には張りがあって年寄りじみた感じはない。背筋も伸びている。堀部の妻のようにおどおどした様子もない。度胸が据わっている感じだ。

佐倉はモニターを示し、前日の透視で疑った通り食道の上部にこんな腫瘤があって食べ物の通過を妨げている、これから数ヵ所つまんで検査に出す、結果が出るまでに一週間程かかるからまた連絡する、と告げた。

「主人は、では今日は……？」

何事か悟ったような面持ちで今井の妻は返した。

「点滴が終わったら今日は帰ってもらって結構だが――」

言葉尻を濁して佐倉は「奥さん、ちょっと」と彼女を押し出すようにして内視鏡室を出た。

「夕方六時過ぎに私に電話をかけてくれませんか」

胸のポケットから、予め用意しておいたメモを取り出して差し出した。

「私の携帯です」

今井の妻は訝った目を返した。

「主人には内緒でですか？」

「いや、聞かれても構いませんよ。今後の治療法についてゆっくりお話しようと思って……」

「あ、はい、分かりました」

今井の妻は恭々しくメモを受け取った。


総回診とカルテカンファレンスを終えて部屋に戻った佐倉は、（いつになく疲れている！）と感じた。手術を終えた後の爽やかな疲労感とは違う。何か澱《おり》のようなものが胸の底に淀んでいる。診断は何とかつけたものの、自分の手に負えない患者がここのところ何人も続いた所為だ。

ソファーに体を投げ出して横になった。

ふと当麻の顔が浮かんだ。青木に聞いた限りだが、当麻は大学病院やがんセンターでも断られた〝エホバの証人〟の肺癌の手術をやってのけている。無論無輸血でだ。右の上葉切除だったという。

（一連の肺癌の患者を、彼だったらどうしただろう？）

上大静脈にがっちり食い込んだものや、小脳転移を併発したものはさすがの当麻でも手を出せないだろうが、叶太一の、左上葉に限局した肺癌ならやってのけたかも知れない、と思った。先週のカンファレンスで叶は結局熊本大学病院に送ることになったと告げた時、青木が何か言いた気に口をうごめかしたのを佐倉は見逃さなかった。

（さしずめ、当麻さんと私を比較しているな。ひょっとしたら、彼に来てもらってここで手術をしたらどうかと言い出しかねない）

叶太一が、先生にやってもらえないのかと訴えた時の哀願するような目、それは出来ないと答えた時のしょんぼりした顔つき、その時の自分の忸怩たる思いまで、青木の表情を流し見て密かに胸の底に落とした独白と共に思い出された。

同じ鉄心会の病院に勤める医者だから、当麻に来てもらって前に立ってもらうことは遠慮する必要が無いのかも知れない。呼べばよかったという悔いのようなものがカンファレンスの後に残ったことを覚えている。

あれやこれやが脳裏を駆け巡っていたが、いつしか眠りに陥っていた。

テーブルに置いた携帯電話の着信音にはっと目覚めた時、てっきり今井の妻からのものだと思った。しかし、耳に響いたのは男の声だ。

「先生か？」

声の主はいきなり親しげに呼びかけてきた。

「ああ、叶さん」

大きな図体に似ぬ細い声でそれと分かった。

「どうした？」

佐倉は上体を起こし、頭をぶるんと振ってソファーにもたれた。

「手術、明日になったよ」

「あ、そう？　早いね」

もう一週間程先かと見込んでいた。

「先生、大丈夫やろか？」

叶太一は二十年前に妻を亡くして以来独り身で、母親と二人暮らしだと聞いた。その母親ももう八十半ばで足腰が弱り、台所に立つのがやっと、農作業はもとより、身の回りのことは買い物から家の掃除まで太一がやっている。二年前に彼が腎臓癌の手術を受けた時はちょくちょく顔を出して着替えの下着などを持ってきたが、ここ一年程は外出もままならないと聞いている。必然太一は一人で熊本まで出かけた。子供が一人いるが、関東方面に住んでいて、おいそれとは出て来られないと言うから、太一の病状説明を佐倉は電話でのやりとりで済ませた。関東なら幾つも大きな病院がある、心当たりはないかと尋ねると、腎臓の時はそちらで簡単にしてもらえた、肺癌は駄目なんですか？　と、父親と同じ質問がまず返ってきた。駄目なんだと答えると、僕は幸い病気にかかったことがないのでこちらでも病院に行ったことはない、全く不案内なので、そちらに近い所を紹介してやってもらえませんか、手術日には何とか都合をつけて行きますから、と息子は続けた。中小企業の建設会社に勤めていて、マンパワー不足で滅法忙しい、やりかけた現場の仕事で手が放せない状況だと言い訳をした。

「わしもいい加減しんどくなったから、帰ってきて百姓をやれと言っとるんだが、嫁が都会生活に慣れてしまっている、子供の学校のこともあると言って聞かない、ま、会社が潰れたらその時は帰るよ、なんてぬかしおるんですわ」

腎臓が一つ無くなっているんだから余り無理をしないようにと、夏の盛暑日に真っ黒な顔をして外来へ現れた太一に言った時返ってきた言葉だ。母親の不具合も漏らして行った。

(この男は何を楽しみに生きているのだろう？)

格別の趣味もないと聞いている。その癖ちょっとした血圧の動きに一喜一憂し、今のままの薬で大丈夫か、食事は何か気を付けなければいけないものはあるかと、外来へ来る度に同じ質問を繰り返す。

(体の心配が趣味のようなものか?)

問答に辟易しながら佐倉は苦笑するばかりだ。


「大丈夫だよ」

何度も繰り返した言葉を佐倉は返した。

「じゃ、息子さんも、あしたは来てくれるんだね?」

「手術には間に合わんかも知れん、夕方遅うなると言うてますけど……」

「うん、でも主治医には会ってよーく話を聞いてもらわんとね」

珍しく即答が返らない。電話が切れたかと思うほど間があいて、

「先生」

と思い詰めたような声が返った。

「うん?」

「麻酔は、全身麻酔でないとあかんのかな?」

「そりゃ、勿論。腎臓の時もそうだっただろ？」

「あの時も心配やったけど、今度の方が心配で——麻酔から覚めんのやないかと……それでな、今生のお別れにもういっぺん先生の声を聴いておこうと思って……」

佐倉は笑った。どこまで小心者かと思ったが、人のことは言えない、自分も胆石の発作に見舞われた時、何としても手術は免れたいと思ったではないか、自分こそ臆病者だと思い至った。

「本気で言ってるのかい？」

佐倉は笑いながら返した。

「半分ね」

少し間を置いて叶太一が返した。

「うん、それならいい」

外来でのやりとりには閉口気味だが、今は何故か苦痛を覚えない。他医に託して自分の手から離れた患者が手術を前に不安を訴えてくる。当然のようで、否、一度は自分が手を下した叶太一なればこそだと思い直して、いじましさといとおしさの入り混じった複雑な感情が胸にこみ上げていた。

「おっかさんを見送らなきゃいかんからね、簡単には死ねないよ」

「うん……」

消え入りそうな声で太一は返した。

「おっかあさえいなけりゃ、わしはいつ死んでもいいんだが……」

佐倉は腕の時計を見た。六時が近付いている。こちらから切らなければ太一の話は終わりそうにない。

「ま、気が付いたら手術は終わっているからね。もっと落ち込んでると思ったが、元気そうで安心したよ」

佐倉の口調の変化に叶太一は我に返ったようだ。声が改まった。

「無事退院できたら、また宜しく頼みます」

「勿論だよ。じゃあね」

「あ、有り難うございました」

最後は他人行儀な、しかし、情感の籠った口吻だった。

五分と経たぬうちに携帯が鳴った。今井の妻からだ。

今井の帰宅後の状況に特に変化はないと聞き取ってから、

「治療をどうするかですが」

と佐倉は切り出した。

「二つあります。一つは手術、もう一つは放射線です」

「主人の年齢で、手術は出来るんですか？」

今井の妻はすかさず返した。

「前の大腸癌で、つないだ所がうまくくっつかなかったということで、一ヵ月近く絶食させられて、十キロも体重が落ちてしまいました。もともと痩せた人ですから、骨と皮ばかりになってどうなることかと気を揉みましたけれど、何とか退院できて、体重も五キロほど戻りました。でも、お通じの具合が良くなくて、下痢になったり、便秘になったり、いまだに苦しんでおります」

「大腸癌は、どの部位だったんでしょうね？」

問診票の「既往歴」を問う項目に「大腸癌、20年前」と書かれてあった記憶はあるが、もう時効だからと詳細を聞きそびれていたことに思い至った。

「お尻に近い方で、もう少し下だったら人工肛門になるところだったとお医者様は仰っていました」

（さては直腸癌だったか！）

縫合不全は外科医としては失態だが、術後二十年を経て健在だから、手術は合格点をつけられるだろう。吻合部のリークは、大きなものなら絶食しても治らず、命取りになりかねないから大したものではなかったのだろう。

しかし、この情報は些か佐倉の腰を引かせた。二十年前と言えば今井はまだ還暦前だ。

大腸は胃や小腸に比べれば壁が薄く、血管も乏しいから縫合不全を起こし易いが、食道もその点では優劣つけ難い。食道の中上部の癌は、早期のものでない限り、まず上部を僅かに残して食道を切除し、胃を縫縮して代用食道とし残存食道とつなぐことになるが、この胃管も先端近くは血行に乏しく、薄っぺらな食道も同様だから縫合不全を起こし易い。

食道癌に罹った患者の主症状は、食物や、時には水さえも胸の辺りにつかえて下へ降りて行かないというものだ。癌を含めた食道を切り取って胃管という代用食道を吊り上げて残った食道とつなぎ合わせても、癒合がうまくいかず縫合不全を起こせば、口から入れた物はそのリークから外に流れてしまうから元も子もないということになる。

今井はもう八十歳近い老人で、縫合不全はもとより、術後に痰を詰まらせたりして肺炎を併発する恐れもある。

「大腸癌の時より尚更そうした合併症を起こす危険性はあります」

手術の手際の説明を終えて佐倉は最後にこう言った。

「手術は、主人も厭だと言うと思います。お腹を切って、胸も切って、首の辺りで、食道と、その、胃管と言うんですか、それをつなぐ手術で、八時間もかかると聞いたら腰を抜かします、きっと」

今井の妻は確信めいた口調で言って、

「もう一つの、放射線による治療というのは、どんなでしょう？」

と続けた。

「リスクはうんと小さいですよ。但し、放射線だけで癌を完全に殺すことは難しいんです」

「でも、痛くないんですか？」

「ああ、痛みはほとんどありません。一日数分、大抵は月曜から金曜まで五日間を五週間続けることになります」

「二ヵ月近くですね？」

「そうですね」

「でも痛くなくて、期間は長くても、一回にそんなに短い時間で済むのなら、その方がいいですね？　年も年ですし……」

「ええ、ただ、手術はここでも出来ますが、放射線治療となると、大学病院かがんセンターへ行ってもらわなければなりません」

「えっ？　あ、そうなんですか？」

予想した通りの反応だ。放射線治療には大がかりな装置と、それを駆使する専門医が必要だということが素人には分からない。胸の写真やＣＴが撮れるなら治療もできるのだろうと考えても無理のないところだ。

こちらから引き出す他ない。

「今井さんは、お子さんはおられるのかな？」

「あ、はい……」

「どちらに？」

「広島です」

「広島？」

風体や物腰から土着の人間ではないと推測はついていたが、広島とは意外だった。

「息子さんですか？」

「ええ」

「お子さんはお一人？」

「いえ、娘がおりまして、これは東京に片付いております」

「じゃ、ご両親は何故こちらに？」

「もう半世紀も前ですけど、主人と結婚して新婚旅行で参ったのです。暖かくて、風光明媚で、とても気に入って、晩年はこんな所でのんびり過ごしたいねって、お互いにそう思って帰ったんです。主人は釣りが趣味でしたし、私も寒さに弱いものですから、五年前、思い切ってこちらに引っ越して参りました。そんな遠い所へと、子供達には反対されましたけど」

合点がいった。広島の人間が新婚旅行に奄美大島とはつつましい限りだが、自分も似たようなものだったと思い返した。品子はヨーロッパへ行きたいと言ったが、とてもそんなには休めない、せいぜい三泊四日がいいところだと言い張って、鹿児島から屋久島を巡った。

「じゃ、いつかはヨーロッパへ連れて行って」

と品子はねだり、「ああ、いつかはね」と佐倉は返したが、果たさずじまいで今日まできている。

「すると今井さん、ご主人の二十年前の大腸癌の手術は広島の病院で受けられたんですね？」

品子の幻影を払いのけて佐倉は言った。

「はい、日赤病院で受けました」

「そういうことでしたら、お子さん方ともよく相談なさって下さい。そんなに急ぎません。今週いっぱいかかっても大丈夫ですから」

「先生」

十数秒の間があって、改まった口調で今井の妻は呼びかけた。

「はい……？」

「もし先生が主人の立場でしたら、どちらを選ばれますか？　手術と放射線のどちらを？」

（俺が七十八歳だとしたらか？）

即答は返せない。その年の自分を想像できないからだ。

（その年では、俺はもう医者をしていないだろう。少なくともメスはおろしている。それどころかもう男の平均寿命じゃないか。胆石如きでオペを忌避している自分が、年齢的にも、その何倍ものリスクがあるオペを受けるだろうか？　まず、受けまい）

「私だったら――」

先刻の今井の妻の絶句より長い間を置いて、漸く佐倉は沈黙を解いた。

「多分、放射線治療を選ぶでしょうね」

「その場合――」

すかさず言葉が返った。

「どれくらい余命はあるのでしょうか？　癌を放射線では完全に治せないと仰いましたけど」

難しい質問だ。放射線治療を勧めた食道癌患者は、これまでほんの二人ばかりだ。いずれも六十代で今井より若かったが、症状は今井よりも重かった。発見した時点で癌は十センチ長にも及んでいた。一人は上部も上部、咽頭にも達するかと思われる程で、手術の対象外だったから迷わず放射線治療を勧めた。水も通らない状況だったが、治療を終えた時点で、ほとんど完全に癌で塞がれていた食道が半分程道が通じて、お茶や水はもとより、お粥《かゆ》も食べられるようになって喜んだ。しかし、発見時に既に周囲のリンパ節に多々転移があったから、一年少々で亡くなった。

いま一人は、食道の中下部のやはり十センチ長に及ぶ癌で手術適応ではあったが、頑として手術は厭だと拒んだから放射線治療を勧めた。塩釜の鉄心会病院にいた頃の患者で、新設間もない名取の県立がんセンターに紹介状を書いたが、それから一年と経たず秋田の尾坂病院へ移ってしまったから以後の経過は分からない。

その二人に比べれば、今井の癌はまだ小さい方だ。透視で見る限り、精々五センチ長くらいだ。

「何とも言えませんが、二年やそこらは大丈夫かと思います」

「えっ、たったのそれだけですか？　それだけで、先生は満足されるんですか？」

意外な切り返しだ。二年も延命できるなら十分です、と返ってくるものとばかり思っていた。

「二年生き延びれば八十歳、日本人男性の平均寿命を超えますよね」

「それは、そうですけれど……」

語尾を引いたまま、また沈黙が続いた。

外科医としての苦しい胸の裡をぶちまけたい衝動を、佐倉は懸命に押し留めていた。

矜持

今井の妻治子《はるこ》との電話を切ってから、佐倉はソファーにもたれて考え込んだ。すっきりしないものが胸の底に淀んでいる。

(私人佐倉周平と外科医佐倉周平とは違うのだ)

今井治子に言いたかった言葉を反芻《はんすう》した。私人とはつまり患者の立場になった自分だ。

「先生ならどうされますか?」

と彼女は尋ねたが、御門違いな質問だ、と今になって腹立たしさがこみ上げて来る。

自分が今井の年だったらその質問は分かるし、答え様もあった。同じ七十八歳でも個人差がある。よぼよぼになって外出もままならない者もいれば、かくしゃくとして現役で仕事を続けている、およそ年寄り臭くない高齢者もいる。政治家や芸術家、自分と同業の医者にはその年になっても現役で活動している者が少なくない。

関東医科大の羽島富雄《はしまとみお》と共に崇敬してやまなかった今は亡き梶原《かじわら》は、九十歳の胃癌の患者を手術したことがある、患者は十年生き長らえて白寿で天寿を全うしたと、講演で述べた。その梶原は喜寿に及んでもメスを執っていた。乳癌の手術を見学したことがあったが、手は些かも震えることなく、メス一本で僅か一時間で乳房切除術を終えた。出血はほんの百cc程だった。

当麻医師の恩師で自分も学外の師と仰ぐ羽島富雄も七十代にかかっていると思われるが、尚現役の外科医だ。

(どうせ聞くなら、オペの成功の見込みはどれくらいあるのでしょう、先生のご経験からいかがですか、とでも聞いて欲しかった)

尤も、何例くらい経験があるかと問われれば、胸を張って言える数ではない。十例にも満たないからだ。しかし、成功率は百パーセントだ。小さなリークは一、二の患者で見たが、絶食と高カロリー輸液で三週間程で快癒、全員が無事退院した。

秋田の尾坂病院での第一例は忘れ難い。

大館で開業している浅沼からかかってきた電話と共に。

「食道癌が見つかっちまったが、どうしよう？」

開口一番浅沼は言った。中部食道の約八センチ長の癌で、患者は六十歳の男性だという。

「秋田大学で食道を扱える奴はおらんし、我々のアルママーターも、お前も知ってるだろうが、もうひとつだしな」

〝アルママーター〟とはドイツ語で母校のことだ。響きがいいし、医学用語は何でもドイツ語が簡単明瞭でいいな、と言って、浅沼は専らこれを使っている。

浅沼とはその〝アルママーター〟の外科医局でほんの二年程同じ釜の飯を食ったが、食道の手術は二、三例見ただけで、主に助教授が執刀したが、癌が後壁を貫いて後縦隔から剝がせないと言って早々に切り上げてしまったり、何とか切除はしたものの吻合部が癒合せずリークが出来、縦隔炎から肺炎を併発して一ヵ月足らずで死亡してしまったりで、惨憺《さんたん》たる結果に終わった。手術には十二時間余をかけた挙句にだ。

出張を命じられ、中条志津と運命的な出会いをした名取の市民病院で、在任中二、三例の食道癌が発見されたが、部長は手をつけず、さっさとがんセンターへ送ってしまった。

公立昭和病院に移り、研修日に関東医科大消化器病センターへ手術見学に通うようになって、目から鱗が落ちる思いがした。食道癌の手術が日常茶飯に行われていたからである。数多くメスを執っていたのは、驚いたことに久野章子《くのあきこ》という教授になりたての女性だった。ここに通った五年余の間に、食道癌の手術は十数例見た。手術の所要時間が八時間を超えることはなかった。

（手間暇はかかるが、ＰＤよりはうんと気楽なオペだ）

と思った。羽島富雄がその分野の権威とされている膵臓癌に対する〝膵頭十二指腸切除術〟(Pancreatico duode nectomy) の方が遥かに繊細さと慎重を要する手術に思われた。このＰＤも、浅沼の所謂〝アルママーター〟では一、二例見ただけだ。麻酔医が「あとどれくらいかかるかな？」と業を煮やすほど、執刀医の手は動きが鈍く、午前九時に始まった手術が漸く終わったのは丸半日後だった。しかも術後に早々と縫合不全を来し、胆汁や膵液が腹腔に漏れ出て十日と経たず多臓器不全で死んでしまった。

　公立昭和病院の外科部長も食道癌や膵臓癌には手をつけなかった。見つけ次第自分のアルママーターに送ってしまった。食道癌の患者は佐倉が外来で見つけて入院、手術の手配まで整えたが、予約の当日、患者は入院してこなかった。不審に思って患者に電話を入れると、妻が出て、「すみません、部長先生から××大学病院を紹介されましたので、そちらへ入院させて頂くことになりました」と、さして悪びれた風もなく言った。

　寝耳に水だった。佐倉は部長の許に馳せ、どういうことかと詰問した。

「いやさ、妻君と息子が来て、食道癌の手術は大変と聞いている、大学病院かがんセンターを紹介して頂けませんかと言うから、俺の母校に紹介状を書いたのさ」

　頭に血が上る思いだった。

「そういうことなら何故僕に一言断ってくれなかったんです！」

　部長も目を血走らせたが、すぐに開き直った。

「そういうお前こそ、何故勝手にオペの話まで持って行ったんだ！　ここでは食道癌に手をつけんことぐらい分かっていただろうに」

「先生には出来なくても、僕には出来ると思ったから段取りをつけたまでです！」

佐倉が言い返すと、部長は更に目を剝いた。

「お前、一度でもやったことがあるのか！　関東医科大でもただオペを見ているだけだろうが。それでやれる気になっていたら大間違いだ。お前が執刀してしくじっても、責任は部長の俺が取らなきゃならないんだぞ。それを俺に無断で段取りをつけやがって、思い上がるのもいい加減にせい！」

埒が明かないと思った。進取の精神がこの人にはない、今までの大した額でもない預貯金を切り崩してどうにかその日その日を凌いでいるだけで、蓄えを新たに増やそうとはしない定年退職者のようなものだと思った。佐倉が提案した、形成外科医に来てもらっての〝乳房再建術〟もこの人は一蹴した。

食道癌も、関東医科大に通って何例も久野章子ら国手達の手術を見てその技術を盗み取り、自分には出来る、との自負があったからこそ患者を入院させた。もし部長が自分に不信を抱くならば、久野教授に来てもらうことも提案するつもりでいた。さもなければ、自分のような進取の精神に富む外科医はここでは育たないだろう。部長の技量とレパートリーがこの病院の外科のすべてとなれば、いつまで経っても世間の評価は上昇しない。二流の格付けをされてしまう。

佐倉のこうした反論に、部長はにべも無い返事を繰り返し、挙句、

「俺の方針に不満があるならよそへ行け！」

と怒鳴った。関東医科大消化器病センターでの手術見学に未練がなかったら、さっさと辞表を叩きつけただろう。

嘉藤品子との見合い話に乗ったのも、部長や彼になびくスタッフとの確執に悶々たる日々を送り、心の遊び、もっと言えば縁《よすが》を求める心境に陥っていたからだ。不純な動機で品子とつき合い始め、さては結婚にまで至ってしまったというううしろめたさが、佐倉にはつきまとっていた。


今井夫妻からの返事を待つ間、食道癌にまつわるこうした悲喜こもごもの体験が思い出された。

自分が手がけようとした患者を無断で大学病院へ送り込んでしまった部長との確執は、思い出すだに腸《はらわた》が煮えくり返るが、郷里塩釜の鉄心会病院、秋田の尾坂病院で手がけた食道癌の思い出は快い。自分の裁量で手術をすると決められたし、患者も自分

を信頼してくれた。

浅沼がどうしたものかと相談を持ちかけて来た食道癌の患者も、

「ここへ送ってくれたらいいよ」

と返して浅沼を驚かせた。

「大変なオペだが、お前、やれるのか？」

歯に衣着せぬ浅沼の物言いに佐倉は苦笑した。

「大丈夫だ、関東医科大でじっくり手際は会得した。俺自身はまだ数例しか手がけていないが、皆軽快退院したよ」

さり気なく返した言葉に浅沼は即決した。

「よし、じゃ、お前に任せるよ」

一週間後、佐倉は浅沼と非常勤で来ている秋田大学の若い医者を助手にその患者の手術を行った。

午後一時に始め、九時を回ったところで終えた。出血量は五百ccにも満たなかったから、用意はしたものの、輸血をしないで済ませた。

浅沼はもとより、若い外科医も感嘆の面持ちだった。

「いやあ、見直した！」

患者の妻が差し入れてくれた握り寿司を口にする前に、これは常備してあって長時間の手術が終わる度に祝杯を挙げているビールを佐倉のグラスに注ぎながら、浅沼が興奮の体で言った。

「お前もアルママーターを飛び出したのは正解だったな」

週末の土曜の朝、出勤したばかりの佐倉に今井の妻から電話が入った。午前はお忙しいでしょうから午後にでもお伺いしたいのですが、と。

土曜の午前は外来診療だ。午後は休みだが、すぐには帰れない。ひと通り病棟の重症患者を診て回り、青木ら部下達が出した指示をチェックしてから帰途に就く。どちらへ伺ったらよろしいでしょうかと聞かれ、どうせ紹介状を書くことになるだろうからと、では外来診察室で午後一時にと返した。

一時きっかりに夫妻は来た。最後の外来患者と入れ違いになったから、一息つく間もない程だった。

てっきり妻が先立って入ってくるものと思いきや、今井の顔が先に見えたので意外な感じがした。朝の電話が妻からのものだったこともある。先の内視鏡の生検結果も彼女に問い質された。

生検は五ヵ所行ったが、五分の三でグループ5、すなわち癌と出た。二ヵ所はグループ1で正常な粘膜だが、それは腫瘍の手前でつまんだものだ。

「つまり癌は富士の裾野のように広がったものではなく、食道の中上部に限局したものと思われます。先のバリウムによる透視とCTで見る限り五センチ長のもので、周囲の血管とは明確に一線を画しており、取ろうと思えば簡単に切除できるものなのですが……」

まず九分九厘放射線治療を申し出るだろうが、延命ではなく根治術を望むなら手術を選ぶ余地があることを、これは外科医として言っておかなければならないと思った。その根底には、無難な放射線治療を勧めたものの、本当は自分を信じてくれさえすればこの手で癌を取り除きたい、今井が高齢であることを除けば、大したリスクはない、細身で脂肪に乏しい小柄な体型だから手術もやり易い、外科医としての本領を発揮する絶好のケース、みすみす逃すのはいかにも無念だ、との思いが疼いていた。

今井は神妙な顔つきで佐倉の前に座った。

丸椅子を二つ、僅かに前後する形で用意したが、意外にも妻は後ろの椅子を更に少しずらして夫との間隔を広げた。妻が先に口をきくかと思ったが、その予想も外れた。

「家内は放射線治療を勧めましたが、私は思い切って手術をしてもらうことに決めました」

瞬時耳を疑った。絶句の体で妻の顔を窺い見た。妻は佐倉の視線を避けるように顎を落とした。今井は続けた。

「こちらに移って来たのは、もうここで骨を埋める覚悟を決めたからです。終の住処と決めた以上、せめて十年はここでのんびり過ごしたいと思いました。

放射線治療は、楽ではあるけれど完全には治せない、二、三年持てばいいところ、再発しても、同じところへ二度は当てられないと伺いました。それならいっそ、すぱっと切り取って頂いた方がいいと思いました。しかも、ここでやって頂けるということですから、家内も楽ですし――」

ここで今井は一息ついた。妻はと見ると、膝に視線を落としたままだが、コクコクと頷いている。

「家庭の恥を晒すようですが」

今井が続けた。

「息子夫婦とは折り合いが悪くて、ほとんど没交渉の状況です。東京にいる娘とはまあまあですが、こちらは夫との間が数年来ぎくしゃくしており、天命を知る年になって別れたい云々と言っておりまして、そんな煩わしさから逃れたい思いもあってこちらに移り住みました。

癌が残った状態で、いつまた大きくなって食べられなくなるか、残っていれば他にも転移するのじゃないかとひやひやびくびくしながら過ごすのは辛い、ひと思いに切り取って頂きたいと思い立ちました。家内も私の気持ちを汲《く》み取ってくれました」

今井はちらと斜め後ろを見やった。妻が顔を上げ、佐倉と目が合ったところで頷いた。

「先生にお任せ致します。一刻も早く手術をお願いします」

熱いものが佐倉の胸にこみ上げた。

週が明けた翌日、今井は妻に付き添われて来院し、そのまま入院した。

午後のカンファレンスで週の半ばに手術を行うことを告げると、部下達の目が輝いた。食道癌の手術は初めてだったからだ。

佐倉は手術の手順を説明し、第一助手は青木、第二助手は久松、沢田と塩見は麻酔管理に当たるよう指示した。午後一時開始、九時には終わる予定であること、患者は挿管のままICUに帰すが、術後の喀痰《かくたん》吸引を容易にするため帰室前に気管切開をし、挿管チューブはその切開口に入れ直して人工呼吸器《レスピレーター》に一晩つないでおく、輸血は多分必要ないと思われるが念の為一千cc用意しておく、等々を告げた。

手術日の前夜、佐倉は三宝を誘ってテニスコートを持つホテルで夕食を摂った。

「器械出しは誰になったかね？」

今井の手術を話題に切り出したところで佐倉は尋ねた。

「あたしが、頼まれました」

三宝はまだ時折敬語を口にする。その度に佐倉は違和感を覚えるが、悪い気はしない。実の親子だという認識が、お互いまだ熟成していないのだと思いながら。

「八時間、立ちっ放しだよ。大丈夫かね？」

「肝臓の手術でも六時間立ったことがあるから大丈夫。あたしよりお父さんの方が大変でしょ？」

「うん、まあね。手間暇を要するだけで、気は楽だよ」

「そうなの？　あたし、セント・ヨハネ病院で二、三度器械出しについたことがあるけど、胸とお腹と首もあけて、大変な手術だなあと思ったわ。十時間くらいかかったんじゃないかしら。器械出しは途中で交代してもらったからそんなに長いとは感じなかったけれど、先生方はずっと立ちっ放しだから大変だなあと思って」

「不思議なものでね。電車に十時間も立っていたら、たとえ吊り革にぶら下がっていても脚がだるくてどうにも身の置き所がなくなるだろうし、トイレも我慢できなくなるだろうが、外科医は立ち続けられるんだよね。術野に集中し、絶えず手を動かしているからだろうね。ま、水分は途中で補給しないといけないが」

「主任さんが、先生方や、あたし達の分まで用意してました」

「ビールも用意してくれているかな？」

「あ、それは知らない」

「うん、ま、無くてもいいが……」

胆石の発作以来、アルコールは控えている。しかし、明日は久々の長時間の手術だ。しかも、患者は外科医冥利に尽きることを言ってくれた。その期待には何としても応えなければならない。勝算は充分だが、それに違《たが》わず無事手術を終えた暁には、勝利の美酒に酔い痴れたいものだ。普段はグラス一杯に留めるビールを、明日は二杯飲んでもいいだろう。

「智念先生も、あしたのオペ、楽しみにしてますって」

思いがけない人物の名が三宝の口を衝いて出た。佐倉の胸を熱いものが突き上げた。

(朝子さん、あなたに明日のオペを、俺の手際を見てもらいたい!)

日に一度、大抵は夜ベッドに横になってから思い浮かべる智念朝子の顔を、このとき思い浮かべた。

「今日は婦人科のオペが何かあったのかい?」

「いえ、帝王切開が……」

「ほー、どうしたのかな?」

「昨日の夜から分娩室に入っているんだけど、陣痛が弱くて胎児がなかなか降りてこなくて、誘発剤を打っても駄目ということで、これ以上待つのは危険とみなしたのね」

「それで、無事に生まれたのかい?」

「ええ、お母さんは三十八歳で初めての赤ちゃんだそうで、とっても嬉しそうだったわ。赤ちゃんの声を聴いて涙を流していらした」

　紛争地に赴いたＭＳＦのスタッフの顔が綻ぶのは、逆境に喘《あえ》ぎながら難民の女性が自然分娩であれ帝王切開であれ赤子を産んだ瞬間だと、智念陽一郎も、朝子も言っていた。

（この娘もそんな話に多分に感化された様子だったが、自分はどうなのだろう？　子供を持ちたいと思わないのだろうか？）

　声を弾ませる娘に相槌を打ちながら、佐倉は疑問を投げかけたい衝動に駆られていた。

「そうだ、三宝は確か助産婦の資格も持っているんだよね？」

　三宝の母志津の手紙にそんなことが書かれていたと記憶が蘇った。

「ええ……」

　遠慮気味に三宝は頷いた。

「そのこと、智念君は知っているのかな？」

「さあ、どうだか――あたしからは何も言ってないわよ」

「うん、言わない方がいい」

「えっ、どうして？」

「三宝が助産婦の資格も持っていると知ったら、一緒にＭＳＦに行かないかと誘いかねない。貴重な人材になるだろうからね」

三宝は僅かに口角を上げて唇を広げた。

（物足らない反応だ）

と思った。そんなことはお父さんの邪推で、たとえ誘われてもお断りよ、ときっぱり言って欲しかった。笑みだけ返して言葉が出てこないことに一抹の不安を覚えた。

（あの日以来、ＭＳＦがこの娘の胸の奥に火種となって残っていることは確かだ）

〝あの日〟とは、自分にとっても忘れ難い、智念朝子と一献傾けた日だ。

（火種を燃え上がらせるようなことを言ってしまったか？）

二の句が出て来そうにない三宝の口もとをもどかしく見つめながら、後悔にも似た思いが佐倉の胸にわだかまった。

「ところで――」

ＭＳＦのことなど三宝の念頭から消さねばと思い立った。

「明日のオペの手順、頭に入っているかな？」

佐倉は自分のこめかみの辺りをつついて見せた。

「ええ、最初は開胸で、それからお腹を開いて胃で代用食道を作って、最後に頸部を切開して食道と胃管をつなぐのね。細かい解剖は分からないけど、手順は大体……。智念先生に青木先生が色々説明しているのを聞いていて予習になりました」

「ＭＳＦで食道癌の手術をすることはないだろうにね、智念君も熱心だな」

「青木先生もそう言ってらしたけど、開胸術は勉強になるからって」

「なるほど。帝王切開は青木君も手伝ったんだね？」

「ええ」

青木や智念の名がさりげなく三宝の口を衝いて出ることに、先刻来の胸のわだかまりが少し融けて行くのを佐倉は覚えた。

(少なくとも三宝は、二人を異性としては意識していないようだ)

今井の手術は滞りなく進んだ。食道癌は術前の透視やＣＴで予測した通り、外膜を突き破ってはおらず、周囲組織から容易に浮き上がった。上下にテープをかけて引っ張り上げたところで佐倉は密かにほくそ笑んだ。口側は右鎖骨下動脈の高さまで剝離し、近傍のリンパ節を摘出した。大豆大のものが数個でいずれも柔らかく、転移性のものとはみなし難かった。

（ラッキーだ。もう半年遅れていたらこう易々とはいかなかっただろう）

口にしたい独白を胸に落としながら、佐倉は黙々と手を動かした。

リンパ節に明らかな転移があれば、たとえ主病巣の食道癌を切り取っても、目に見えぬ転移が肺やその他に起きている懸念がある。と、なれば、一、二年で目に見える形となって現れ、更に一、二年で命を奪うことになりかねない。それくらいならば放射線治療を選択すればよかったと後悔することになりかねない。

（十年は無理としても、五年は生きてもらわねば）

乳癌は十年経過を見ないと分からないとされているが、他臓器癌は手術で癌を取り除いて丸五年が無事に過ぎれば一応永久治療とみなされる。今井が五年延命できれば八十三歳、男性の平均寿命を大幅に超えるから、その後の人生は、御負《おま》けと思ってくれるだろう。

佐倉の脳裏に癌研病院長の梶原の講演が蘇っていた。九十歳の胃癌の男性を敢然と手術したエピソードだ。患者は十年生き長らえて白寿を迎えたところで命尽きたと梶原が言った時、会場のあちこちからどよめきが起きた。

その患者より約十年若いが、今井の病気は胃癌よりも重篤で厄介な食道癌だ。十年生きて米寿を迎えてくれたら、執刀医として金字塔を打ち立てたと言ってもらえるだろう。自分はもうこの地に骨を埋めるつもりだから、今井の最期も看取れるだろう。

食道を全長に亘って遊離する上で気を使ったのは、大動脈から入り込んでいる細い食道枝と肺とつながる奇静脈の処理で、結紮糸を絶対に引っ張らないよう、押さえ込むようにして結紮するよう念を押したが、青木はぬかりなくこなした。

「その血管は何という名前ですか？」

足台に立って青木の背後から術野をのぞき込んでいる智念陽一郎が時に質問を放った。片手にノートを、もう一方の手に三色のボールペンを握っている。外科の手術を見学したいと言ってきた時、ただ見るだけではすぐに忘れてしまうだろうから、ノートとペンを用意してくるように、分からないところがあれば遠慮なく聞いてくれたらいい、自分もかつて関東医科大消化器病センターや癌研病院へ手術見学に赴いた時はそうした、その記録が後日大いに役立った、と返答した。尤も、自分は外様の人間だったから、聞きたくてもなかなか聞けなかったが、ここは身内だから気兼ねすることはないよ、とも。

「はい、そうさせてもらいます」

と陽一郎は素直に答え、最初から臆せず質問を放ってきた。

今日も佐倉が左側臥位《がい》にした今井の胸壁にメスを走らせた時、

「それは第何肋間《ろっかん》ですか？」

といきなり訊ねてきた。

「塩見君、何番目だい？」

陽一郎と並んで足台に立っている塩見悠介を佐倉は振り返った。

「あ、はい、第六肋間です」

月曜のカンファレンスで開胸の手口は話してある。

その後も陽一郎は幾つか質問を投げかけていたが、胸腔での操作を終え、腹部の操作に移るべく一息ついたところで、その姿が見えないことに佐倉は気付いた。小用を足しにでも行ったのかと思ったが、患者の体位を左側臥位から仰臥位に転じて腹部の消毒を始める段に及んでも陽一郎は現れない。

(腹部のオペは見慣れているから、今日は開胸術だけを見るつもりだったか?)

それにしても、見学を切り上げて中座する時は、「有り難うございました」と挨拶して手術室を出るのが常だったから、無断で姿を消したのは解せない。

「智念君はどうしたのかな?」

外回りのナースがストローを差し込んだ野菜ジュースを佐倉の口もとに持って来てくれたのを潮に、佐倉は誰にともなく言った。

「あ、智念先生は、急に鼻血が出てきたと言って退席しました」

麻酔担当の沢田がナースの背後から言った。

「鼻血が?」

佐倉は鸚鵡返しをしたが、これには誰も答えない。どうやら沢田だけがその瞬間を見て取ったようだ。

「開胸術を見るのは初めてだと言ってましたから、興奮したんですかね?」

青木の言葉に哄笑が起こった。

「それくらいで鼻血を出してちゃ、紛争地の修羅場では務まるまいに」

佐倉のフォローに哄笑が尾を引いた。陽一郎が近い将来MSFに加わろうとしていることは、少なくとも外科のスタッフは承知している。陽一郎に辞められたら簡単には後釜が見つかりそうにないから、院長の佐倉としては何とか思い留まらせようとしていることも。

腹腔の操作は胸腔のそれに比べれば遥かに気が楽だ。胃を縫縮して代用食道を作製するだけだから鼻歌混じりでできる。留意すべきは、残存食道とつなぐ胃の上部末端の血行は乏しいから、その部の栄養動脈である短胃動脈をできる限り温存すること、吊り上げた胃管に緊張がかかるようなら、羽島富雄が編み出した漿膜筋層切開を胃壁に数条加えて胃管を数センチ引き伸ばすこと、等だ。

頸部を切開して残存食道と胃管をそこから引き出して端々吻合し、一連の流れ作業は終わった。

帰宅したのは午後十一時だった。難事をやり遂げたという昂揚感に暫く浸りたいと思った。湯船にゆっくり身を沈めながら、智念朝子の顔を思い浮かべた。湯から上がったら、頼まれていた色紙を書こうと思い立った。「鬼手仏心」と、今なら臆面もなく大書できるような気がした。

（彼女はいつまでスーダンにいるのだろうか？　帰ってきたら何らかの連絡はくれるだろうが）

そこまで思い及んだ時、不意に弟の陽一郎の顔が浮かんだ。

（はてな、結局彼は中座したなり姿を現さなかったな。鼻血が止まらなかったのだろうか？）

具合の如何を尋ねるついでに、ひょっとしたら掴んでいるかも知れない姉朝子の情報を聞き出せたらと思った。

青天の霹靂

「先生、これを見て下さい」

今井の術後経過は順調で、〝蚤の心臓〟の叶太一からは、「明日、退院していいと言われたよ」と電話が入って気を良くしていたところへ、智念陽一郎が浮かぬ顔で院長室へ来て、手に持っていた紙片を差し出した。鼻血を出して今井の手術の途中で退座してから十日程経った週明けの夕刻で、午後から恒例のカルテカンファレンス、総回診を終えて部屋へ戻った直後だ。

陽一郎から手渡されたのは血液検査の結果を記したものだ。

「昨日も鼻血が出ましたし、このところ体がだるくて仕方がないので、今朝、診察後に採血してもらったのです」

一瞥《いちべつ》、佐倉は目を疑った。見誤りでないかと二度三度見直した。貧血はあるが、それよりも何よりも白血球数だ。成人男子の平均値は四千から七千だが、陽一郎のそれは一桁以上の増加で十万を超えている。

〝幼若細胞《ようじゃくさいぼう》〟という、普通では見られない異常な細胞も見られると付記されている。

「検査技師が驚いた顔で持って来てくれました」

佐倉も血の気が引く思いだ。

「これは君、白血病だよ。鼻血や体がだるいのもその所為だ」

「はい」

分かっていますとばかり観念した面持ちで、陽一郎はゆっくりと顎を落とした。

「どうしたらいいでしょう？」

（どうしたら？　青天の霹靂だ。一大事だ。ＭＳＦへの夢も断たれるぞ。いや、それよりもこの病院の産婦人科の標榜を取り下げなきゃならなくなる）

様々な思わくが次々と脳裏を駆け巡る。

「取り敢えずＣＴと、骨髄穿刺をしよう」

「骨髄穿刺は、どこからですか？」

澄んだ瞳に陰を漂わせながら陽一郎は真っ直ぐ佐倉を見すえた。

「胸骨からでいいだろう」

佐倉は自分の胸の中央を指で叩いた。

「先生にして頂けるんですか？」

「ああ、昔取った杵柄《きねづか》だ。局麻であっという間に終わるが、一応オペ室でしようか。午前中にＣＴを撮ってもらって、午後一番でしよう。明日は一件オペが入っているが、その前にするよ。また連絡する」

「分かりました」

潔く答えたものの、何か躊躇している気配を陽一郎は示した。が、口をうごめかしただけで言葉は出て来ない。佐倉の頭に咄嗟に掠めた思わくが、彼の頭の中でも忙《せわ》しなく錯綜しているに相違ない。

「昨日もと言ったが、鼻血はあれから再々出るのかい？」

こちらも言いたいこと、問い質したいことが山程あるが、うっかりしたことは言えないとブレーキをかけ、佐倉は当たり障りのない質問を投げかけた。

「はい、二、三日に一度出ます。血圧が高いのかと思って何度も測ってみましたが正常範囲で……」

「血をさらさらにする薬は飲んでないよね？」

脳梗塞や心房細動を起こした後に予防で出される血小板抗凝固薬のことだ。健康そのものを誇っていた陽一郎がそんなものを服用しているはずはない。いや、何よりももう病気は知れている。白血球が異常な高値、幼若細胞、そして、白血病特有の出血傾向、それで決まりだ。血小板抗凝固薬のことなど、気休めに口にしたまでだ。

「飲んでません」

当然の答えが返った。

沈黙がわだかまった。佐倉は腕を組み、テーブルに置いた検査データの記録紙に改めて目をやった。124×10^3——どう見ても12と4の間に点は入っていない。つまり、一万二千四百ではなく十二万四千なのだ。

「体のだるさはいつ頃から？」

気詰まりな沈黙を解いて佐倉は顔を上げた。

「ここ二週間程です。実はこの前食道癌の手術を見せて頂いた日も、朝から気だるくて、外来を終えたところで三十分程仮眠を取って見学させて頂いたんですが、急に鼻血を見たのと、立っているのが辛くなって失礼してしまいました」

「いや、よく質問をしていたし、元気そのものに見えたから、すぐにまた戻ってくると思っていたが……その後、外科のオペにも姿を見せなかったんで、産科の方が忙しいんだろうと……」

「いえ、お産はどう仕様もないですが、婦人科のオペは卵巣嚢腫の茎捻転で緊急を要したもの以外、子宮筋腫などは先延ばしにさせてもらっています」

(先延ばしどころか、智念がメスを執る日は当分来ないだろう)

白血病は往時ほど絶望的な宿痾《しゅくあ》ではなく、俳優の渡辺謙の例でも分かる通り、治る病気になった。陽一郎の白血病は渡辺謙と同じ急性骨髄性だろう。渡辺は五年後に再発したが、更に翌年再起して今日に至っている。

渡辺謙の復帰は、佐倉には奇跡と思われた。白血病こそ〝死に至る病〟との観念が脳裏にこびりついていたからだ。同級生で優秀な男だったSが、新設されたばかりの脳外科の医局に入って間もなく白血病で倒れ、あっという間に逝ってしまった。皮肉にも、自分が専攻せんとした脳の病気が直接の死因だった。白血病の恐ろしい合併症である脳出血を起こしたのだ。化学療法の一クール目を始めた矢先だった。クラスメートが次々と見舞いに行ったが、無菌室に入れられたSとの面談は叶わず、硝子《ガラス》窓越しに病人を見やるだけだった。

頰が瘦せこけて一段と深くなった眼窩《がんか》の奥で何かを訴えるような暗い眼差しが佐倉の脳裏に焼きついた。

（Sのことは口が裂けても言うまい。智念を慰めるなら渡辺謙を引き合いに出すことだ。が、それは本人よりも――）

独白を胸の底に落とし続けてから、こちらの二の句を待っているような相手を佐倉は見返した。

「姉さんの朝子さんには、話したのかい？」

朝子はさぞや驚き悲しむことだろう。門外漢の自分にも今後の治療、見込みなど問い質してくるかも知れない。渡辺謙の例もあるからと、その時にこそ引き合いに出して慰めるしかない。

「いえ、言ってありません。余計な心配をかけてはいけないと思って……」

「ご両親には？」

「まだです。二人共もう高齢ですから、それこそ余計な気苦労はかけたくないですから」

「フム」

佐倉は一旦解いた腕をまた組み直した。

「明日の検査結果次第だが、いずれにしても治療を始めなければならないだろう。当然、ここの仕事は暫く休まなければならない。治療もここでは出来ないからどうするか、考えておいてくれないか」

「ここでは出来ませんか？」

すかさず返った意外な言葉に驚いた。

「ここには誰もその分野の専門家はいない。いたとしても、まずは強力な抗癌剤から始めることになるだろうから、とてもじゃないが仕事は出来ない」

「どれくらい、休むことになるでしょうか？」

「さあ、それは私も専門外だから分からないが、少なくとも月単位ではない、一年や二年はかかるだろう」

「そんなに、ですか？」

憂いの色が一段と深まったがその目は相変わらず佐倉を見すえたまま、陽一郎は呟《つぶや》きのように漏らした。

「何にしても、仕事はもう無理だ。当分の間休診とする旨の告示を出すよ。分娩予定者は他院へ回さないとな。婦長に手配させよう」

「すみません。ご迷惑をおかけします」

智念陽一郎は唇をかみしめた。

「不摂生からなったものなら自業自得だが、白血病の原因は今もって分からない。不可抗力だよ。暫く休めという天の声と受け取って、しっかり養生することだ。問題は、どこに入院するかだが、親御さんはともかく、やはり朝子さんとは相談した方がいいと思うよ」

「はい……」

智念はもう一度唇をかみしめ直した。

佐倉は腕を返して時計を見た。

「まだ五時だな。今から骨髄穿刺をしよう。CTも撮ってもらおう。いいかね？」

佐倉の有無を言わさぬ気迫に押された恰好で陽一郎は頷き、怖《お》ず怖《お》ずと腰を上げた。


慌ただしい日が続いた。診療の合い間を縫って佐倉は陽一郎に、ひいては病院に降りかかった災厄の対応に追われた。各部門の責任者を集めて事の成り行きと、産婦人科は当分休診とすること、陽一郎の母校熊本大学の産婦人科に事情を話し、ピンチヒッターを派遣してもらうよう掛け合う、それが駄目なら鉄心会の本部にSOSを放つつもりであること等を語った。その上で、再び陽一郎と相対した。

陽一郎は、いずれ医局を飛び出してMSFに入るつもりでいたから母校には世話になりたくない、それでなくても、同級生が大学病院にはあまたいる、彼らに自分の惨めな姿を見られたくない、遠くてもいいから、鉄心会の系列病院で治療を受けたいとごねた。

（何を我がままな！）

とすかさず切り返そうとしたが、よくよく考えれば自分も母校に背を向けた身だ。それも、口が裂けても言えない身勝手な恋愛沙汰でだ。

「姉が東京にいますから、関東の病院を紹介して頂けないでしょうか？」

思案の体の佐倉に、陽一郎が言葉を足した。

(湘南鎌倉か西東京か……？)

思い当たるのはこの二つしかない。いずれもベッド数五、六百を擁する大病院で優秀なスタッフも揃えている。

「鎌倉へ行くか？」

(陽一郎を一度や二度は見舞いに行かねばならないだろう。姉の朝子と会う口実にもなる。そうだ、朝子を誘って行けばいい！)

「はい、お願いします」

ほとんど即答に近かった。憂いを帯びた陽一郎の目に少し光が点ったように見えた。佐倉の胸に淀んでいた重いしこりも幾らか融けたような気がした。

「姉さんやご両親には知らせないでくれと言ったが、そうもいかないだろう。少なくとも朝子さんには知らせた方がいい。まして、目と鼻の先へ行くんだから、何かと世話になるだろう」

「実は——」

陽一郎が言い淀んだ。

「うん？」

「あれから僕も考え直して、院長が仰って下さったように、姉にだけは知らせておくべきだと電話をかけたんですが、まったく通じないんです」

「携帯が、通じない？」

「紛争地では、たまにそういうことがあると聞いていました」

（そう言えば、朝子の本のどこかにそんなことが書いてあったな）

おぼろげに記憶が蘇った。

「今、かけてみてくれるかい」

陽一郎を送り出した後は自分もかけてみるつもりでいた。

「あ、はい……」

陽一郎はベン・ケーシースタイルの上衣から携帯電話を取り出して耳に当てた。

「駄目です。雑音ばかりで、何も応答がありません」

ものの三十秒、陽一郎は何度か「もしもし、もしもし」と呼びかけたが徒労に終わったようだ。

「何か事故でも起こったんじゃないだろうね？」

不安が佐倉の胸を掠めた。

「姉の身に何かあれば本部から僕に連絡が入ることになっていますから、それは大丈夫と思います」

「そう……？」

「こんな具合です」

陽一郎が携帯を差し出した。佐倉は受け取って耳に当てた。ほとんど無音で、時たまかすかに雑音のようなものが入る。

「また、かけてみます」

「うん……」

佐倉は首を捻ったまま携帯を陽一郎に戻した。

（朝子に万が一のことがあったら、俺の人生はもう闇だ）

陽一郎を見送りながら、佐倉は言葉にならない呟きを漏らした。

三日後に陽一郎は鎌倉へと旅立った。青木が空港まで送って行った。

その翌日、佐倉は久しぶりに〝こころ〟へ出かけた。

「ご無沙汰ですわね院長先生、どこで浮気をしてらしたの？」

佐倉に気付いてすかさず顔を出した女将が、悪戯っぽい目つきをくれて言った。

週に一度は、大概土曜か日曜に来ていたが、日曜は専ら三宝と空港近くのホテルでテニスがてら夕食を摂るようになっていたのと、土曜もここ一、二週は智念陽一郎の一件で取り紛れてそそくさと病院で済ませていた。

「別に浮気をしてた訳ではないが、色々あってね」

「そうかしら？」

女将は皮肉な口調を続けた。

「ホテルカサリザキで先生を見かけたという人がいましたよ。若いべっぴんさんと嬉しそうに話をしてらしたって」

(やれやれ、狭い世界だ)

「姪っ子だよ、姪っ子」

「ちっ」と相手には聞こえぬ舌打ちをしてから佐倉は言い返した。

「あら、そうかしら？　この前お連れになった、女優さんのように綺麗な女の方じゃないの？」

「とんでもない。彼女は遠い外国へ行ってるよ。それに、姪っ子とは親子程年が違う」

「えっ、そうなの？　そうは見えなかったけど？」

女将はまた悪戯っぽい流し目をくれてから、

「それはそうと、先生」

と、上体を乗り出した。背後の四人掛けのテーブル席は大方客で埋まっているが、カウンターには今のところ佐倉だけだ。

「婦人科が暫くお休みになるんですってね？」

「ああ……」

「困ったわ。あたし診てもらおうかと思っていた矢先だったのに……」

「どうしたんだね？」

「多分、更年期障害」

女将は更に上体を屈めて佐倉に顔を近付けた。

「半年前に生理が上がって、ああもう面倒臭くなくなっていいやと思ってたら、そんなに暑くも無いのに顔がのぼせたり、うつになったかと思うほど気分が落ち込んだり、お店に出るのが億劫《おっくう》になったりするの」

「ほー、元気そうでいつもと変わらないけどね」

「さっきまで横になっていたんですよ。見られた顔じゃないから、慌ててお化粧して降りてきたんですけどね」

女将には夫がいる。漁師で、カウンターの奥の生け簀の活魚は亭主が漁に出る度捕ってきたものだ。ほとんど調理場にいて顔を出すことはないが、佐倉が病院の医者だと知った時は女将がわざわざ調理場から呼び寄せて挨拶をさせた。恰幅がよい女将とは対照的に細身で筋肉質な体型だが、日焼けした顔はいかにも海の男という感じだ。

「涼しい時でも顔が急にカーッと熱くなって汗も噴き出し、暑い暑いと騒いでいるのを見て、おかしいぞ、一度病院で診てもらったらと亭主が言うんでその気になっていたんですけどね、そんな矢先に婦人科の先生がいなくなったと聞いて……」

「うむ、ホットフラッシュと言って更年期障害の典型的な症状だね。ま、放っておいても二、三年で自然に治まるが、それまで待てないということなら、エストロゲンという薬でも飲めばいい」

「何ですか、それは？」

「女性ホルモン剤だよ」

「でも、そのお薬は婦人科でしかもらえないんでしょ？」

「うん、ま、そうだが、うちにも在庫はあると思うよ。取り寄せることもできるし」

「そーお？　先生が出してくださいます？」

「ああ、いいよ」

「あ、先生、電話が……」

「じゃ……」と言いかけた女将が佐倉の胸の辺りに視線を落とした。

(病院からか？)

まず九分九厘当直医か病棟の夜勤のナースからだろう。そう確信して携帯をジャケットから取り出して耳に当てた佐倉は、覚えはあるものの予想外の女の声に思わず居住まいを正し、次の瞬間、席を立って店の入口に向かっていた。

電話は智念朝子からだった。

「たった今、帰って来ました」

ご無沙汰の限りです、と挨拶もそこそこに、朝子の急いた声が続いた。成田に着いたばかりだと言う。

「携帯を開いて、陽一郎からのメールを見てびっくりしてしまって、明日にでも鎌倉へ行こうかと思ってるんですが、その前に先生に、お礼とお詫びと、弟の病状などをお尋ねしたくてお電話させて頂きました」

昔絵本で見たことのある魔法の絨毯があれば、それに乗って朝子の許へ飛んで行きたい衝動を覚えながら、佐倉はまず、陽一郎のみならず自分も何度か携帯をかけてみたが全く通じなかったことを告げた。

「あなたの御本に、そういうこともあると書かれてあったから大丈夫と思っていたが、陽一郎君の去就は一刻を争うだけに焦りましたよ。でも、無事に帰って来られてよかった」

朝子が目と鼻の先にいたら、自制の利かないまま抱きしめたかも知れないと思った。

(俺のそんな激情を、彼女は受け止めてくれるだろうか？)

「そんなにご心配頂けて嬉しいです。弟のことも、一方ならぬご配慮を頂いて、何とお礼申し上げてよいか分かりません」

(他人行儀な！　あなたの為なら何でもするよ！)

声に出したい言葉を呑み込んでから、陽一郎の病状と今後の見込みをかいつまんで話した。

最悪の場合は、骨髄移植という切り札もある、と続けようとして、その際は唯一の肉親である朝子がドナーの筆頭候補者になるが、ドナーのリスクも少なくないはずだ、と思い至って唇を結んだ。

(彼女に万が一のことがあったら、俺の前途にもう希望は無くなる)

何日か前胸に落とした覚えのある独白を佐倉は繰り返した。

抗癌剤

慌ただしく日が過ぎ、一見平穏な日が続いた。智念朝子からは湘南鎌倉病院に弟を見舞ったこと、主治医からはかなり厳しいことを聞かされたこと、両親はまだ健在だが、高齢で且つ遠方に住んでいるので、弟の身に何かあった時は自分に知らせてくれるよう頼んできたこと、尤も、自分はいつまた海外に派遣されて緊急の対応が出来ないことがあるかも知れないから、その時ばかりは親元に連絡してくれるよう頼んできたこと、等々を知らせてきた。

「もう日本に落ちつかれるんじゃないの？　この前の出張はたまたまで。陽一郎君のこともあるし、暫くは本部の内勤にしてくれるよう要求したらどうかな？」

佐倉の提案に、

「そのようにお願いしてきましたけれど、救急医療や助産婦の経験があるナースは少ないから、弟さんの病状が良くなったらまた行ってもらうことになるかも知れないって言われました」

朝子の返事はおよそ佐倉を安堵させるものではなかった。

「ま、寛解期に入るまでは陽一郎君のそばにいてやって欲しいな」

「勿論です」

これは力強く返ってきた。

「複数の抗癌剤を組み合わせて病的な細胞を死滅させる。数週間かかるが、それで完全寛解に至ればいいが、駄目な場合は次の手を打たなければと言われました。抗癌剤治療もなまなかなものではない、それで参ってしまう患者もいる、弟さんはまだ若いから耐えられるだろうが、とも言われました」

（俺は楽観していない）

抗癌剤には忌まわしい記憶が幾つかある。大学の同期生Sの夭折がその一つ。いま一つは塩釜の鉄心会病院に勤めていた頃、大手製薬会社のプロパーで三十代半ば、一月に一度は顔を見せていたMのことだ。ある時からさっぱり姿を見せなくなった。数ヵ月して後任のプロパーが挨拶に来て、Mは急性白血病でがんセンターに入院してしまった、ご迷惑をおかけします、と言って佐倉を驚かせた。前任者は薬の宣伝は簡潔明瞭に終わらせ、くどくならないところが好感が持てた。自分は野球をやってきた関係で、野茂英雄の大ファンで、近鉄時代から応援していたが、大リーガーとなった早々に大活躍だと喜んでいた、社会人になっても野球を続けている、野茂に憧れて大学時代からピッチャーをやってきた、野茂のトルネード投法を真似てみたが全然制球が定まらず諦めた、等々、野茂の話題に話が弾んで楽しい男だった。スポーツマンらしく脚がスラリと長い。細身だが筋肉質の体つきでどこから見ても健康そのものだったから、後任者の話は俄かには信じられなかった。

一日、車を駆って名取のがんセンターに赴いた。案内所でMの病室を尋ねると、

「面会謝絶になってますが……」と係の者が答えた。自分はこれこれの者で塩釜から来た、一目でも会わせて欲しいと頼むと、「ちょっとお待ちください」と言って女性は受話器を手にした。

「付き添っておられる奥様に許可をとりました。短時間ならということで……」

手渡した名刺を佐倉に戻しながら係員は言った。

病室の前に憂いを帯びた目とやつれた表情の三十前後かと思われる女性が待ち構えていた。化粧っ気がなく、なりふり構わぬといった風情を一瞥しただけで、Mの病状が思わしくないと悟った。

「遠い所を、わざわざ済みません」

と彼女は暗いままの目で言った。

「先生のお噂は、かねがね夫から伺っておりました」

女性はそっとドアを開いて佐倉を中へ通すと、自分はドアを背にして動かなくなっ

た。一見、人違いかと思った。ベッドに横たわっていたのは、正に別人だった。黒々と豊かだった髪はすっかり失せ、眉毛も無くなっていた。細面の顔が一段と細くなり、顎が尖っていた。喉仏も痛々し気に浮き出ている。

Mは弱々しく微笑んだ。刹那胸を突き上げてくるものに言葉を押し留められて、佐倉は反射的にベッドサイドに歩み寄ると病人の手を取った。冷たくごつごつした手がかすかに握り返した。

抗癌剤の効果は乏しく、Mは妻から骨髄移植を受けたと聞いたが、それも効なく、結局発病から半年で帰らぬ人となった。

いま一つの口惜しい思い出は、これも佐倉が直接関わった患者にまつわるものではない。塩釜の鉄心会病院時代に胃癌の手術を手がけた四十代後半の女性N子から、こちらへ来てまもなく電話がかかってきた。

N子の手術をして三年程経ったところで佐倉は秋田に移った。N子のフォローは開業医でN子の胃癌を発見した近在の開業医に託したが、N子は律儀にそこでの診察結果を毎回報告してきた。術後満五年が経過した時、

「もう大丈夫、お赤飯を炊いてもいいよ。開業医さんへの通院ももう必要ない。イン

フルエンザの予防注射を受けるなら別だが」

と言い渡した。

その後は賀状のやりとりに終始していたが、奄美大島に移った年の秋、珍しくN子から電話が入った。

「先生随分遠い所へ行ってしまわれたのね。秋田におられたらご相談に行こうと思ってましたのに」

と愚痴めいた言葉を放ってから、

「今度は主人が食道癌になってしまったんです」

と続けた。胃癌を見つけてくれた開業医で胃カメラを受けて分かったという。

「それで？」

と返すと、

「先生がいらっしゃらないから鉄心会病院へは行かない、大学病院へ行くと言って東北大病院に紹介してもらいました。先生の母校ですよね？」

「うん。それで？」

「入院して二週間になります。癌はかなり大きくていきなり手術は無理だから抗癌剤で小さくしてから考える、と言われて抗癌剤治療を受けたんですけど、吐き気が強くて、体もしんどくって、もうやりたくない、帰りたいって言うんです」

「抗癌剤から始めちゃ駄目だよ。まずは放射線だよ。何科の先生にかかったの？」

「消化器内科です。主治医はまだ若い先生だけど。あした、二クール目の抗癌剤を点滴するって先程来られて……。主人は厭だ、止めて欲しいと訴えたんですが、もう少し辛抱して、二回目は一回目程辛くはないからと説得されて……」

「うーん」

佐倉は唸った。

「断ってどこか別の病院へ行った方がいいね」

「別の病院って？　先生がいらした病院で診てもらえますか？」

「いや、そこでは放射線科はないし、手術も無理だろうから……」

自分が抜けた後の鉄心会塩釜病院に新しい外科部長が来たとは聞いていない。部下だった男が医長から部長に昇格したようだと、これはN子から聞いていた。名瀬の病院へ着任して再び鉄心会の人間になってからは、全国の鉄心会系列病院のスタッフの名簿を見る機会があって、塩釜病院のそれを探ってみたが、外科の部長名はN子が伝えて来たままだった。

(彼に食道癌のオペはこなせない)

「じゃ、どうしたら……？」

言葉に詰まって独白を落としている間にN子が切なげに言った。

「少し遠いが、名取のがんセンターにセカンドオピニオンを求めたらどうだろう？」

返してからプロパーのMのことが脳裏をよぎった。

「がんセンター、ですか？」

N子は声を落とし、口籠るように返した。

Mを治せなかったがんセンターに良い印象はなかったから、強いてそこへ行けとは言えない。そこでも抗癌剤から始めるかも知れないからだ。

「でも、もう入院してしまっていますし、また一から検査し直すことになったら、主人は余計厭がるでしょうから……」

「弱ったね。私が近くにいたら、抗癌剤でなく放射線治療から始めてくれるようにと紹介状を書けるんだが……」

「こちらの主治医の先生に、電話で先生のお考えをお伝えして頂く訳にはいきませんか？」

N子が自分を頼ってくれることは医者冥利に尽きるが、そこまで差し出がましいことはさすがに出来なかった。

N子から再び電話が入ったのはそれから十日程経った頃だ。

「先生、主人が、自殺してしまいました」

開口一番の言葉に度肝を抜かれた。

「この前お電話した翌日二回目の抗癌剤を受けたんですが、主人はもう厭だ、家に帰りたいと言いまして、主治医の先生もそれなら仕方がない、次は来週だから、それまでは外泊ということにしておくよと許可を下さったのです。帰って来て幾らか明るい表情になったので安心していたんですが、食事はほとんど摂れず、水ものばかりで、どんどん痩せて行きました。やっぱり入院して栄養補給の点滴をしてもらいましょうと言っても聞き入れませんでした。三度目の抗癌剤はもう絶対に厭だ、もう病院には行かないと言うので、週明けに主治医の先生にどうしたものか相談に伺ったのです。佐倉先生のお考えもお伝えしようと思って……。でも、もう抗癌剤を始めているんだから途中で止めては元も子もない、皆辛いのを我慢してやっている、頑張って続けるよう奥さんが説得を続ける他ない、と言われまして、すごすご引き揚げてきたんですが、玄関に入るなり何となく異様な気配を感じたんです。『只今』と言っても何の返事もないことから変だな、寝ているのかなと思って二階に上がりかけたところで、ハッと気がついたんです。階段の踊り場の手摺りからぶら下がって宙ぶらりんになっている主人に」

佐倉は返す言葉がなかった。

（最初に放射線治療をやっていればこんなことはなかった。治療の順序を誤ると取り返しがつかないことになるんだ）

こう返したかったが、夫はもう泉下の人だ、今更言っても始まらないと、生唾と共に呑み込んだ。

白血病に対しては緊急に骨髄移植をすることが唯一最善の救命手段と思っていたが、どうやらそうではないらしい。抗癌剤で異常白血球を叩けるだけ叩くのが先決だと言われたと智念朝子から聞かされて、そういうものかと佐倉は認識を新たにさせられた。

奇跡のカムバックを遂げた俳優の渡辺謙を引き合いに出し、〝次の手〟とは骨髄移植で、渡辺謙はそれで救われたんだよね、と言うと、朝子はすかさず返した。

「いえ、彼は骨髄移植は受けていないそうです。抗癌剤だけで完治した、だから弟さんにも頑張ってもらわないとって言われました」

（俺の思い込みだったか？）

佐倉は憮然たる思いで口を噤《つぐ》んだ。

思えば抗癌剤とはほとんど無縁な生活を送って来た。癌は病巣を根こそぎ切り取ってこそ完治が得られると信じてきた。実際、大方はその通りで、それ故に外科医冥利に尽きるとの思いを抱いてきた。完全に取り切れない癌、たとえばリンパ節や腹腔内にるいるいたる転移巣を認めたものは、気休めに抗癌剤を試みたが、精々数ヵ月延命できたかと思われる程度で、やがて腹水や胸水がたまり、腹満感や呼吸苦を訴える度水を抜くだけの治療に終始し、それもほんの数ヵ月でおしまいとなった。

血液癌の最たる白血病が抗癌剤だけで完治するということは、だから佐倉にはおよそ信じ難いことだった。智念陽一郎の宿痾に関しては、自分は何も口出しできない、と思った。

（と、なると――）

無力感を覚えながら佐倉は考え込んだ。

(朝子には何のアドバイスもできないし、相談されても答え様がない。彼女との接点は唯一陽一郎だった。彼に万一のことがあったら、ＭＳＦに加わるため彼がこの病院を辞めるのも待たず、それは消えることになる)

佐倉としては、陽一郎が辞表を持ってくる前に説得を試みるつもりでいた。ＭＳＦの専属にはならず、一年に数ヵ月の休暇をあげるから臨時でＭＳＦの一員に加わったらどうかと。そういう医師やナースも数多くいると朝子の本には書いてあった。懐の深い鉄心会なら、そうした選択肢も許されるだろう。まして産婦人科医はどの病院も引く手あまただ。多少の我がままは受け入れられるだろう。私的理由ではない、国際医療協力という立派な名目が成り立つ。ハワイの大学とも提携し、国際医科大学の青写真も描いている徳岡鉄太郎のことだ、そうした思惑を話し、智念に先鞭をつけてもらいましょう、マンパワーにゆとりのある鉄心会の代表的な病院から数ヵ月単位で医者やナースを派遣したらどうでしょうか、と提案したら一も二もなく頷いてくれるだろう。

だが、そんな算段も陽一郎の急病でご破算になってしまった。渡辺謙のように奇跡的な回復を遂げればいざ知らず、当分の間MSFの話は白紙に戻ったとみなすべきだろう。

無力感に打ちのめされながら、どうしたら智念朝子とまた会う機会が得られるだろうと佐倉は思いめぐらした。陽一郎が居なくなった奄美大島に朝子が出かけてくる口実はない（こちらから出かけて行くしかない。陽一郎を見舞いに行くという口実がある。いや、他にもある。朝子にいずれ家内のこと、三宝のことを話さなければならない）。

上京

北国と違って、南国は季節の移ろいが定かでない。冬をほとんど感じないまま、いつしか三月が終わろうとしていた。

週明けの月曜日、例の如くカルテカンファレンスと総回診を終え、部屋に戻りかけた佐倉は青木に呼び止められた。

「来月末に、三日間程お休みを頂きたいのですが、宜しいでしょうか？」

（来月末？　バッティングするな）

「ひょっとして、日本外科学会に出たいのかな？」

「あっ、先生も出られるんですか？」

青木の顔が幾らか曇った。

「うん。来週にでも言おうと思っていたんだが。君も抜けるとなると、ちょっと手薄になるな」

「僕は、智念先生のお見舞いもしたいと思って……」

（それもバッティングだ）

智念朝子に会う口実を散々巡らした末思いついたのが、学会に出るついでに陽一郎を見舞うことだった。

「君は智念君と親しくしていたからな。気がかりだろう？」

「はい、白血病のことはよくわからないんですが、骨髄移植が窮極の手段のようで、その時は僕がドナーになってもいいと思っています」

「ほー、そこまで彼のことを！　本人はもとより、姉の朝子さんが聞いたら感激するだろう。いいよ、会ってやってきてくれ給え」

「有り難うございます」

「うん、何なら一緒の便で行くかい？」

「あ、はい……」

「宿はどうする？　私の常宿を紹介しようか？　古本屋街で有名な神田神保町に近い学士会館だが」

「実は——」

青木が言い淀んだ。

「うん？」

「学会に、当麻先生も来られるそうで、その学士会館に宿泊するから一緒にどうだ、と言って下さって、お言葉に甘えることにしたんです」

青木の口から当麻の名が出ることはついぞなかったから佐倉は意外の感を覚えた。

「当麻先生とは時々電話ででも話すのかい？」

「いえ、滅多にありませんが、数日前、久し振りに電話をかけて来て下さって、四月末の学会に行くが君も行くなら東京で一献傾けようか、と仰って下さったんです」

「そういうことなら私も加わらせてもらうよ。どの道、同じ宿になるんだからね」

「はい。じゃ、当麻先生にはそう伝えておきます」

「うん、宜しくな。ところで、当麻先生は何か、演題を出されてるのかな？」

「腎移植十例の経験と題して発表されるようですよ。今月の学会誌の抄録にも載ってました」

「あ、そうかい？　うっかり見落としたな。そうか、もう十例も？　さすがだね」

「そうですね。千波先生の所へ一度見学に行っただけで、それから間もなく第一例を手がけて成功させましたからね」

「ま、肝移植まで手がけた方だから、移植のノウハウは心得ておられただろうし、肝移植に比べれば腎移植は比較にならず容易だろうからね」

（それにしても）

佐倉は独白を胸に落とした。

（転んでもただでは起きない人だ、当麻鉄彦は！）

遠慮がちだが青木の声は先刻よりも弾んでいる。顔も心なしか上気している。

（この男はやっぱり当麻さんの所へ帰すべきだろうか？）

佐倉はもう一つ独白を胸に落とした。

食道癌の今井は術後三週間目に無事退院し、迎えに来た妻と共に満面の笑みで家路に就いたが、肺癌の手術を大学病院で受けた〝蚤の心臓〟の叶太一は、浮かぬ顔で佐倉の外来に現れた。心なしか痩せたように感じた。錯覚ではなかった。手術前より五キロ体重が落ちたという。それでも身長百六十五センチで六十五キロだから標準を五、六キロは上回っている。

「いやあ、しんどいですわ」

ひと通りの挨拶を終えるなり叶は嘆息をついた。

「抗癌剤はやらなきゃならんのでしょうか？」

「えっ？　抗癌剤をやってるの？」

熊本大学病院の主治医からは、叶の手術は左上葉切除であったこと、転移を思わせるリンパ節はなく、念の為摘出した上葉近傍のリンパ節は病理組織検査でもすべて正常であった旨の診療情報提供書が送られてきている。

「抗癌剤などやる必要はないと思うけどね」

佐倉が続けると、

「リンパ節に転移は無くても、癌の大きさから言って早期癌ではないから再発しないとは限らない、目に見えぬ癌があるかも知れないから、早めに叩いておいた方がいい、一クールやってどうしても厭だと言うなら止めるよと言われて、そんな心配があるならとやってもらったんだが、もうえらくてえらくて、食欲はまるでないし、脚はしびれるしで、二回受けたところで、これ以上やるならもう死んだ方がましだと言ってひとまず退院させてもらったんだよ。通院でもできるよと言われたんだけど、通える距離じゃないし、近くの旅館にでも泊まり込んで行く他ないけれど、連れ合いがおる訳じゃなし、よぼよぼのおっかあに付いてきてもらうわけにゃいかんし考えさせてもらいますわと言って出てきちゃった。わしは間違っているだろうか、えっ、先生？」

溜まっていたものを一気に吐き出すように叶太一は返した。

「間違っていないよ。もう抗癌剤は受けなくていいよ」

食道癌のファーストチョイスの治療で抗癌剤を受け、叶と同様、副作用の余りの強さに参ってしまって自死に走った男のことを余程持ち出そうかと思ったが、〝蚤の心臓〟の叶が二の舞いをやらかさないとも限らない、妙な入れ知恵をすることになってもいけないと思い留まった。

「ほんと？　やらなくていい？」

意気消沈した面持ちだった叶の目にやっと喜色が見て取れた。

「ああ。主治医も厭なら止めてもいいと言ったんだろう？　絶対にやらなければならないとは彼も思っていないんだよ。ただ、そこではそういうマニュアルになっているからそれに従ったままでだよ。ま、再発したら再発したで、その時考えればいい。こちらで定期的に胸の写真を撮ってフォローしてあげるから、大丈夫だよ」

「有り難う、先生」

叶太一は両手で佐倉の右手を握りしめた。

「これで今夜はぐっすり眠れますわ。おっかあも心配させんでええし……」

〝蚤の心臓〟の持主は神経質で細々《こまごま》と何度も同じ問いかけを繰り返し、時に辟易させるが、根は優しい母親思いの人間なのだ。

四月下旬、東京へは青木と同行することになった。

機内では専らここ一ヵ月の間に癌が発見された患者の話題に終始した。今井や叶太一の話は弾んだが、他の二人の話になるとトーンが落ちた。

〝上大静脈症候群〟の患者は、紹介先の鹿児島大学病院から「先生の御高診通り云々」の返書が一度送られて来ただけで、その後の消息は不明だと青木は言う。本人の携帯に電話を入れても通じず、妻がいるはずの家にも二、三度電話を入れたが通じないと言う。

「まるでこの世から消えてしまったみたいですね」

と青木が言った。

「折角病気を見つけてあげたのに、恩知らずな人ですね。どういう神経の持主なんでしょう？　家族も家族ですよね？」

「全くだ」

佐倉は同意する。

「たまにそういう輩《やから》がいる。紹介先の病院で担当医と折が合わず、勝手に自分でザ・サードオピニオンを求めて行ってそれっきり消息がつかめなくなる。病院が腐るほどある東京ではそういうケースも経験したよ。しかし加計呂麻の患者は鹿大病院からよそへ移ってはいないんだろ？」

「と、思います。でも、その後鹿大からは何の音沙汰もないんですよね」

「ま、難しいケースで経過が芳しくないから書けないんだろう。当の本人は落ち込んでいて、誰にも知らせてくれるなと箝口令《かんこうれい》を敷いているのかも知れん」

「肺癌から小脳に転移した患者もそうでしょうか？　放射線治療、もう終わってますよね？」

「そうだな。女房は内科に通ってるようだから、彼女から何か一言あってもよさそうだな」

民宿の主だから地域には馴染みが深い。病院に出入りする患者には彼をよく知っている者もいて、最近見かけない、女房に聞いても口を濁してはっきりとしたことが分からない、先生のところにかかったと聞いたが難しい病気なのか、と、ずけずけ聞いてくる者もいるが、身内でもない人間に軽々しく病名を明かすわけにはいかない。その後の消息についてはむしろ彼らの方がよく知っているぐらいだ。つまり、まだ家に戻ってきていないこと、妻君は週に一度は亭主の着替え類を持って入院先に通っているらしいこと、そのため民宿の方は客を制限しているらしいこと、等々。

患者の話が尽きたところで、機は着陸態勢に入ったとアナウンスされた。奄美から羽田への直行便は一日一便で午後三時半に出発する。既に五時を回っている。

「当麻先生とは七時に落ち合う約束だったよね？」

座席を戻しシートベルトを装着し終えたところで佐倉は尋ねた。

「はい、当麻先生も六時過ぎに学士会館に着く予定だと仰ってました」

「我々の方が少し遅れるかも知れんね。ま、七時なら充分間に合うだろうが」

「当麻先生は家族連れで来られるそうですよ」

「えっ、家族と言うと……？」

「奥さんと、お嬢ちゃん、です」

「お嬢ちゃん？　幾つなのかな？」

「去年の今頃生まれたと聞いてますから、丁度一歳になるかならぬかだと思います」

「じゃ、塩見君に子供が生まれた頃、奥さんは妊娠していたんだ。あの時、それを当麻先生は知らなかったんだね」

当麻の妻富士子《ふじこ》の大らかな風貌と、〝一姫二太郎〟論議で盛り上がった〝こころ〟での談笑の一コマが蘇った。

「塩見君も女の子だったが、当麻先生も女の子でよかったな」

「塩見君は男の子でなくて残念がってましたが」

「いやいや、あの時も言ったが、女の子の方がいい」

(三宝がそのいい例だ)

口に出したい衝動を佐倉はこらえた。

「やっぱり、一姫二太郎ですか?」

「二太郎は要らん。二姫、三姫でもいい」

「えっ……?」

「年を取ったら分かるよ。ウチの患者を見ていてもそうだろう? よぼよぼになった老人に付き添ってくるのは、女房でなければ娘だ。たとえ嫁に行っていてもね。息子が付き添って来ることはまずない」

「確かに、そうですね」

「君は若いから、ヴィヴィアン・リーという女優は知らないだろうな?」

「ええ、知りません。洋画はあまり見ないもので……」

「『君の名は』は知ってるかい?」

「ドラマですか?」

「そう、ＮＨＫの〝朝ドラ〟で放送された。元はと言えば戦後間もなくだから君がまだ生まれてない頃、ラジオで放送されて爆発的な人気を博し、夜の八時ごろから毎日十五分程の放送だったが、その時間帯は銭湯の女湯が空になったと言われたものだ。主婦達がラジオにかじりつくというんでね。

ところがその『君の名は』は菊田一夫という人の原作だが、戦時下に主人公の後宮春樹と氏家真知子が今はもう無い数寄屋橋で出会う場面は、アメリカのマービン・ルロイという監督の『哀愁』という映画をそっくりそのまま真似たものなんだ。日本では岸惠子という今でも活躍している女優がヒロインの真知子を演じたが、『哀愁』でマイラというヒロインを演じたのがヴィヴィアン・リーだった」

「よく覚えておられますね。ドラマのヒロインの名前まで。院長はいつ頃その映画を見られたんですか？」

「最初は大学生の時だよ。確か一九四〇年の映画だからね、俺が見たのはリバイバル上映されたものだが、二、三の親しい同級生に薦めたら皆映画を見終わるなり興奮して俺の家へすっ飛んできた。ヒロインを演じたヴィヴィアン・リーにぞっこん惚れ込んでしまったよとまくしたてたてね」

「そんなに魅力的な女優さんなんですね？　ビデオを借りて見てみます」

「うん。ところが、私生活では余り幸せとは言えなかった。ローレンス・オリビエというシェークスピア劇で専ら活躍していた男優に一目惚れし、夫を捨てて彼の許に馳せたんだが、段々夫婦仲が冷えて来てね。オリビエの方がヴィヴィアンから他の女に心を移したんだ。ヴィヴィアンが何度も流産して子供が出来なかったことも一因だったようだ。ところが、四十を過ぎてヴィヴィアンはまた妊娠し、今度こそ無事に生まれてきて欲しい、それも女の子であって欲しい、何故なら、父親は女の子に慰められるようだからと願ったが、またしても流産してしまい、結局二人の仲はそこで終わった」

長舌を弄しながら佐倉は、自分と品子の夫婦仲もそれに似たものなんだよと青木に語り聞かせているような気分になった。一方で、ヴィヴィアン・リーの悲話は、何処かで読んだか聞いたかした覚えがあり、自分はそれの受け売りをしていると思い至った。映画を見終わった後必ず買い求めるパンフレットの記事で読んだような気もするが、中条志津が何かの折ふと口にしたのを聞いたような覚えもある。佐倉の子を身籠ったと知った時、どうか女の子であって欲しいと祈った、と——。

（志津さん、君の願い通り、女の子を産んでくれてよかった。三宝がいてくれることで、俺の干からびた人生がどれだけ潤ったことか！）

窓外にやった佐倉の目に、いつしか海が見え、程なく、軽い衝撃音と共に搭乗機は地上に降り立った。

急転直下

学士会館の宴席は当麻がお膳立てを整えていた。

富士子と子供は遠慮してルームサービスを頼んでいると言う。

「後でご挨拶には伺うと申しております」

と、これは佐倉に言った。

「当麻先生も人の子の親になられたんですね」

佐倉の返しに、当麻はやや苦笑気味に頬を緩めた。

「女のお子さんだそうで。一姫ですね」

「ああ、そうですね」

今度は快活に当麻は笑った。

「お蔭様で」

「何て名付けられたんですか？」

青木が尋ねた。

「翔子《しょうこ》」

「えっ!?」

青木が素頓狂な声を上げたので佐倉は思わず二人の顔を交互に見やった。

「しょうこ——って、前の奥さんと同じ漢字ですか？」

青木は手の平に〝翔〟となぞって見せた。

佐倉がのぞき込むと、青木はもう一度佐倉に手を差し出して〝翔〟となぞって見せた。

「そう、富士子がね、どうしてもそうしたいって譲らなかったんだよ」

また苦笑気味ながら、満更でもないといった表情だ。

「前の奥さんは、翔子さんと仰ったんですか？」

佐倉は素朴な疑問を放ったが、頭の中は少し混乱していた。

「ええ」

当麻は青木から佐倉に目を転じて頷いた。悪びれた風情はない。

「家内の無二の親友でした」

（それにしても）

佐倉はまだ解せない。

（妻が娘の名を呼ぶ度、夫は前の連れ合いを思い出すだろうに——富士子さんというのは宇宙人さながらと言うべきか……）

外連味のない爽やかな富士子の顔を思い浮かべながら、佐倉の思惑は途方もない夢想に発展した。

（もし俺が智念朝子と結婚して娘を持ち、品子と名付けたいと言ったら、彼女は許すだろうか？　ま、そういうことは金輪際あり得ないが……）

「あれっ、救急車が止まりましたね」

「あ、ほんとだ！」

当麻と、それに続く青木の声に佐倉は我に返った。

バタバタと入り乱れる何人もの足音が遠く聞こえる。

「泊まり客に急変でもあったんでしょうか？」

「ちょっと見てきます」

青木が腰を浮かした。と、見る間に部屋を飛び出していた。足音と、何か定かに聞き取れない人声が交錯している。

当麻が料理を運んできたウェートレスに何があったのかと尋ねた。

「スイートルームのお客様が急に具合が悪くなられて……」

「スイートルーム!?」

当麻の声が跳ね上がった。

「すみません、ちょっと見てきます」

あっという間に当麻が席を離れた。

「すまん、私もちょっと……」

ウェートレスに言い捨てると佐倉も後を追った。

玄関前にはホテルの従業員に交じって客と思われる男女がたむろしていたが、その間を縫うようにして白の制服をまとった消防隊員が担架を運び出している。担架に乗せられた人物は相当な巨体で担架からはみ出んばかりだが、その口にはマウスピースがあてがわれ、今しも隊員の一人が酸素補給のマスクをあてがったところだった。

当麻と青木はと視線を巡らした佐倉は、救急隊員の背後に取りついて玄関を出掛かっている二人に気付き、慌てて後を追った。

「あっ、宮崎さん……！」

担架はスロープを降りていったが、正面の階段を降りたところで運転席の救急隊員に何やら話しかけている人物を見て佐倉は声を放った。鉄心会の事務局長その人に相違ない。が、夢中で隊員とやりとりしている宮崎は一顧だにしない。

担架と共に二人ばかり見知らぬ女性が乗り込み、隊員が二手に分かれ、一人は佐倉の方に近付いて来て宮崎を押しのけるようにして助手席に乗り込んだ。宮崎がのけぞるように背後に下がり、弾みに佐倉とぶつかりそうになった。佐倉はつっかえ棒をするように両腕を伸ばして宮崎を押し留めた。

「あ、失礼」

横向きのまま宮崎は血走った目を振り向けた。

「宮崎さん、名瀬病院の佐倉です」

既に陽は落ちて、お互いの顔を映し出しているのは人工の明かりばかりだ。

「ああ、佐倉先生、どうしてここに……？」

「それより宮崎さん、今救急車で運ばれたのは理事長じゃないですか？」

「そうなんです。国元から奥さんと娘さんが出て来られたんで理事長と一緒に部屋で会食していたんですが、急に喉を詰まらせてしまって……。ひっかかっていたものは私と娘さんで何とか取り除いたんですが、失神状態なもんで救急車を呼んだんです」

「病院はどこへ？」

「生憎《あいにく》都内にうちの系列の病院はないんで湘南鎌倉病院へやってくれと頼んだんですが、都の救急車で他県へは行けないと言われまして……」

「それで、どちらへ？」

「一番近くて急患を受け入れているのはお茶の水の日大病院ということなので、取り敢えずそちらへ行ってもらうことになりました」

宮崎はハンカチを取り出して顔面に滲み出ている汗を拭った。

「奥さんと娘さんが一緒に乗られたんですね？」

「ええ……」

宮崎の目が泳いだ。救急車が出発し、宮崎の視線はその動きを追っている。

当麻と青木が戻って来たが、宮崎に気付いて足を止めた。

「当麻先生もご一緒だったんですか？」

宮崎が吃驚《きっきょう》の目で佐倉に視線を戻した。

「当麻先生は明朝学会で発表するので来られたんだが、私は、お耳に達しているかどうか、うちの産婦人科医が白血病で湘南鎌倉病院に入院してしまったので、見舞いがてら様子を窺いに来たんですよ」

「ああ、智念先生ですね。残念なことになりました」

さすがに宮崎は鉄心会傘下の病院スタッフの動きには抜かりなくアンテナを張っているな、と佐倉は感心する。

「宮崎さん、お久しぶりです」

当麻が目と鼻の先に近付いた。青木が半歩下がった位置から宮崎に一礼した。

「こちら、以前私の所にいて、今は佐倉先生の所にお世話になっている青木君です」

「初めまして」

青木の挨拶に佐倉は一瞬、（あれっ、二人は初対面なのかな？）と訝った。が、すぐに自分と違って青木は関東医科大の修練士を終えた時点で当麻の紹介で自分の所へ来た、つまり、宮崎を介していないことに思い至った。

宮崎は胸の内ポケットから名刺入れを取り出して、一枚を青木に差し出した。

「先生が名瀬病院のスタッフになって下さったことはうちの機関誌で存じ上げていましたし、加計呂麻の病院にも行って下さっていることを知り、嬉しく思っていました。一度ご挨拶に伺わなければと思いつつ、ここ暫くは理事長から目が離せないのと国際医科大学の新設の手続きに掛かりっきりになっていて首都圏に張りついているので、離島にまでは足を延ばせないでおります。思いがけなくお目に掛かれて嬉しいです」

「思いがけないと言えば宮崎さん」

青木が恐縮の体で何度も頭を下げているのを見かねたように当麻が宮崎の長舌を遮った。

「こんな形で理事長と再会するとは夢にも思いませんでしたよ」

佐倉はいかにもとばかり頷いたが、先の管理者会議に車椅子で出てきた徳岡鉄太郎を見ていたから、恐らく一年振りに徳岡を見た当麻の驚きは自分の比ではないだろうと思った。呂律の回らない話し振り、時折口角から涎が垂れるのをタオルで拭き拭き

熱弁を振るっている徳岡を見た時、

（ＡＬＳは相当進んでいる。声帯が冒されるのも時間の問題だな）

と思ったものだ。

「もう気管切開をしなければ危ないと思いますよ」

当麻が急いた口調で続けた。これにも佐倉は相槌を打った。

「搬送先でやってくれたらいいんだが……」

「分かりました」

宮崎が目を瞬いた。

「私も救急車の後を追います。いずれまた……失礼します」

言うが早いか宮崎は転がるようにスロープを駆け降り、通りすがりのタクシーに手を上げた。

「いやあ、ご迷惑をおかけしました」

中断された会食の席に戻ったところで、馴染みの店長が佐倉に詫びた。

「お知り合いの方でしたか？」

「ああ……奇遇で驚いたよ」

「時々あるんですよ。何せうちはご高齢の方が多いもので、食事中にも喉を詰まらせたり、突然意識を無くされる方もいらっしゃったりして。先程の方は、まだそんなお年ではないとお見受けしましたが……」

佐倉は当麻と顔を見合わせた。徳岡鉄太郎の年齢を自分は正確には把握していない。

「高齢で喉を詰まらせたんじゃなくて、あの方はちょっとした病気でね、飲み込みにくくなってるんだよ」

「ああそうでしたか」

店長は大仰に上体を折った。

「こちらこそ中断してしまって申し訳ないことをしました」

当麻が言った。

「スイートルームの客と聞いて、妻と娘がお世話になっているもので、まさかと思いながら、思わず飛び出してしまいました」

「ああ、そうでしたか！」

店長はまた大きく上体を折った。

「そうですよね。当会館にはスイートルームが、確か、二つしかございませんものね。あ、すぐに料理をお持ちしますが、どうぞごゆっくりなさって下さいませ」

如才なく返して店長は退いた。

実際料理は次々と運ばれて来て、三人の会話は途切れ勝ちになった。その合間の話題は専ら徳岡鉄太郎に終始した。

佐倉が、

「理事長はこのまま日大病院に入院するんでしょうかね？」

と当麻に尋ねた時だった。当麻が首を傾げている間に、青木が疑問を放った。

「先生方も宮崎さんも徳岡先生を理事長と呼んでおられますが、鉄太郎先生は去年一杯で理事長を弟の銀次郎先生に譲られたんじゃなかったでしょうか？　機関誌の最新号にも出ていましたが……」

佐倉と当麻は思わず顔を見合った。

「ああ、そうだったね」

異口同音に言って、二人は頷き合った。

「まだ実感が湧かないんだよねえ、鉄太郎先生が理事長を降りられたことが……お膝下の宮崎さんからして理事長理事長と言っているしね」

当麻が青木に言った。

「でも、いい潮時だったんじゃないですかね。さっきの様子から推して」

ちらと垣間見た徳岡の変貌ぶりが佐倉の目には焼きついて離れない。

(正に巨星墜《お》つ、だな。物故した訳ではないが……)


料理がひと通り終わったところで、当麻が携帯を手にした。歯切れのよい、それでいて柔らかみのある声がテーブルを挟んで相対した佐倉の耳にも聞こえた。覚えがあるような、初めて聞くような気もした。富士子とは当麻の結婚式で一度会っている。

デザートが出たところで、富士子がベビーカーを押しながら現れた。子供はすやすやと眠っている。

(愛くるしい！　富士子さんの顔も輝いている。当麻さんは今が幸せの絶頂期だな)

目を細めて赤子を見やっている当麻と富士子の表情を流し見ながら佐倉はひとりごちた。

(俺にもこんな時代があったっけ？　いや、違うな、子供はかわいかったが、妻には愛情が持てなかった……）

「当麻先生は明朝学会に出られるが、その間奥さんは……？」

独白を胸に畳み込んで佐倉は尋ねた。

「近くに古書街があると聞きましたので、ぶらぶらのぞいてみようかと思っています。平家物語の異本を探してみようかと……」

「イホンってなんですか？」

青木が佐倉の疑問を代弁してくれた。

「平家物語は元々琵琶法師が辻々で琵琶を奏でながら語ったものなんですね。それを聴いて筆まめな人が本にしたのが読み本の平家物語になったんですけれど、書き手は一人ではなくて何人もいたようで、それで何種類もの平家物語が誕生したようなんです。

新約聖書の前半はイエス・キリストの言動を記録したものですけれど、マタイ、マルコ、ルカ、ヨハネ、と四人の異なった伝記者がいますよね。同じ記述もありますけど、違ったところもあります。平家物語もそれと似ています。もっとも平家物語の異本、と言いますか類似本は、一説に依りますと、三十八種類もあるそうです」

「へーえ、そんなにですか！」

青木が驚いてみせた。

「僕らの高校の教科書に載っていたのが唯一だと思ってました。国語の古文の教師も、今富士子さんが仰ったようなことは一言も言いませんでしたし」

「まして新約聖書との比較なんてねえ」

佐倉は青木に相槌を打ってから富士子に向き直った。

「目から鱗でしたよ。それにしても富士子さんはキリスト教にも詳しいですね」

「学校が、一応ミッションでしたから」

「ああ、なるほど」

「芦屋女学院、関西の名門ですよ」

青木が訳知り顔で言った。佐倉は訝った。

(青木は当麻さんがまだ独身時代に甦生記念にいて、すぐに関東医科大の消化器病センターに当麻さんの紹介で入り、修練士の六年を経て俺の所へ来た。当麻夫人と接触する機会はほとんどなかったはずだが……)

「そうか、青木君も大阪生まれだから関西の事情には詳しいんだな」

「ええ、まあ……」

ベビーカーが揺れた。いつしか翔子が目を覚まし、富士子を、次いで対面に座している佐倉を不思議そうに見詰めた。

(当麻さんの目だ!)

手を伸ばしてそのふっくらとした頰に指で触れたい衝動を佐倉は覚えた。

(三宝もこんなだったろうか?)


翌日、早めの朝食を終えると、翔子を抱いた富士子に見送られて三人は学会に赴いた。会場は新宿の京王プラザホテルだ。

当麻の発表を聴き終えると、佐倉と青木は鎌倉に向かった。

昼食を簡単に済ませ、鎌倉駅前でタクシーを拾い、湘南鎌倉病院へ急いだ。

「いやあ、立派な病院ですねえ」

タクシーを降りたところで、建物を見上げて青木が感嘆の声を上げた。

無言で頷いてから、佐倉はやおら携帯電話を取り出した。

コール音と共に心臓が鼓動を打ち始めた。青木にそれを気取られるはずもないが、並び立った位置から佐倉は少し離れた。

「はい、朝子です」

懐かしい声が返った。

「佐倉です。今、青木君と一緒に玄関前にいます。どちらへ伺えば？」

「あ、お迎えに参ります。二、三分お待ち下さい」

島を出る前日に佐倉は朝子に電話をかけ、陽一郎を見舞いたい、青木も是非にと言っているので同行することになるが、と告げていた。自分は週に一、二回、着替えを持って弟の所へ行っている、おいで下さる日は朝から病院へ行って待機しているので到着次第ご連絡を、と返った。

上京するその日のディナーに朝子を誘おうかと思ったが、当麻夫妻が子供連れで来て学士会館で落ち合うことになっていると青木から聞いたのでこの計画は断念した。智念陽一郎とは一面識もない当麻夫妻を巻き込んでは申し訳ないと思ったのだ。尤も、二年前だったか、丁度今頃当麻と富士子が福岡へ来たついでに奄美大島へ立ち寄ってくれ、青木や久松、沢田、塩見を交えて一献傾けた席で智念陽一郎のことが話題に出たことがあり、当麻も富士子も陽一郎にいたく興味を持ってあれこれ自分に問い質したことがある。それを思えば陽一郎の姉で、自らＭＳＦに身を投じている朝子が同席したとて何ら不自然ではないのだが、陽一郎の病気が病気だけに、朝子が声を弾ませることはないだろうと慮ったことの方が勝った。

駆け足でロビーから玄関に向かってくる朝子の姿が捉えられた。ワンピースの裾が翻っている。

と、見る間に、佐倉と青木の前に立った。

「すみません、弟がとんだことになってしまって……」

さすがに笑みはない。少し固い表情を、それなりに美しい、と佐倉は思った。

「こちら、青木君です。私に代わってこのところずっと弟さんのオペの手伝いをしてくれてた男です」

「初めまして」

眩しげに朝子を見て青木が一礼した。

「陽一郎と親しくして頂いていたそうで、有り難うございました」

「いえいえ、こちらこそ勉強になっています。早く元気になって戻ってきて欲しいです」

「はい、本人もそう願っておりますが……」

目に明るいものを見せて朝子は返したが、語尾を引いたことが佐倉には気になった。

(経過が思わしくないのだろうか？)

「弟さんに、面会はできますか？」

青木の手前、意識的に砕けた物言いは控えている。

「大丈夫ですが、マスクはかけて頂かなければいけないそうです。白血球他赤血球も血小板の数値も下がっているので感染が怖いとかで……」

「白血球は、じゃや、うんと少なくなっているんですね？」

「ええ、千を下っています。でも、白血病細胞がまだまだ残っているので、抗癌剤をもう少し続けないといけないそうです」

「骨髄芽球がゼロにならないと寛解期に入ったとは言えないようですね」

青木が佐倉に言ってからまた朝子に視線を戻した。

「そうらしいんです」

朝子が先に頷いた。

「寛解期に入っても安心はできないそうですが」

朝子は微笑の消えた目で佐倉を見た。

佐倉は頷く。

白血病で呆気なく逝ってしまった同級生のSやプロパーのMのことがまた思い出された。陽一郎も予断を許さない。朝子も〝寛解期〟という白血病特有の医学用語をさり気なく口にするところから推して、主治医の説明を充分に咀しゃくできているのだろう。沖縄中部病院時代に白血病の患者を看護した経験があったのかも知れない。

「取り敢えず、病室へ案内してもらいましょうか」

佐倉の促しに、朝子は我に返った面持ちで先に踵を返した。

ロビーの奥からエレベーターに乗り込んだところで、

「弟を見て、きっとびっくりされると思います」

朝子が二人に向き直って言った。

「髪も眉もすっかり無くなってますから。尤も髪は、薄くなったところで、どうせならもうすっかり無い方がいいと言うのでわたしがバリカンで刈り取ってあげたんですが」

病室は三階の内科病棟、ナースセンターに近い所にあった。

入口を入ってすぐにカゴが置かれてあり、マスクとスプレー式のハンドソープが用意されている。

先に入った朝子がハンドソープを取り上げて佐倉と青木の手に注ぎ、ついで自分の手にも振りかけると、マスクを取って「お願いします」と二人に差し出し、自らもはめた。

陽一郎は奥のベッドルームに、上体を少し起こした姿勢で横になっていた。

「お見えになったわよ」

朝子が明るく言って先立つと、二人に病人の足もとの脇に置かれた丸椅子を勧めた。

「こんにちは、智念君」

腰を下ろす前に佐倉は努めて明るく言った。

「すみません、遠い所を」

確かに眉毛はないが、一段と深くなった眼窩の奥でその存在を誇示するかのように大きな目が二、三度瞬いた。

「暫くです、智念先生」

青木が佐倉の肩越しに顔を突き出して言った。

「ああ、青木先生、会いたかったよ」

陽一郎の返しに、青木は目を潤ませた。佐倉の胸にも熱いものがこみ上げた。

「ご覧の通りのスキンヘッドで、驚かれたでしょう？」

明るく言ったが、朝子も目を潤ませているのを佐倉は見て取った。陽一郎が苦笑気味に痩せた手で頭を一撫でした。

「でも、頭の形がいいから、よく似合うよ」

佐倉の言葉に青木も頷いた。

「禅宗の坊主になった心境です」

陽一郎が苦笑いのまま返した。

「夢破れて山河あり、です」

「またそんな……！」

朝子が叱責するように言って佐倉に目を返した。

「こんなことばかり言うんですよ」

水気を帯びた目が水晶のように煌《きら》めいて訴えるような口吻になった。

「いけないね。姉さんを悲しませるようなことを言っては」

佐倉は朝子の視線を受け止めてからたしなめるように言った。陽一郎が佐倉を見すえた。

「でも先生、僕はもう医者を続けられないでしょ？　少なくとも体力を要するオペはもう無理ですよね？」

「そんなことはない」

佐倉は語気を強めた。

「白血病は、他の癌もそうだが、一昔前は絶望的な病気だった。しかし、今では違うよ。医学は日進月歩だ。抗癌剤も新しいものが開発されてきている。私が医者になった頃は十人中六人は駄目だったが、今では十人中六人が助かる時代になっている。自暴自棄になっちゃいけない。君の夢はＭＳＦに行くことだったよね？　向こうで彼女も待っているんだろ？」

陽一郎は一瞬絶句の体で唇を結んだが、またすぐに苦笑した。

「片思いですよ、先生、所詮、僕の……」

「そんなことないわよ」

朝子が激しい口調で言って佐倉を驚かせた。水晶の目がやや険を帯びている。

「先に行って待っているって言ってくれたんでしょ。ちゃーんと待ってくれているわよ」

陽一郎は言葉を返せない。

青木が何か言いたそうに口をうごめかして身じろぎした。佐倉の胸に疑念が来した。

（青木はひょっとして三宝を思い浮かべているのでは？）

青木とは付き合っていないと三宝は言った。では青木の片思いかと詰問に及んだ時、三宝は言葉を濁した。

（青木を憎くは思っていない。青木が三宝を待ち続けたら、その情にほだされて三宝は青木を受け入れるかも）

長居は病人の体に障ると断じて、佐倉は青木を促して十分そこそこで病室を出た。

朝子がデイルームに二人を誘った。

「僕、思ったんですが――」

テーブルに付くや、青木が切り出した。

「彼の病気のこと、ＭＳＦの、お先に行ってますと言った彼女は知りませんよね？」

「ええ……」

朝子が訝り気味に返した。涙がまだ乾き切っていないが、臆せず青木を見返した。

「連絡は、取れるんですか？」

「ええ。それは本部で、今どこにいるか分かっていますから」

「でしたら、お姉さんからその人に頼んでみられたらどうでしょう？　病気のことを話されて、弟を見舞って欲しいと。それが無理なら、せめて励ましの手紙なり書いて欲しいと」

気休めに言っているのではない、青木は心底陽一郎のことを思って本気で言っているのだ——青木の思い詰めた眼差しを横目に捉えながら佐倉は思った。実際青木は別れ際一歩足を踏み出して陽一郎に近付き、

「僕も待ってます」

と口走るなり嗚咽して二の句を発し得なかった。朝子がもらい泣きし、佐倉も胸が痛んだ。

「そうですね」

朝子が寸時佐倉と目を合わせてから頷いた。

「彼女は一度も帰国してませんからもう完全にＭＳＦの人になり切っていると思います。弟を見舞うことは無理でしょうから、手紙を書いてくれるよう頼んでみます」

得たりや応とばかり青木が涙顔のまま相槌を打った。

救急車のサイレンが近くに聴こえた。と思う間にみるみる音が大きくなり、止んだ。

窓際にいた佐倉は思わず眼下に目をやった。

「えらい人だかりだ」

思わず口を衝いて出た言葉に、青木と朝子も窓際に寄った。

「病院の職員も大勢出ているな」

「救急車、消防署のじゃないですね」

朝子が佐倉に触れんばかりに顔を近付けて言った。

「この病院のですよ」

「あ、ほんとだ」

青木が言った。

「ひょっとして、理事長を迎えに行って搬送してきたんじゃありませんか？　あ、酸素ボンベを下ろしてますよ」

青木の推測は当たった。日大病院で前夜気管切開の応急処置を受けた徳岡鉄太郎は、本人のたっての希望で、一夜明けたこの日、湘南鎌倉病院に移って来たのだった。

一期一会

兄嫁の嘉子から電話がかかったのは、ゴールデンウィークが過ぎた五月中旬の週明けだった。折り入ってお話したいことがあるから週末にそちらへ行っていいか、との打診に三宝は驚いた。

嘉子とは中条正男の臨終の看取りに赴いた折会ったきりだ。

「嘉子さんお一人で？」

当然の疑問を放った。

「ええ、正樹さんはお留守番するそうよ」

「じゃ、お義姉《ねえ》さんが子供さんを連れて？」

亡き母志津が、嘉子のお腹の子はきっと女の子よ、自分の生まれ変わりだと思うから、と予言した通り、志津が逝って半年程して嘉子は女の子を産んだ。もう二歳になるはずだ。

「いえ、子供は正樹さんに預けて行くから、それなら正樹さんが休みの週末がいいかなって思っているんだけど、三宝さんのご都合はどうかしら？」

「土曜日においでになるんですか？」

「そのつもりだけど……」

「土曜は午前中勤務で、緊急の手術が入らない限り午後はフリーです。こちらに着かれるのはどの道午後になりますよね？」

父親の正男が亡くなった翌年、兄の正樹は実家に入ることを願って東京の本社から仙台支社に移ることを申請し、受け入れられた。嘉子の郷里も東仙台で正樹の実家のある名取に近いから、孫の顔をちょくちょく見られるというので嘉子の両親は大喜びだと聞いた。

しかし、名取から奄美大島へ出かけてくるのは難儀だ。東北線で仙台に出て新幹線に乗り換え東京へ、そこから山手線に乗り浜松町で降りてモノレールで羽田へ行き、一日一便の直行便に乗る。締めて五、六時間の旅程になるから、朝早く出ても帰りは翌日になる。

「三宝さんは、そちらでアパート住まいをしているのよね？」

「ええ……」

自分の質問の答えになっていない、と三宝は訝った。

「どなたかとご一緒？」

「いいえ、ひとりです」

「でしたら三宝さん、土曜日の夜は泊めてもらっていいかしら？」

(父と鉢合わせになるかも)

日曜の午後は例のホテルのテニスコートで落ち合うことになっている。ラケットを交えた後はホテルのレストランでディナーを摂ることが習わしになっていた。

嘉子と父は一度も顔を合わせていない。定かではないが、自分の出自を母親が生前嘉子にだけは漏らしているような気がする。セント・ヨハネ病院を退職して奄美大島へ行くと告げた時も、兄の正樹はいい顔をしなかったが、嘉子は背を押してくれた。

(父には、兄嫁ですとさりげなく紹介すればいいのだろうか？)

「あ、ご迷惑だったらいいのよ」

三宝が自問自答している間に嘉子が二の句を継いだ。

「どこか近くの民宿にでも泊まるから」

「あ、いえ、全然そんなことはありません。ただ、お蒲団《ふとん》が一つしかなくて……」

それは咄嗟に頭をよぎった事実だ。体のよい断りの口実ではない。

「それなら気遣ってくれなくて大丈夫。だって、そちらはもう初夏の気候でしょ？　パジャマの上に、着ていくワンピースでも掛ければ充分じゃないかしら？」

その通りだ。現に自分も五月に入ってからはパジャマの上に薄い掛け蒲団一つで寝ている。ベッドはセミダブルで多少窮屈だが二人並んで寝られなくはない。

「三宝さんがずっとそちらにいるとしたら、もうこれからは一期一会じゃないかと思って」

即答を返さない間に嘉子に言葉を足させたことを三宝は不覚だと感じた。嘉子の来訪を歓迎こそすれ些かも嫌だと思っていないのに、嘉子は多少なりとも自分が迷惑がっていると思ったかも知れない。〝一期一会〟とは一生に一度しか会わないとの謂《いい》だ。兄の家族が住むようになった名取の実家に帰ることはもうないだろうが、嘉子に今度会うとして、もうそれっきりということはないだろう。それとも嘉子の方がそう思っているのだろうか？　あるいは嘉子が自分の出自を知っていて、兄に問い詰められたか、志津が亡くなってもう二年余、時効と思って兄に打ち明け、それを聞いた兄が三宝とはもう絶縁する、彼女にその旨伝えて来いとでも言ったのだろうか？

〝一期一会〟という大層な物言いに、不安と寂しさの入り混じった感情が三宝の胸をよぎった。

様々な思わくを胸に抱えたまま、週末を迎えた。前夜思い切って三宝は、兄嫁が訪ねてきて自分の所で一泊する、翌日は午後三時四十五分の便で帰るので二時過ぎに空港へ送って行かなければならない、いつもの時間にテニスコートへは行けないが、と佐倉に電話した。

「構わないよ。それなら四時にしよう」

と返してから、

「お姉さんはまた急に何しに来られるのかな？　本当にひとりでいらっしゃるのかな？」

と、やや間を置いて続けた。声と共に陰っている父の表情が浮かんだ。

ひとりで来ることは間違いない、もう会う機会は無いかも知れないから一期一会のつもりで行くと言っただけで、それ以上は分からないと三宝は答えた。また暫く間を置いてから、

「私は会わなくていいのかな？」

と父は言った。

これには三宝の方が詰まった。

「一度も会っていない、他人も同然の人だから会わなくてもいいような気もするが、三宝の兄嫁となれば、赤の他人とも言えない、挨拶くらいすべきだろうね。尤も、彼女の方が会いたくないと言えばそれまでだが……」

「お父さんは奄美に来てもいいよと言って下さったけど、あたしはなかなか踏ん切りがつかなくて嘉子さんに相談したの。お母さんが入院した秋田の病院の印象がとてもよくて、医療や看護の原点がこういう過疎の地にあるなと思ったこと、だからお母さんが亡くなってからそこに勤めたいと思って佐倉先生を訪ねて行ったら、病院は診療所に変わってしまっていて、佐倉先生もいなくなっていた、でも諦め切れないでいたら、佐倉先生と親しかった病院の事務長さんが新しい職場を知らせてくれた、僻地も

僻地、離島の病院と知って、セント・ヨハネで培ったものをそこで生かしたい、お母さんの恩返しもしたい――そんなことを話したの。嘉子さんはじっと聞いていて下さって、三宝さんが遠くへ行ってしまうのは寂しいけれど、今行かなければ後悔することになると思うから行ったらいいわ、と言って下さったの」

自分でも思いがけずすらすらと口を衝いて出た。

「嘉子さんは、ひょっとして、私と三宝の関係を知っているのかな？　志津さんの日記には、それらしきことを匂わせる件があったが……」

「えっ？　そんな所があったかしら？」

母の日記は繰り返し読んだ。最後の件は諳《そら》んじられるほどだ。

「嘉子さんは、信頼できる人です。あなたのこと、くれぐれも頼んでおきました」

思い当たるのはここくらいだ。

「私が深読みし過ぎたかな？」

父もこの件を思い出したに相違ない。

「ええ、多分。あたしからは佐倉先生が本当のお父さんだったとは一言も言ってないから」

「うん、じゃ、彼女が私に挨拶の一つもしたいと言わない限り、私はしゃしゃり出ないでおくよ」

最後はあっさりと父は言い切った。その是非を、床に就いてからあれこれ思い巡らしてなかなか寝つかれないまま三宝は朝を迎えた。

中材（中央材料室）でガーゼ折りの作業を終えて腰を上げようとした途端、白衣のポケットで携帯が鳴った。電話の着信音ではない。四回程鳴って止んだ。

「メールみたいね」

隣で作業していた同僚の今村《いまむら》が、三宝が携帯を取り出したところで言った。

嘉子からだった。

「羽田空港のロビーにいます。御地への便、三十分程遅れるとアナウンスされました。到着は三時半頃になりそうです」

「了解」の旨の返信を打ってから、嘉子の到着までに緊急手術が入らないことを祈った。

昼食を終えてアパートに戻り、嘉子を迎えに行く準備をするまでに救急車の音を二度ばかり耳にして思わず身構えたが、携帯は鳴らなかった。搬送されてきた患者の一人は、肺癌から小脳転移を起こした民宿の主の堀部で、主治医だった父の佐倉が呼ばれたことを後で知った。堀部は紹介された大学病院で小脳への放射線治療を受けた後、原発巣の肺癌に対する抗癌剤治療の段階になって副作用に耐え切れず、もう厭だ、抗癌剤を続けるくらいなら死んだ方がいいと駄々をこね、自主退院して家に戻ってきてしまったという。当然ながら肺癌は増大し、やがて胸腔に水も溜まり出して肺が押し潰され、堀部は呼吸困難に陥って見かねた妻が救急車を呼んだとか——。

佐倉は患者を手術室に入れて直ちに挿管し、ＩＣＵに移してレスピレーターにつないで急場を凌いだという。

三時前にアパートを出て、空港には三時半に着いたが、機はまだ到着していなかった。一階ロビーの電光掲示板に到着予定は三時四十分となっている。

「大分遅れてるわよねえ」

「何があったのかしら？」

「これくらいの遅れはザラだろう」

三宝と同じような出迎えの人間と思われる男女がやはり電光掲示板を見上げながら口々に愚痴めいた言葉を放っている。

それを聞くともなしに耳にしながら、三宝の頭の中はまだ整理がつかないでいた。義姉の来島の目的は何なのか、父に会わせるべきなのか、それとも義姉から父に会いたいと言い出すだろうか、等々、答えを見出せないでいた。

「あ、着いたようよ」

耳元で甲高い女の声がした。人の群れが乱れ、誰からともなく一斉に乗客が降りて来るエスカレーターの下に移動した。

三宝はその流れから離れてトイレに向かった。昨夜あれこれと思い巡らしてなかなか寝つけず、午前六時に目覚めた時は寝不足と感じた。中材での作業中にも眠気に襲われ、嘉子を迎えに行く前に一眠りしなければと思った。昼食もそこそこにアパートに戻り、一時間程仮眠を取った。気が付いたら二時半を回っており、慌てて身支度をして出て来た。髪を整え、顔はクリームを塗って薄く口紅を引いただけで車に乗ったから、いまひとつ心許ないものを覚えていた。

もう一度紅を引き直し、耳元にかかった髪を後ろへやってトイレを出たところで、エスカレーターに乗客達が列をなして乗り込むのが視野に捉えられた。迎えの者と手を振り合っている者もいる。

奄美大島へ行くのは初めてだと嘉子は言った。そちらはもう暑いのでしょう、夏服でいいかしら、とも。二十五度くらいあるから半袖でもいいですよ、と三宝は返した。

大柄な男の後ろからエスカレーターに乗り込む嘉子の姿が目に入った。三宝の助言通り半袖のブラウスに、下は膝下まで伸びたプリーツのスカートだ。三宝もスカートがフレアと違うだけで似たいでたちで来ている。

三宝は嘉子を見上げながらエスカレーターに歩み寄った。嘉子が三宝に気付いて手を振った。三宝も手を振り返した。大柄な男の後ろについていたから小柄に見えたが、目の前に立った嘉子はふっくらとして幾らか太った感じだ。

「ようこそ」

スーツケースを引いている手と反対の手を三宝は両手で包みこんだ。以前はピアニストらしい華奢な手指に感じたが、意外に柔かな感触に、手指も肉付きがよくなったのだと思った。

「さすがに遠いわね」

嘉子がひとつ大きく息をついてから言った。

「でも、無事に来られてよかった。元気そうね」

「お義姉さんこそ、お元気そうで何よりです」

「ありがとう。子供を産んでからどんどん太ってしまって……」

(やはりそうだった)

「幸せ太りですね、きっと」

嘉子は唇を伸ばし頬を緩めた。

「少し、海沿いに行きますね」

駐車場に置いた車に嘉子のスーツケースを納めたところで三宝は言った。どうせなら、自分も久し振りに海を見たいと思ったのだ。そこには妻の不貞の子である自分を実の子のように育んでくれた中条正男の遺骨の一部が眠っている。

岸壁近くまで来て三宝は車を止めた。

「うわあ、綺麗！　海なんて何年振りかに見るわ」

嘉子がフロントガラスに身を乗り出して言った。

「少し出て見ます？」

三宝の誘いに嘉子はすぐに頷き、三宝よりも先に外に降り立った。

「当麻先生ってお医者さん、お姉さんはご存じ？」

「トーマ？　さあ、知らないけど……」

「日本で初めて肝臓移植を成功させた方です」

「ああ、その先生なら知ってるわ。と言ってもテレビや新聞で見た限りだけど」

「その先生のお弟子さんの青木先生という方がうちの病院にいるんです」

「あら、そお……？」

嘉子が目を丸めてこちらを見た。

「やはり、外科の先生？」

「ええ。その先生が好きだった方が乳癌で亡くなられたそうなんです」

「まあ、かわいそう。まだお若かったんでしょう？」

「そうですね、今のあたしくらいだったようです。青木先生、その人の遺骨の一部をずっと持ってらして、こちらへ来られてからこの海に散骨されたんです」

自分は自分で中条正男の遺骨を眼下の海に投じたことを嘉子に伝えたかった。しかし、

「あたしも海に散骨したんです」

と言って、

「誰の？」

と問われた時、返答に窮するに相違ない。嘉子が知っているかどうかはさておき、自分は正男が実の父ではないと知っている今、「父の」とは答えられない。さりとて、他人行儀に「正男さんのです」とも言えない。

「三宝さん――」

不意に嘉子の口調が改まった。

「えっ……？」

慈しむような微笑を含んだ目がこちらに向けられていた。

「その青木先生という方と、お付き合いしてるのね？」

「いえ、そんなことは……」

慌てて短く首を振った。

「あたしも手術室勤務なので、病院でお会いするだけです」

「そーお？」

疑っているままの目で嘉子は返した。

「でも、その先生が、恋人と言っていいかどうか分からないけれど、亡くなられた方の散骨にここへ来た時は、三宝さんも一緒だったんでしょ？」

「はい……」

「三宝さん、中条の父の葬儀の後、自分にも分骨して欲しいと正樹さんに言って分けてもらってらしたわよね？」

「ええ……」

「そのお骨、この綺麗な海に散骨して下さったんじゃないの？　いえ、そういうつもりで分けてもらったんじゃないのかしら？」

お見通しだ。頷く他ない、と三宝は観念した。

「多分、青木先生のその方のお骨と一緒に……」

嘉子が言葉を足した。

「はい……」

と三宝が返したのを見届けて、嘉子は横顔を見せ、静かに腰を折って海に目をやった。三宝もそれに倣《なら》って腰を屈め、膝を折った。

日頃意識していなかった青木の顔が脳裏に浮かんでいた。この岸壁ではない、浜辺に降りた所だったが、こんな風に肩を並べて散骨したことが懐かしく思い出された。青木の矢継ぎ早の詰問に抗し切れず、失恋に終わった初恋のことまで告白に及んでしまったこと、青木も散骨した女性への片思いに苦しんだことを打ち明け、「同病相憐れむ仲だね」と笑って見せたことが、不快ではない感情と共に蘇った。

(何か言いた気だけど……)

視野に入る嘉子が遥か海の彼方に視線をやりながら時々唇を動かしているのを見て取って三宝はそう思ったが、嘉子は何も言わないままだった。

ホテルカサリザキの看板が見えてきた。佐倉と日曜毎、そして多分明日も、嘉子を空港に送った帰りにいつもよりは遅れ馳せに落ち合ってテニスに興じる予定のホテルだ。

無言のまま海を眺めていた嘉子が、

「あなたの写真を一枚撮らせて」

と言って立ち上がってから半時間程経っている。

「あら、こんな所にお洒落なホテルが建っているのね」

嘉子が気付いてフロントガラスに目を凝らした。

「ええ、まだ去年建ったばかりです」

アクセルは緩めたが、それでも遣り過ごそうとした時だった。嘉子が振り向き様言った。

「三宝さん、お腹、空いてない？」

嘉子の手が三宝の左の肘にさり気なく置かれ、三宝は更にアクセルを緩めた。車は徐行状態となってゆっくりホテルを巡る格好になった。

「私、出掛けはばたばたしていて、お昼前に駅弁を朝昼兼用で食べただけだからお腹が空いてるの。少し早いけど、よかったらこのホテルで夕食を摂らない？」

「病院の近くのお店でと思っていたんですけど」

完全にアクセルから足を放し、ブレーキを踏んで三宝は言った。

「いいですよ、寄りましょうか？　でも、五時前だから、ディナーにはちょっと早いかも……」

「広い敷地ね、あ、テニスコートもあるわよ。散策していれば三十分くらい潰せるでしょ？　私がご馳走するから好きなもの食べて」

「そんな……」

「いえ、いいの。三宝さんのアパートに泊めて頂くんだから、せめてものお返し」

自分も初めてここへ来るようなことを言ってしまった、さてどうしたものかと、ホテルの敷地内に車を回しながら三宝は悩んだ。

テニスコートではやはり家族連れの中年男女と小中学生かと思われる少年少女が賑やかに言葉を交わしながら走り回っている。

「三宝さんも学生時代はテニスをしてたんでしょ？」

金網のフェンス越しに、暫く彼らの動きに目をやっていた嘉子が口を切った。

「ええ……」

ここへ来れば投げかけられると覚悟していた質問だ。三宝は小さく頷いた。

「こちらではもうなさらないの？」

「なかなか忙しくて……近くにここみたいな施設はありませんし……」

(嘘を重ねている！)

胸が疼き、嘉子の視線を避けている。一方で本当のことを言うタイミングを失しただけで、ばれたらばれたでなんとかなるわ、と開き直った。幸い、嘉子はそれ以上追及してこなかった。

「私も何か運動しないと、どんどん太っていきそう。もう二年前のスカートは穿けないのよ」

ブラウスとスカートの境目、腰の辺りに両手をやって嘉子はフェンスを離れた。

「私はフランス料理がいいけれど、三宝さんはどうかしら？」

ホテルの玄関に向かったところで嘉子が言った。異論はない。父との会食はほとんど和食のレストランで懐石のコースと決まっている。和食のレストランのウェーターやウェートレスとはもうすっかり顔馴染みになっているから、今夜はお父様とご一緒でなくてお友達と？ などと問いかけられたら、忽ち嘘が露見してしまう。

(それにしても、折り入っての話とは何だろう？ 食事中に切り出すのだろうか？

それで義姉はホテルでの食事を選んだのだろうか？)

まだほとんど客のないレストランに嘉子と向き合った時から、昨夜眠りを妨げた疑問が三宝の頭を巡り出した。

が、嘉子の口からは一向にそれらしき話題は発せられない。専ら三宝の勤務内容、ナースは何人いてどんな人達か、外科は佐倉と青木以外に誰がいるのか、手術は何が多いのか等々の質問に終始した。

さては、

「三宝さんは確か助産婦の資格も取ったのよね？　それを生かせる産婦人科はあるの？」

と聞かれて三宝は口籠った。

智念陽一郎のことは彼が姿を見せなくなって暫くは手術室のスタッフの間でも話題の最たるものだったが、一ヵ月もするともはや誰の口からも話題にのぼらなくなった。陽一郎と親しかった青木も口にチャックをかけたように彼の名を出すことがない。もう気に掛けていないのかと思うとそうでもない。陽一郎が病院を去ってからの青木はどことなく元気がないように三宝の目には映っている。時折こちらに流す目には、何か言いた気な気配が感じ取れるが、三宝の方が先に逸らしてしまうから、本当に何か話し掛けたかったのかどうかは分からない。

「お産の手伝いに呼ばれたことは時々ありましたけど……」

担当医の急病で産婦人科は当分休診となってしまってそれもなくなったこと、再開の見込みは立っていないことを三宝はかいつまんで話した。

ホテルには二時間ほどいて退出した。夜の帷《とばり》が下り始めていた。駐車場に向かいながら、父は今夜はどこで食事を摂っているのだろうかと思った。嘉子が自分に会いたいと言ったらどこへでも出掛けて行くから連絡をくれるようにと念を押されていたが、その機会はひょっとしてないかも知れない。外科のスタッフを聞かれて、父の名も口にし、どんな手術をしているのかとの問いかけには、お腹の手術はほとんど何でも手がけている、最近では食道癌の大手術があった、と声を弾ませたが、嘉子はそれ以上深く追及してこなかった。

小切手

その頃佐倉は行きつけの小料理屋〝こころ〟のカウンターにいた。

「あら、今夜はおひとり？　なんだかお寂しそう」

顔を出した女将がからかい気味に言った。

「大抵ひとりだろ？」

苦笑して佐倉は返した。

「あ、そうでしたっけ？　何だか先生はいつも美女とご一緒のような気がして」

「女将も時々顔を見せない時があるからね。俺がご婦人同伴の時は何故かいつも出会すんだが……」

「出会す、なんて、人聞きが悪いわよ。何かあたしがお邪魔虫みたいね」

「いやいや、そんなことはないが……」

「でもやっぱり先生は、目の覚めるような美女とご同伴の方がお似合いよ。いつか来られた、あたしと同郷という看護婦さんのような」

「ありがとう。そう言ってくれるのは女将だけだよ」

「またまたそんな……店の子達とよく噂してるんですよ。院長先生の奥様はさぞかし綺麗な方だろうな、一度拝見したいな、て」

否でも品子の顔が浮かんで佐倉はまた苦笑した。

「十人並みだよ。この前の女性とは月とスッポンの違いだ」

女将が出目気味の目を一際大きくした。

「よくそんなことを！　奥様に言いつけますよ」

「アハハ」

笑いに紛らしたが、品子の話題には心弾まない。

(女房とはもう別れるつもりでいるんだよ)

と、余程口に出したかった。

「それはそうと、先生」

女将が不意に真面目な顔になった。

「最近、食道癌ですか、大きな手術をなさったんですってね？」

「誰に聞いたんだい？」

「患者さんの連れ合いですよ」

女将はさり気なく片手の小指を突き上げた。

「時々、病院の帰りにウチへ寄って下さるんです。喜んでおられましたよ。島外の大学病院へ行かなくて済んだ、佐倉先生は大変な名医ですねって」

気鬱《きうつ》なまま店に入ったが、少し気分が晴れた。

なんだかお寂しそうと出会い頭の女将の言葉は、冗談めいてその実佐倉の気分を穿っていて、（見透かされたか！）と思ったものだ。

憂鬱の原因は、昼下がり時に届いた智念朝子の手紙だった。朝子が便りをくれたこと自体は無上の喜びだったが、問題はその内容だった。弟陽一郎の病状が思わしくないことを伝えていた。自分と青木が見舞いに行った時は初回の抗癌剤治療が終わったばかりだったが、期待した程の成果は見られず、白血病細胞、つまり正常白血球ではない骨髄芽球が残っていたため、追加の抗癌剤治療が行われたが、それでも骨髄芽球は消えておらず、寛解期に至り得ていない。〝切り札〟の骨髄移植は寛解期に入ってこそ効果が期待されるが、一か八かで敢行することもある、さてどうしたものかと主治医から相談された、私は実の姉で幸い健康だからドナーになりますと答えてきた云々。

恐れていたことが現実になった、と思った。

ドナーの骨髄は人体で一番大きな骨、骨盤の腸骨から採ると聞いている。無論全身麻酔下に。

手術室で横たわっている裸の朝子を思い浮かべた。自分にとって朝子の裸体は聖域そのものだ。他人の指はもとより、目にも触れさせたくない。

(丸裸になることはないだろうが、腸骨から採るとなればショーツは脱がねばならないだろう。全身麻酔であれば尿道にカテーテルを挿入することになるかも知れん)

想像するだに疎ましい。代われるものなら代わりたい。青木も、必要とあれば僕がドナーになりますと言った。陽一郎への思い入れは青木の方が勝っている。年齢的にも、初老の域にさしかかっている自分よりは壮年の意気盛んな青木の方がドナーに適していることは確かだ。しかし、朝子が肉親の自分をさし置いて第三者のドナーの申し入れに頷くことはないだろう。彼女の血液型と陽一郎のそれとが適合しない場合を除いては。

「陽一郎の状態に何か変化がありましたらまたご報告、ご相談申し上げます。青木先生にも呉々も宜しくお伝え下さい」

と手紙は結ばれていた。「追伸」としてもう一枚便箋があった。

「あ、そうそう、先日お出で頂いた日に病院の救急車で運ばれたのは、鉄心会の理事長さんだったたんですね。何でも、病院の最上階の特別室に入院されたそうで。

気管切開をされてレスピレーターにつながれているため喋ることは出来ないけれど、

気力は少しも衰えておらず、目を動かすだけで言わんとするところを伝えられる特製の変換機で指示を出されているとか。陽一郎にそれを伝えましたら、感激して、俺も頑張らなくっちゃ、と申しておりました」

耳新しい情報ではない。徳岡鉄太郎の一件はあれから間もなく、彼が議員の辞職届を出したことと共に週刊誌で大きく取り沙汰され、佐倉は近くのコンビニで二、三の週刊誌を手に入れ、隈なく読んだ。好意的な内容ではなかった。数年前から鉄心会は銀行管理下に置かれている、それでも鉄太郎のカリスマ性を担保に銀行は融資を続けてきたが、ボスの零落で向後は銀行も貸し渋るだろう、抑々鉄心会は手を広げ過ぎた、かつてほどではないが、地元の医師会とのトラブルも相変わらずで、開設に至り得ないで計画倒れになっている病院もある、既存の病院も少なからず赤字経営に陥っており、他の医療法人に買収されている、鉄太郎は後釜に弟の銀次郎を据えたが、兄ほどのカリスマ性には欠ける、滋賀県の片田舎湖西町の町長に納まっているが、その辺が役どころと専らの噂だ、等々、陸なことが書かれていない。〝週刊春秋〟に至っては、「湖西町と言えば、先の衆院選で当時の町長大川松男氏が出馬したが、大川氏に隠し子があることを小誌は突き止め出馬を断念させようとしたが、対立候補の知名度の薄さ、徳岡銀次郎が病院長を兼ねる甦生記念病院の後押しで辛うじて当選を果たしたといういきさつのある曰く因縁の町である」

などと、スクープしながら空振りに終わった怨念《おんねん》を晴らすかのような記事を書きたてていた。

〝凋落〟だの〝斜陽〟だの〝黄昏〟だのといったネガティブな文言を連ねている。気分が悪くなって佐倉は一読し終えるなり屑籠《くずかご》に放り捨てた。

智念朝子の手紙を二度読み返し、すぐにも返事を書こうとしたがどう書いたものかまとまらないまま食事に出た。無防備に浮かぬ顔をしていたに相違ない。それが女将の目には、〝寂しそう〟と映ったのだ。

(寂しいと言えば寂しいか？　朝子は弟にかかりっきりで、俺のことなど忘れていることが多いだろうからな。そう言えば手紙も、何か事務的な感じがしたっけ。最初にくれたものとは違っていたな)

〝骨髄移植〟云々の件で朝子の〝聖域〟を思い浮かべた自分が浅ましく思えてきた。

あなたの勤めている病院の外観なり見たいわと嘉子が言ったので、アパートをやり過ごしてまた引き返す形になった。通りすがりに〝こころ〟の看板が目に入って、ひょっとしたら父は今夜ここで食事を摂っているかも知れないと思った。それを口にしようとして、父のことは機微に触れる問題だ、それで嘉子も一言も父について言わないのだろうと思い至って止めた。

「中をご覧になる？」

駐車場に車を止めて嘉子に打診したが、

「ううん、ここからでいいわ。よく見えるから」

と即座に返ったのも、中に入ればひょっとして父に出会すかも知れないと義姉が懸念したからではないか、と三宝は疑った。その実、三階の端の院長室の明かりは消えているから父はもう病院にはいない、出会う心配はないと口から出掛かってまた思い留まった。普通なら手みやげの一つも持ってきて、「一言院長先生にご挨拶がしたいわ」と言ってよさそうなものだ。少なくとも、義妹である自分の上司なのだから。尤も、まだ明日がある。いや、今夜も充分時間がある、賢明で良識に事欠かない義姉のことだ、手みやげはスーツケースに納めているかも知れないし、父のことも、切り出す頃合いを見計らっているのかも知れない。アパートに引き返しながら三宝はそう自分を納得させた。

だが、アパートに戻っても、嘉子の口から父の話題が出ることはなかった。先に風呂に入ってもらい、自分が続いて、出て来た時には九時を回りかけていた。自分もそうだが嘉子はパジャマ姿でテレビを見ていた。NHKの九時台のニュースが始まっている。主なニュース項目が列記されている。何気なくそれに目をやった三宝は、我知らず「あっ!」と声を上げた。

「どうしたの?」

嘉子が振り返った。

「この人……」

三宝はテレビに歩み寄って二番目の項目を指さした。

「滋賀一区選出の衆議院議員大川松男氏死去」

つられてテロップを読み上げると、

「知っている方なの?」

と嘉子は尋ねた。三宝は無言で頷いて嘉子の傍らに寄った。

トップのニュースの解説が終わり、二番目の項目に移った。大川松男氏は議員宿舎で倒れているのを帰宅した息子無二《むに》氏が発見した、死因は解剖の結果腹部大動脈破裂と判明云々と告げた後、キャスターは一呼吸置いて、メモに目をやっているのだろう、視線を落とし、大川の略歴を述べた。

嘉子が問いた気に三宝を見やった。

「湖西町って、ここと同じ鉄心会の病院があるところなの」

嘉子はまだ呑み込めていないといった顔で三宝に目を凝らした。

「さっき、岸壁でお話した青木先生がそこに暫くいらしたの」

嘉子が大きく頷いた。

「さっきお話した当麻先生という方がいらして、そこで当麻先生に十二指腸潰瘍の手術も受けたそうです。当麻先生はうちの病院へも来られて、院長と一緒に、ご自分の病院の婦長さんの手術をなさったこともあるのよ」

一気に喋ってから、肝心なことを伝え忘れていることに三宝は気付いた。

「亡くなられた大川松男さんは、その当麻先生の最初の奥さんのお父さんなんです。それでびっくりして……」

「そうだったの。それはびっくりするわよね」

結局この夜は大川松男にまつわる話題に終始して終わった。

翌朝、三宝は前夜の寝不足が尾を引いていたのか、嘉子は旅の疲れからか、二人が目覚めたのは九時近くだった。洗面、化粧、着替えを終えて二人が食卓に着いたのは十時過ぎだった。食事を終え、一服したところで、

「朝昼兼用で、お昼はもういいわ」

と言ってから、嘉子はスーツケースからバッグを手に取ると、居住まいを正す格好で三宝の前に座った。

「これ」

と嘉子は更にバッグを開いて封筒のようなものを取り出し、三宝の前に置いた。

「正樹さんから言付かってきたの。開けてみて下さる?」

〝折り入っての話〟はこれだったかと思い至りながら、三宝はおずおずと封に指を入れた。二つ折りにした便箋が出てきた。中に一枚、見慣れない紙切れが挟まれている。

(小切手!?)

目に飛び込んだ活字に三宝は目を丸めた。

(五百万……!?)

数字にも驚いた。

「どういうことかしら？」

思わず嘉子を見上げ口走っていた。

「正樹さんの手紙を読んでみて」

嘉子が便箋を手で示した。三宝はおもむろに広げた。ボールペンで書かれた、達筆とは言えないが分かり易い文字を追った。


「元気かい？

長の無沙汰でご免よ。

このお金は、母の遺産の、三宝の取り分だ。遅ればせながら納めておいてくれ給え。

父の遺産はまだ整理がついていない。

改めて送るつもりだが、三宝に何か希望があれば言って欲しい。

正樹拝」

（あたしの希望？　どういうことかしら？）

希望などない、自分は中条正男の遺産を受ける資格などないのではないか――脳裏に浮かんだ正樹に三宝は返した。

「分かって頂けた？」

嘉子が促すように言った。三宝は便箋を畳んでテーブルに置いた。

「お姉さんは、あたしと佐倉先生とのこと、ご存じなんですか？」

嘉子の目が三宝の凝視を受けて一瞬泳いだ。

が、次の瞬間、毅然とした面持ちで嘉子は返した。

「ええ、知ってます。お母様がホスピスである時、直接お話して下さったの。夫や正樹さんに言うべきことだけど、今は言えない、十年、二十年して、もう時効だと思った時あなたから言ってもらったらいいと仰って。ご免なさい、時効じゃないけれど、言ってしまったわね」

「正樹さんも、じゃ、知ったんですよね？」

「いいえ」

またしても意外な返事に三宝は訝った。

「その点は、お母様との約束を守っているわ。ただ、正樹さんは、三宝さんの本当のお父さんは佐倉先生のような気がする、だから、セント・ヨハネ病院という願ってもない環境を捨てて奄美大島へ行ったんだと思うと、わたしに言ったことがあるの。三宝さんの目鼻立ちは、父のそれじゃない、佐倉先生にそっくりだと言って……」

「兄は、小さい時に母が自分を連れて何度か佐倉先生と何処かのお店に入って食事をしていた覚えがある、と言ってました。わざわざあたしを呼び出してそんなことを言いだすものだから、あたしはただただ驚いて兄の顔を見返すばかりでしたけど」

嘉子は小さく何度も頷いた。

「私も正樹さんからそんなことを聞かされました。あなたがこちらへ来てからよ。私は答えようがなくて黙って聞くばかりだったけど」

「お見せしたいものがあります」

三宝は座を外して嘉子に背を向け、隣の寝室の片隅に置いた小さな金庫からA４判の封筒を取り出して居間にとって返すと、封筒から一つの書類を取り出した。佐倉と自分が実の親子であることを証した「ＤＮＡ鑑定書」だ。

嘉子は手に取って食い入るようにそれを見つめた。

「正樹さんに、このことを話して下さってもいいです」

嘉子が顔を上げた。

「三宝さん、この証明書はあなたが申請して作ってもらったものなの？」

「いいえ、佐倉先生です。兄が疑っていた通りだと知って、心臓が口から飛び出すほどの衝撃を受け、暫くは何も手につきませんでした。佐倉周平という人が憎くて憎くて。最初に日記を読み終えた時は、母が一方的に佐倉先生を愛して、佐倉先生の方はほんの出来心で母と付き合っていたんじゃないかと思ったんです。あたしは二人が本当に愛し合って出来た子供ではなかったんじゃないかって。

それを確かめたくて、半年程して、思い切ってここに来ました。最初は母が手術を受けた秋田の病院を訪ねたんですけど、病院は診療所に変わっていて、佐倉先生はもうそこにいないと知り、お世話になった事務の方に佐倉先生の消息が知れたら教えて欲しいと頼んで帰ってきました。暫くしたら、佐倉先生は以前勤めておられた鉄心会病院が奄美大島の名瀬に新設した病院の院長になっておられますよとお手紙を下さって――。

佐倉先生に母の日記を見せました。でも佐倉先生は半信半疑でした。それで、あたしの髪を一本くれと言ったんです。何日かしてこの鑑定書が送られてきました。そして、あたしが来たいなら来てもいい、但し、自分は単身赴任だが妻子のある身だから職員の手前親子とは名乗れない、叔父と姪ということにして、住むところも別々でいいならと」

長舌に喉の渇きを覚えた。一方で、目頭に熱いものを覚え、涙声になった。笑んでごまかそうとしたが、不覚にも目尻から涙が溢れ出て、三宝は絶句した。

「よく分かったわ」

見かねたように嘉子が口を開いたが、嘉子の声も湿り気を帯びている。だが、構わず嘉子は言葉を継いだ。途切れ途切れに。

「お母様からあなたを身籠ったと告げられた時、佐倉先生は、半信半疑だったでしょうね。だって、お母様は人妻で、子持ちでもあったんですものね。でも、わたしにすべてを打ち明けられた時、お母様はこんなことも話して下さった。佐倉先生は、身籠ったままでいいから、夫や子供――正樹さんのことね――、二人を捨てて自分とどこかへ駆け落ちしようとまで言ってくれたのって。病気でやつれておられたけど、そう仰った時のお母様の顔は嬉しそうで、輝いておられた」

「そのこと、佐倉先生も話してくれました」

言うなり、目尻に溢れていたものが、一滴、また一滴、続いて止めようもなく頬に伝い流れた。

「そうなの？　だから三宝さんは相思相愛のご両親から生まれたのよ。ここへ来る決心が付いたのもそれででしょ？」

「はい……」

嘉子が三宝の手を両手で捉えた。

「よく聞かせて下さったわ。わたしは正樹さんの単なる使いのつもりだったけど、来た甲斐があった」

嘉子の目は潤んだままだ。三宝も涙を拭い切れないままの目で臆せず義姉を見返した。

「ですから、お義姉さん、兄には、この手紙に書いてくれたこと、あたしの希望は何もありませんと伝えて下さい。小切手は、父と相談して、返しなさいと言われたらお返しします。それまでは預からせてもらいますね」

「三宝さん、それは駄目よ」

捉えたままの両手に力を込めて嘉子が断乎《だんこ》たる調子で言った。

「佐倉先生に相談なさる必要などないわ。あなたはお母様の紛れもない実子なんだから、当然の権利として受け取らなきゃ駄目。そのことは正樹さんから呉々も言われてきたの。だから、目の前で開いて、三宝さんがちゃんと受け取って下さったことを確認してくるようにって言ったのよ。黙って渡したら、三宝のことだから送り返してくるかも知れないからって。冗談混じりに、できたら領収書を書いてもらってくるようにって。亡くなった義父の遺産の整理、本当は、ついているのよ。正樹さんのその手紙を見て、ああこの人は十中八九、三宝さんは佐倉先生の子だと確信しているんだなと思ったの。だから、言われるままに持ってきたのよ」

嘉子はもう一度両手に力を込めてからゆっくり三宝の手を解放した。

悲報

内地より一足早い梅雨入りが告げられて間もなく、佐倉の許に智念朝子から新たな手紙が届いた。前回の手紙に返事は送ったが、当たり障りのないことしか書けなかったことから消化不良気味でいた。今度は朗報だろうと期待して封を開いたが、すぐに気分が沈んだ。

手紙は、陽一郎の病状が思わしくないことを伝えていた。三枚目の便箋に移って目を疑った。何と、陽一郎は二クール目の抗癌剤の後も寛解期に入れないまま、一か八かの骨髄移植を受けた、朝子がドナーになったと書かれてある。更に驚いたことには、青木から再々陽一郎の病状打診の電話を受け、最後の手段として骨髄移植を主治医から提案された旨話すと、自分がドナーになりたいとの申し出を受けた、姉である私の方がいいと主治医の先生が仰っているのでと丁重にお断りしたが、青木先生の友情には陽一郎も感涙を禁じ得ないでいた等々綴られている。

青木からは一言もそんなことを聞かされていなかった。智念陽一郎に対する青木の並々ならぬ思い入れが偲ばれた。

骨髄移植の結果はまだ分からない、自分は何事もなく数日の入院で終わった、と手紙は続いている。陽一郎の正常白血球はゼロに近い状態から一千にまで回復しているが幼若細胞は消えていない、予断を許さない状況だと言われ、気が晴れない毎日です、と、最後は弱音めいた文句で締めくくられている。

今度の手紙にも、どう返したものか思案に暮れた。数日間入院したというから、一日くらいは尿道カテーテルを差し込まれて膀胱に留置されたに相違ない。朝子の〝聖域〟を目にしたのは無論同性の看護婦に相違ないが、それでも自分の手の届かぬところで前準備が為され、たとえ束の間でも自分がまだ目にしたことのない股間を朝子が他人の目にさらけ出したことが口惜しかった。麻酔のこと、術後の痛みの有無などにかこつけて、尿道カテーテルのことも問い質してみたい衝動に駆られた。同性の看護婦にでも挿入されるのを厭がって自らそれを尿道に差し込んだ石垣島出身の看護婦のことを引き合いに出してもいいかと思った。さすれば少しは便箋を埋められるかな、と。さもなければ、陽一郎の無事を祈ることくらいしか書けないような気がした。顔を見たい、会いたい思いは切実だが、東京に出かけて行く口実がない。離婚を急ぎたいが、品子は応じないだろう。とにかく離婚を承諾させたいということで、秀二が大学に入るまではという品子の提示した交換条件を呑んだ形になったが、何とかもう少し縮めたい、晴れて朝子に、自分はフリーの身であることを正々堂々と言ってのけられる日を早めたい——朝子の〝聖域〟を幻に描きながら、そんな思いに佐倉は胸を焦がした。

「智念先生、どうも思わしくないようですね」

梅雨が明け、夏空が広がった七月下旬の週の中日、手術を終えて控室で一服していた佐倉に、青木が入って来て話しかけた。

手術中は気が付かなかったが、マスクを取った顔は浮かぬ表情だ。

「何か、耳に入ったのかい？」

入ったとすれば智念朝子からに相違ない。

彼女が自分をさし置いて青木に弟の病状を伝えるはずはないから、青木から問い質しての情報だろう。

「折角お姉さんがドナーになって下さった骨髄移植も芳しい成果につながらなかったようです」

「どういうことかな？」

「正常白血球は多少増えたようですが、幼若細胞が一向に消えなくて、むしろ増えているとか……」

身を乗り出した佐倉に、青木も上体を屈めて顔を近付けた。

「朝子さんからの情報だね？」

「いえ、本人からです。ゆうべ、話が出来たんです。お姉さんにかけたんですが、たまたま病院に行っててらして、本人が話したいと言ってますからと仰って彼に代わってくれたんです」

「ほー、じゃ、一応元気ではいるんだな？」

「ええ、口内炎がひどいらしくて喋り難そうでしたが……」

抗癌剤の副作用で患者が訴えるのがまずこれだ。大学病院から自主退院した民宿の親父堀部が思い出された。食欲を奪われた上に、せめてもの栄養補給にとアイスクリームやプリンを女房は大学病院に持って来てくれるが、それさえ口に沁みて痛くてたまらない、抗癌剤は二度と厭だとごねて、もうそれしか打つ手がないよ、やらなければどんどん悪くなる一方だよと、何とか説き伏せようとする主治医を振り切って堀部は逃げるように家に帰ってきた。

自宅に戻った堀部を佐倉は月に一度は往診しているが、不思議に目立った病状の進展はない。むしろ、食事の摂取を妨げた口内炎もケナログ軟膏の塗布を十日余り続けさせたところで快癒し、食欲も増したと喜んでいる。「やっぱりウチが一番ですわ」

が往診の度の決まり文句だ。伝い歩きながら何とかトイレも自力で行けていると。

(こういう選択肢があってもいいな。肺癌の叶太一然りだ)

大学病院に行く前と打って変わって朗らかな堀部や叶を見て佐倉は自得する。

一方で、智念陽一郎に思いを馳せると気が塞ぐ。朝子からの骨髄移植も起死回生の一打とならなかったと知ってことさらに気持ちが萎《な》えた。

「やはり、寛解期に入らないまま敢行したからだろうな。骨髄移植が奏効しなかったということは」

朝子の手紙を思い返しながら佐倉は言った。

一週間も散々頭を悩ました末に、朝子の〝聖域〟にまつわる尿道カテーテルの留置云々などには触れず、自分の骨髄を提供した朝子の献身に深甚の敬意を表すること、ドナーのリスクも無きにしもあらずと聞いていたから案じていたが恙無く終わって安堵したこと、この上は陽一郎君が劇的な回復を遂げ、あなたから朗報がもたらされることをひたすら祈っていることなど、朝子への欲情を極力押し殺した手紙を返した。

(成功していたなら、疾《と》うに朗報はもたらされていたはずだ)

「そうですね」

青木の声も沈んだ。

「かなり高齢になってから白血病を発症する人もいて、抗癌剤も充分にやれない、必然寛解期になど到底達せられないわけですが、高齢者はわりかし進行が遅いようです。でも彼は若いですから、残った幼若細胞はどんどん増加していくでしょうね」

「抗癌剤や骨髄移植がじわっと効いてくるということはないか？」

「ええ、まず……」

姉の朝子への思い入れは自分の方が断然だが、弟陽一郎へのそれは青木の方が遥かに深いものがある。白血病について調べられるだけ調べている気配が読み取れる。自分の知らないことを青木は調べ尽くしていると思われる。それだけに、青木が大きく顎を落として悄然《しょうぜん》たる様を隠さないでいることに佐倉も一段と気が滅入った。

(座して死を待つしかないのか？)

危うく口にしかけた言葉を、青木の虚ろな顔を流し見やったまま呑み込んだ。

「朗報を待つ」などと書いたから朝子は自分に手紙を出せずにいるのだと思った。それならそれで納得だが、陽一郎がそういう状況では手紙を書き難い。電話もかけ難い。手と口の自由を奪われて抜き差しならぬ思いがした。

案の定、朝子からは手紙も電話もないまま日が過ぎて行った。

唯一の息抜きは、緊急手術に呼び出されない限り、日曜毎に三宝とホテルカサリザキで会うことだったが、テニスの方はさすがに炎暑の昼下がり時の時間をさけて夕刻、日没前に変更した。それも一時間に短縮した。

兄嫁の嘉子来訪と、嘉子が持ち来った小切手の一件は事後報告の形で三宝から聞いてどうしたものかと相談されたが、小切手については「有り難く頂戴しておいたらいいよ」と答えた。正樹の手紙の後半の文言については、嘉子に返した三宝の言葉を佐倉は褒めた。と、同時に、正樹は三宝が母親と佐倉との間の子であることをほぼ確信しており、その事実を認めるか否か、その答えは三宝自身に、否、この自分に下駄を預けたのだと思った。正樹にとっては紛れもない父親である正男の遺産分与を、三宝が、否、三宝が相談に及ぶであろう佐倉周平が受け取ることを拒むであろうと予測しながら正樹はあの一文を添えたのだ、と。

「それにしても、嘉子さんは大した人だ。志津さんとの約束を守り続けたんだものね」

嘉子が三宝を訪ねて来た翌日の昼下がり、

「これからお義姉さんを空港に送って行くんだけど、お父さんに一言なりご挨拶をと嘉子さんが言ってます。どうしたらいいかしら？」

と三宝から携帯に電話がかかった。瞬時ためらったが、自分に一言の挨拶もなく嘉子が帰ったとしたら、それも非常識、顰蹙《ひんしゅく》ものだと思わぬでもなかったから、ほっと安堵するものがあった。

「いいよ、じゃ、私が空港まで送って行こう。三宝とはそのままホテルカサリザキへ直行することにしよう。どんな話だったか聞きたいし」

今度は三宝の方が一瞬絶句したが、すぐに、「はい、じゃ、お願いします」と返ってきた。

嘉子と会うのは無論初めてだったが、一目見るなり好感を抱いた。決して美人ではないが、人柄の良さが顔全体から滲み出ている。この時点で佐倉はまだ、嘉子が自分と三宝の関係を知っていることにも、家族旅行か友人との旅のついでもなく単身で三宝を訪ねてきた理由についても思い及ばなかったから、三宝の上司ということで嘉子は一言挨拶をと申し出たのだと思っていた。屈託がなく、およそ構える風情もなかった嘉子の来訪の目的を後で三宝から聞き知って、改めて嘉子の衒《てら》いも気負いも感じさせない誠実な人柄が偲ばれた。

「志津さんが日記に書いていたね。嘉子さんは信頼できる人です、くれぐれも三宝のことを頼んでおきました、と。その通りの人だ。会わせてもらってよかったよ」

佐倉が続けた言葉に三宝は涙ぐんだ。


手を拱いたまま、悶々とした日が過ぎて行った。相変わらず佐倉は手紙も書けず、電話も、携帯を取り出して余程朝子にかけようかと思いながら結局はかけずじまいに終わった。

暑さが幾らか和らいだと思ったら、八月も終わりかけていた。智念陽一郎のその後の経過について青木から何らかの情報が伝えられるかと期待していたが、それもないままに日が過ぎて九月も中旬に入った。

たまりかねて佐倉は青木を部屋に呼んだ。

「それが、僕も気がかりで何度か電話をかけたんですが、お客様のご都合で電源を切っておりますのでかかりませんと返ってくるばかりなんですよ」

青木は白衣のポケットから携帯を取り出し、佐倉の目の前で智念陽一郎にかけて見せた。

「こんな調子です」

と青木は携帯を佐倉に差し出した。

青木の言った通りの事務的なアナウンスが女の声で流れた。

「フム、どういうことだろうね？」

携帯を戻しながら佐倉は青木の目を覗き込んだ。

「電話に出られないような事態が起きているとしか考えられませんね」

「そうだな」

佐倉は弱弱しく返した。

青木を帰してから、佐倉は自分の携帯を取り出し、朝子をコールした。青木の携帯と同じアナウンスが返ってくるかも知れないと案じたが、長いコール音が続いた後、

「只今電話に出ることが出来ません。お急ぎの方はご用件をお聞かせ下さい。後程連絡させて頂きます」と、紛れもない朝子の声で返ってきた。

「佐倉です。弟さんの容態は如何でしょう？　お暇な時、お聞かせ下されば幸いです。

た。

青木君も心配しています」

メッセージを入れて十分と経たず、テーブルに置いた携帯が鳴った。よもやと思ったが、朝子の声だ。驚きと懐かしさと、もう一つの感情が入り混じって胸をかき乱した。

「すみません、陽一郎の病室におりまして、今、デイルームに来たところです」

「青木君は弟さんの携帯に何度かかけたようだが、電源が切られて通じないと言うので、それならとあなたにかけたんです。何か、深刻な事態でも……？」

「そうなんです」

朝子が押し殺した声で返した。

「二週間程前に吐血をしまして、すぐに胃カメラで検査をしてもらったら、潰瘍が幾つも胃に出来ていて、すぐに輸血になりました。止血の処置をして下さって一旦は止まったのですが、二、三日してまた吐血して、下からもタール便が続いて、血圧も一時60にまで低下したのでＩＣＵに移され、輸血が続けられました。でも、昨日新たに吐血してショック状態となり、主治医からは、もう助けられない、覚悟をしておいてくれと言われました。

そんな訳で、朗報をお伝えできなくて、お手紙を書きたい、お声をお聞きしたいと思いながら、ご無沙汰の限りを尽くしてしまいました」

ゆっくりだが流れるような朝子の語りに鼓動が鎮まるのを覚えながら、一方で、これは大変な事態になったという思いが佐倉の胸を怪しく騒がせていた。

一週間後、外来に出ていた佐倉の携帯が鳴った。電話ではなくメールと知れたので、診察中の患者が退室したところで携帯を白衣から取り出した。ショートメールだ。送り主が朝子と知って厭な予感を覚えた。

果たせるかな、智念陽一郎が昨夜遅く亡くなったことを伝えていた。

「お世話になりました。青木先生にも宜しくお伝え下さい」

と結ばれている。水曜で、青木は加計呂麻に出張している。

半ば放心状態で以後の診療を終えると、いつもならそのまま食堂に降りるのを、自室に取って返して青木の携帯をコールした。

「先生、たった今僕も気付いたんです」

用件を告げるや、青木は即座に返した。

「智念先生のお姉さんから僕の携帯にもメールが入っていました。悔しいです」

青木は声を詰まらせた。自分宛のメールには青木に宜しくとあったが、陽一郎が格別親しくしていた青木には人伝《ひとづて》でなく伝えなければと朝子は思い直したのだろう。

「済まないが、智念君の通夜と葬儀の日時を朝子さんに聞いておいてくれないか。まさかこちらへ遺体を運ぶことはないと思うが……私の携帯にも入っていなかったからね」

半日経っているからその段取りはついているはずだが、何故朝子はそれを知らせてくれなかったのだろう、水臭いじゃないかと思った。いや、言いたかった。

「多分、明日がお通夜であさってが葬儀だと思いますが……」

「そうだな、友引に引っかからなければな」

「先生」

「うん？」

「僕、葬儀に出させてもらっていいですか？」

一瞬の間があって、気迫の籠った声が返った。

「勿論だ。私も行くよ」

遅まきの昼食を摂って部屋に戻ったところで携帯が鳴った。ひょっとして朝子からかと胸が躍ったが、青木からだった。

「あさってが友引だそうで、葬儀はしあさって、土曜になるそうです。それも、沖縄でされるそうです」

先刻とは打って変わって青木の声は弾んでいる。

「そうか、ご両親がおられるものな。じゃ、遺体は飛行機で運ぶんだね？」

あさっては金曜で青木の、翌土曜日は自分の外来登板日だ。二人で行くとなればこちらに帰るのは土曜の夕刻になるから午前の自分の外来と青木の病棟回診は、久松と沢田に穴埋めしてもらわねばならない——等々、食事しながらもあれやこれやの思惑が頭を駆けめぐっていた。朝子と二人だけになれる機会はあるだろうか、とも。

（やれやれ、とんだ、早とちりだ。考えてみれば郷里で通夜、葬儀を行うのが妥当な選択肢なのに、何故思いつかなかったのだろう？　両親のことを失念していたからだ。それと、遺体をこちらへ運ぶことなど思いつかなかったからだ。朝子は東京の人だとばかり思っていたこともある）

「それにしても、通夜と葬儀はどちらでするんだろうね？」

「御自宅でされるそうです。場所については追って連絡下さるそうです」

青木の回答に安堵して佐倉はソファーに背を投げ出した。

翌日の夕刻、手術を終えて自室へもどったところへ事務長の岡部《おかべ》が「ちょっと伺います」と電話をかけて来た。

「いやあ、驚きました」

入ってくるなり岡部は手にしていた紙切れを差し出して大仰に言った。

「智念先生、亡くなられたんですね？」

それには答えず、ソファーにかけるよう岡部に勧め、受け取ったＦＡＸに佐倉は目を凝らした。

差し出し人は智念朝子で、自分宛のものだ。通夜、葬儀の日時、自宅の所番地、空港からの行き方を示した簡単な地図が書き添えられている。

「青木先生始め、病院の皆様に宜しくお伝え下さいませ」

と、これも朝子の筆跡で末尾に記されている。

「これのコピーを取って、各部署に回してくれるか。それと、病院職員一同で花環と供花を」

「承知しました。それと、ですね」

岡部は立ち上がって佐倉が戻したFAXの一点を指さした。

「この〝付記〟ですがどうしたものでしょう？」

通夜、葬儀の日時の下に、やや小さめの活字で書かれてあるものを見逃したことに佐倉は気付いた。

「ご香典の儀はご辞退させて頂きます。もしお志を頂けますなら、故人が志しておりましたMSF（国境なき医師団）に些少《さしょう》なりとも浄財を賜れば幸いです」

(型破りだが、いかにも彼女らしいな)

「これは、どうしたら……？」

佐倉の独白をよそに岡部が首を傾げた。

「多分、受付に寄付箱を置くんだろう。香典を用意して行った者はそれを入れればいいし、要らないんだと思って手ぶらで行った者は有り合わせの小銭でも入れたらいいんじゃないかな」

「そうですか……しかし、沖縄となると、確か一日一便しか出ておりませんから一泊を余儀なくされるので、参列する者は余りないと思いますが……」

「うん、私と青木君は出るが、後は、手術室と婦人科外来にいたナース、精々数名かな？」

「私も参ります。ご一緒させて下さい」

岡部は弾んだ声で言った。

「智念先生は熊大のご出身だから、医局の先生方も何人か来られるでしょうし、ご挨拶する良い機会と思いますので……」

「そうだね、教授はさておき、少なくとも医局長あたりは来るだろうからね」

産婦人科医の派遣をお願いしに九州の大学病院を回って来たいんですが、と岡部が相談に来たのは、佐倉が着任して間もなくだ。前向きに考えてみるとの言質《げんち》は得たがいっかな朗報が返りませんと岡部が月々の責任者会議で声を落とすばかりだったが、一年近くも経ったある日、喜色満面で「ご報告したいことがあります」と院長室に飛び込んで来た。手に一枚の紙をひらひらさせて。智念陽一郎が送って来た履歴書のコピーだった。

夢想

長のご無沙汰、お許し下さい。

陽一郎の通夜、葬儀には青木先生や事務長様、また姪御さんの三宝さん始め陽一郎がお世話になった看護婦さんのご参列を頂き、故人も泉下でどんなにか喜んでいたかと存じます。有り難うございました。

三十五日の法会を終えた今以《もっ》て、いくら呼んでも弟の声が返らない現実を実感できないでおります。その思いは、私よりも両親の方が切実なものがあると思います。

弟は、私と違って、お盆と正月には必ず帰省して父の囲碁の相手をしていました。父はそれが唯一楽しみで、今年のお盆にも帰ってくると信じ切っていましたから、一向にその連絡がない、電話も通じない、病気で入院したが大したことはないと聞いていたのにどうしたことだ、まだ退院していないのかと私に打診して来ました。陽一郎の病気のこと、私は両親に本当のところを話しておりませんでした。正月には、私も帰省して、久し振りに親子四人団欒の時を持ち、およそ病気の影などない弟を見ていましたから、それから間もなく入院したこと自体、二人にとっては信じられない出来事だったようです。

白血病とはとても言えず、ちょっとした血液の病気ということで押し通しておりましたが、私が骨髄移植のドナーになると決意した段階で、さすがに隠し切れず、陽一郎から何の連絡もないがお盆には帰ってくるんだろうなと父に打診されていたこともあって、本当のことを話しました。ドナーのリスクもあると聞かされ、私自身がひょっとしたらひょっとするという事態になるかも知れない、と思ったからです。尤も、両親にはリスクのことは話しませんでした。輸血するようなもので心配は要らないとだけ話しました。

主治医から成功の見込みは二、三十パーセントと聞かされていましたが、両親には百パーセント近い確率で成功するから心配しないで、と申しました。

移植の結果はご存じの通りで、もう打つ手がないと宣告された時点で両親にその旨告げました。驚いた二人は鎌倉の病院まで飛んで来ました。先生と青木先生がお見舞い下さって間もなくのことで、変わり果てた息子の姿に二人は涙に暮れるばかりでした。そこで初めて私は陽一郎の病気が白血病という血液の癌で、原因として分かっているのは放射能くらいで、ほとんどは分からない恐ろしい病気であることを話しました。大病を患ったことがない二人には、理解し難いことであったと思われます。

通夜、葬儀の後、父母は口を揃えて言いました。陽一郎が生まれた時は、やっと授かった、これで跡取りが出来たと喜んだものだ、順調に育ち、医者になってくれた。後は気立ての良い健康な女性を嫁にもらって、自分達に孫を抱かせてくれたらもう言うことはないと話し合っていた矢先にこんなことになってしまった、子供はお前一人になった、これから結婚して子供を持つことは不可能だろうが、せめて息災でいて欲しい、我々より先に逝ってしまうような親不孝は許さない、ついては命を危険に晒すような今の仕事を辞めて欲しい、このままずっと内勤で日本に留まれるならいいが、またぞろ外国の紛争地へ出かけて行くなら、自分達は生きた心地がしない、お前に万が一のことがあったら、もう生きる張り合いがなくなってしまう——等々。

さては、こんな交換条件を父は持ち出して来ました。お前に感化されたのだろうが、院長さんの弔辞で、陽一郎もＭＳＦに入ろうとしていたことを知りショックを受けた、しかし、その志は果たせぬまま息子は逝ってしまった、どんなに悔しかっただろう、せめて、果たせなかったその夢の代償に、自分が死んだら息子に分与すべきであった遺産の一部をMSFに寄付させてもらいたい、家や土地は手放せないから、大した額ではないが、手許にある預貯金を崩してのことになる、その代わり、お前はもうきっぱりMSFから身を引いて、地元の病院か、陽一郎が世話になっていた奄美大島の病院で働くこと、院長先生は立派な方とお見受けしたし、参列して下さった病院の方々は皆さん陽一郎の為に涙を流して下さった、いい方達ばかりだ、奄美なら飛行機で一時間だから自分達も気安く行き来できる、是非そうしてくれないか、と。

ああ、どんなにその望みを叶えてあげたいと思ったことでしょう。何でもできる先生だと言って弟も深く尊敬申し上げていた院長先生の下で働かせて頂けたら、親を安心させると共に、弟の何よりの供養にもなると思いました。私の若い頃を髣髴とさせるような姪御さんや、弟と親しくして頂き、骨髄移植まで申し出て下さった青木先生もいらっしゃる奄美に、束の間お邪魔しただけですけれど、離れがたいものを覚えました。郷里と似た気候風土、先の大戦で沖縄のような戦火を浴びなかったからでしょうか、よりほんわかとしてゆったりしたものも覚えました。何より〝鬼手仏心〟の先生のお近くにいられるなら、きっと第二の故郷になるだろうな、とも思いました。

でも、ＭＳＦに入って十年、紛争地に赴くことも再々経験してきた私の脳裏に浮かび来るのは、彼の地で目にし、実際に触れた被災者達、わけても、偽政者の醜い争いのとばっちりを受けて手足を失い、或いは内臓を傷つけられ、血まみれになって運ばれて来た何の罪もない一般市民、故国を踏みにじられて難民となり、飢えと病気にさいなまれた人々の苦痛と哀しみに満ちた眼差し、一方で、劣悪な環境のさ中、呱呱の声を上げる吾が子の誕生に喜びの涙を流す女性達の顔、顔なのです。

内地勤務に戻ってそれなりに忙しく、矢のように日が過ぎて行く中で、何かしら満たされないものが胸をよぎっていました。今の仕事は、私が本職としてきた看護婦のそれではない、役所で言うなら総務か、人事課の職員がするようなもので、医療とはおよそ程遠い、これは天職ではないと囁く声が聴こえるのです。

そんな矢先に弟が斃《たお》れました。頭を使うばかりで身を粉にして働いていない、ぬくぬくとした環境に甘んじている身に鉄槌《てっつい》を下された思いでした。弟の無念の思いを晴らすには、両親には親不孝の限りを尽くすことになるけれど、再び紛争や災害の地に赴いて、傷つき病める人々の許に馳せることだとの思いを新たにしております。

先生は、日本の医療の改革を目指し、幾多の困難を乗り越えて数多くの病院を建てられ、僻地も僻地、離島の人々も内地の人達に劣らぬ医療を受けさせなければという理念の下、近代的な病院を数々建てて来られた徳岡鉄太郎先生の御本を読んで鉄心会に加わられたと伺いました。その徳岡先生が倒れられた今、先生のお立場はより重大なものとなり、鉄心会に無くてはならない方になっておられることと拝察いたします。

そんなお方だとわきまえながら、不遜にも私は、紛争の地でメスを揮っておられる先生と、そのお手伝いをしている自分をしばしば思い描いておりました。夢に見たこともございます。朝目覚め、ああ正夢であったらどんなにいいだろうかと思い、余韻に浸って暫し起き上がれなかったことも。お笑い下さいませ。

通夜、葬儀には思いがけず多くの方にご参列頂きましたが、中に一人、こちらも思いがけない人が来てくれました。陽一郎が思いを寄せ、求愛しながら、それを撥《は》ね除《の》けてMSFに加わり、かつての私のように専ら外国の紛争地で働いている女性です。MSFたまたま帰国していて本部に顔を出し、弟のことを聞き及んだとのことです。MSF日本支部の方々と共に来てくれ、お棺に花を入れてくれました。『ご免ね、陽一郎さん』と涙ながらに呟き、死者の冷たい頬を両手で撫でてくれました。ご免ねというのは、青木先生に言われて彼女に手紙の一つも書いてくれるよう頼んだのですが、忙しさに紛れて書けなかったことを詫びたのだと後で知りました。

報われなかった恋、果たせなかった夢——弟の短い人生は、思えば儚いものでしたが、真っ直ぐに生きてきたことで、こんなにも多くの方々に見送って頂けたのだと思います。

佐倉先生には、格別お世話になりました。改めて、厚く厚く御礼申し上げます。弟の死で先生との御縁まで無くなってしまったら悲しいです。時々、お便りさせて下さい。

かしこ
智念朝子

敬愛する
佐倉先生

一日千秋の思いで待ち焦がれた手紙だった。幾度か自分の方から書こうかと迷っていた。朝子の実家の佇まいや両親の印象、朝子が書いているように、予想以上の参列者の多さに驚いたこと、何よりも、陽一郎の死に顔の端整さに見惚れたことなど、書く素材は幾つもあると思った。

実家は平屋ながらいかにも旧家を思わせて八畳間が幾つもあり、襖を外してこしらえた広間は百名程の人を収容できた。しかし、参列者はその倍近くで、地元の人間の多くは遠慮して縁側を挟んだ庭に置かれた椅子に掛けて式次第を見守った。

地元の人間は故人の高校までの同級生や担任だった教師、朝子の看護学校時代や、十年間勤めた沖縄中部病院の同僚、それに近隣の者達で、ざっと五十名程はいた。遠方の参列者は自分達鉄心会病院のスタッフの他には陽一郎の母校熊大医学部の同期生、産婦人科の教授以下医局の面々、それに朝子が勤めるMSF日本支部のスタッフ等で七、八十名は数えるかと思った。実際、庭に張られたテント内の受付の記名簿は二冊用意され、各々数頁に及んでいた。

朝子は喪主の父親に代わって式を取り仕切っていたから、時々声を詰まらせる程度で気丈に振る舞っていた。佐倉はその凛《りん》とした佇まいを際立たせている喪服のスーツ姿にえも言われぬ清潔な色気を感じて心が乱れた。

朝子の粋な計らいにも感服した。いつの間に作り上げたのか、陽一郎の生い立ちをCDにまとめ、通夜の客に映写して見せた。ちゃんとテロップが入っており、いつい つ、どこで撮った写真か、説明なしでも分かるように作られていた。陽一郎の幼少期、両親や姉の朝子と写っているもの、小、中、高、大の入学時のそれは、学校の門前で撮ったもので、陽一郎の成長振りが一目瞭然だった。沖縄中部病院の玄関前で、白衣姿の朝子と学生服姿の陽一郎が並び立った写真もあった。その頃から朝子の美貌は辺りを払うものがあったと佐倉は感じた。

籍を置いた熊本大学病院産婦人科の教授を真ん中にした医局員全員の写真もあったが、陽一郎の美青年振りは一際目を引いた。

フィナーレは、小料理屋〝こころ〟の前で佐倉と三宝を挟んで朝子と陽一郎が両脇に立った写真で、これは店を出る時に陽一郎が持参のカメラを取り出して見送りに出た女将に撮らせたものだった。

「結局これが、生前の弟の最後の写真になりました」

と朝子は言って声を詰まらせた。

(智念君、この写真は後生大事に持っているよ。君はいいものを残してくれた)

佐倉は思わず遺影に語りかけた。自分ももらって写真立てに納め机に置いて毎日眺めていると、朝子が訪ねて来た翌週、ホテルカサリザキでのディナーの折に三宝は言った。佐倉は大里清子の葉書と共に机の引き出しにしまい込み、寝る前に取り出しては眺めていた。

「私もそうしようかな。同じ写真立てを買ってきてくれないか」

次の日曜日に、三宝は佐倉が頼んだものを持って来てくれた。

(まさか、これが遺影になるとはな)

葬儀から帰って机の前に落ち着き、死者と生者が並んでいる写真に見入りながら、佐倉は改めて人生の無常さを覚えた。


朝子の手紙は失望と同時に一抹の光明をもたらすものだった。

弟の死が、鎮まっていた彼女の心を再び燃え立たせ、遠く隔たった異国に駆り立てようとしている。そこは、手紙も出せない、電話も陸に通じない戦乱の地で、帰って来るまで生死の消息も摑めない所だ。

一筋の光は、弟の死が自分との縁の切れ目とは思わず、手紙も書くと言ってくれたことだ。

(それにしても迂闊だった。何故ここへ彼女を呼び寄せることを思いつかなかったのだろう?)

今の婦長は五十代後半、開院と同時に数名の部下と共に徳之島病院から派遣されてきた。彼女を押し退けて婦長に抜擢することは出来ないが、ナンバー2には就かせられたろう。

（愚図愚図していたら行ってしまう。駄目元で提案してみるか？）

佐倉はやおら引き出しから便箋を取り出した。

拝復

お便り有り難う。

沢山の人が来てくれましたね。陽一郎君はもとより、あなたの関係の方も大勢おられたようで、お二人の御仁徳の賜物と拝察しました。

御実家での通夜、葬儀は at home な感じがして温かみと親しみを感じました。

棺の小窓に見た陽一郎君の顔は、安らかで、眠っているかのようでした。あなたが刈ってあげた頭の所為か、悟り澄ました禅僧か、いつかその坐像を見た覚えのある唐の僧鑑真を髣髴とさせました。

そう、陽一郎君はどこか超俗的な雰囲気を漂わせていました。これからという壮年の盛りに逝ってしまったこと、惜しんでも余りあります。

世俗を超えたものと言えば朝子さん、あなたの裡にもそれを感じます。世の常の幸いを求めず、傷つき病める人々に献身して来られた半生を思う時、頭が下がります。しかし、これからの半生は、少しは自分の為、ひいてはご両親の為、更には、図らずも陽一郎君が取り持ってくれてご縁を得た私の為に時間と体を割いて下さったらと思います。

〝私の為〟とは、いみじくもあなたがお手紙で書いて下さった、ここ名瀬の鉄心会病院に来て下さることです。何故それをもっと早く思いつかなかったのかと、不覚の至りです。

ＭＳＦのお仕事を断念しろとは言いません。ここに勤めながら、国際協力の名目で一、二ヵ月出張できるよう便宜をはからいます。

徳岡先生は、国際医科大学の建設を目指しておられ、不肖私もその理念に共感共鳴し、実現の暁には協力を惜しまない覚悟でおりました。卒業生からは、どんどん海外に出てＭＳＦでボランティアとして働く者も出てくるでしょう。

あなたもたまたま目撃されたように、徳岡先生は志半ばで倒れられたが、体の自由を失っただけで、遠大な理想を描く頭脳の働きは冒されておらず、理念の追求が止むことはないでしょう。

ご両親は、陽一郎君がそろそろ結婚して子供を儲けることを期待していたとあなたは書いておられた。その望みが無残にも断たれた今、恃《たの》みはあなただけでしょう。郷里沖縄の病院に勤めてくれれば何よりだが、奄美の佐倉の所でもいいと言われた、そのお気持ちを汲んであげて頂きたい。

手紙は書くと言って下さったが、それに返事も書けないような戦乱の地へ行ってしまわれることは、耐え難いことです。

ここでペンが止まった。余程一気に、朝子を憎からず思っていることを告白し、後二年有余で自分は自由の身となること、その間妻とは没交渉で自分はただひたすらその時を待っていること、それは朝子が名瀬の病院に来てくれれば自《おの》ずとしれることで、そのためにも、身近なところで自分を見て欲しい、今の事務的な仕事に飽き足らないものを覚えているなら尚更で、オペ室の婦長として自分の手助けはもとより、三宝の指導もしてくれれば、紛争地のような煮えたぎる刺激には程遠いかも知れないがそれなりの働き甲斐は覚えてもらえる等々を書き連ねようかと思った。品子が署名捺印した誓約書のコピーを手紙に差し挟むことまで思い付き、実際、それを取り出して見直したりもした。

しかし、何かが思い留まらせた。一つには、オペ室の主任看護婦泉《いずみ》は朝子より年長であり、院長権限で朝子を彼女の上に据えれば看護部、分けても彼女と共に徳之島病院から来た看護婦長の反発を買うことになりかねないと懸念されたことだ。

こうも考えた。品子と別れるまでにはまだ二年有余ある、没交渉と言っても自分はまだ妻帯者の身だ。他の女に求婚すれば即不倫を働いたことになる。それを承知で朝子がすんなり求婚に応じてくれ、品子と別れる日まで待ちますと返してくれる保証はない。夢にまで見たと言ってくれた朝子の好意は感じるが、ひょっとしたらそれは自分の思い過ごしで、朝子は医者としての自分に好感を抱いてくれているだけで、異性としての感情は持ち合わせていないのかも知れない。夢の一件にしても、たとえば、「先生と結ばれた夢を見ました」とあって以下の文句に続いていたならば、話は別だ。朝子を抱きしめても拒まないだろうと確信し、迷うことなく突き進むだろう。

手が止まったまま、佐倉は朝子の手紙を取り出し、夢云々の数行を繰り返し読んだ。

挙句は、外科医としての自分に些かの敬意と憧れを抱いてくれている部分が八分、異性として自分を見ていてくれる部分は二分程度だ、と断じた。

急いては事を仕損じる、と自戒した。ここまで書いたことで自分が朝子と離れがたく思っている気持ちは充分伝わるはずだ。朝子がもし同じ思いならば、ＭＳＦとは一旦距離を置いて自分の求めに応じてくれるだろう。

佐倉はもう一度朝子と自分の手紙を読み返した。自分もあからさまに朝子への思いを筆に託してはいない。同様に、朝子も自分への思いを抑制しているのかも知れない。そうとすれば、紛争地に赴くことなく、自分の所へ来てくれるかも知れない、否、その可能性は半分はある、と思い直した。

弔い合戦

徒らに日が過ぎて行った。予期に反し、智念朝子からの返事はないまま年が明けた。自分の考えが甘かったか、やはり手紙の後半に書いてあったように、朝子の紛争地への思いこそが嘘偽りのない赤心からの吐露だったのだと佐倉は思い至った。

それにしても彼女は日本にいるのだろうか？　陽一郎が居ればいくらでも問い質すことが出来たがもはやそれは叶わず、さりとて、手紙も寄越さない朝子に電話をかけるのはためらわれた。

日中は仕事で気が紛れているが、家に帰ると気分が沈んだ。

平日の唯一の慰めは午後十一時からのＢＳ放送ＭＬＢダイジェストでドジャースに復帰した野茂の快投を見ることだったが、冬はシーズンオフでその楽しみもなくなった。

日曜毎の三宝とのテニスと終わってからの食事は続けていた。唐突に三宝を訪ねて来た嘉子からは、一週間程して長い手紙が送られてきたと三宝は告げた。どんな内容かと問い質すと、夫の正樹には本当のことを話した、正樹は格別驚いた様子もなく、

「でも三宝は僕の妹には変わりないから、何かあった時は力になりたい」とだけ言った由、だった。

「正樹君はいい人だが、私は彼に顔向けができないよ」

と佐倉は返した。中条志津の退院間際に秋田の病院へ父親と共に来た正樹の探るよ

うな目が思い出されていた。その疑心暗鬼からは解放されただろうが、紛れもなく母親と情を通じたと知れた男を息子としては許せるだろうか？　そう続けようとして、余りに生々しい会話になることを恐れた。実際、自分が返した一言に三宝は表情を曇らせた。自分が正樹と顔を合わせることはもう生涯無いと宣告したようなものだ。

「でも三宝は、会いたかったらいつでも正樹君に会いに行っていいんだよ。嘉子さんは言うに及ばずね」

三宝は頷いたが、一瞬目に悲しげな表情が浮かんだ。

お父さんの所に十年はいます——実の父と知った佐倉の許に馳せてきた時、三宝はこう断言した。出任せでも一時の衝動に駆られての咄嗟の言葉でもない、考え抜いた末の確固たる決意を秘めた言葉と素直に受け止めた。智念朝子に魅せられ、陽一郎の一途さにも惹かれていた趣きを感じさせた三宝が、二人の後を追ってＭＳＦで働きたいと言い出すのではないかと懸念したが、どうやら自分の思い過ごしだったようだ。それと思い至った時、十年は自分の許にいると言い切った以上、どんなことがあっても娘はその誓いを貫徹するに違いないと思った。

不憫だった。

「無理をしなくていいんだよ。厭になったらいつでも出て行っていい。男でも女でもついて行きたいと思う人があったら、行っていいんだよ」

そういいながら、〝十年の保証〟は担保を手にしたようなものだ、簡単に手放したくない、それが佐倉の本心だった。

三宝は微笑を返しただけだった。

賀状の配達もなくなった頃、思いがけず朝子から手紙が届いた。エアメールだった。震える手で開封した。

明けましておめでとうございます。

お変わりございませんか？

私は今、南インド洋に浮かぶ島国スリランカに来ています。北海道よりやや小さい国土に二千万人近い人が住んでいますが、二十年来の内戦で国土は荒れ、数万人の国内避難民を抱えています。シンハラ人率いる多数派の政府に、少数民族のタミル人が分離独立を要求して始まった戦いで、この反政府軍はいたいけない子供まで徴兵して戦乱に駆り立てているというので国際的な非難を浴びているようです。ＭＳＦもこれは見逃せないとして支援、ことに子供達の救助に当たっているのです。行方不明者もかなりいるようです。

前置きが長くなりました。ここまで書いただけで顔をしかめておられる先生が脳裏に浮かびます。奄美に来いと言ったのに、性懲りもなくまた紛争地へ行ってしまったのかと。

お手紙を頂いて、随分悩みました。両親も先生のお言葉に甘え名瀬の病院で働かせてもらいなさい、お前が海外へ出ていく度に、無事に戻って来るのかはらはらどきどきしながら待っているのはもうご免だ、十年もＭＳＦで働いたんだから、もういいではないか、と、暮れから正月にかけて帰省し、スリランカに行くことを告げた時、涙ながらに説得されました。

でも、来てしまいました。事前にお話すれば、両親と同じように、止めておきなさいと仰ることは目に見えていましたから、事後承諾でお許しを頂くことにし、お返事を差し上げないでいることに胸を痛めつつ、現地に着いてから、お詫びとお礼と、新年のご挨拶をまとめてお手紙に書こうと思い至った次第です。

スリランカへ行ってくれと言われたのは、お手紙を頂いて間もなくのことで、数日間思い悩んだ末に行くと決めてからは、あれこれ出発の準備やら、御承知頂いているので先生には欠礼いたしましたが、賀状に代わる喪中葉書を書くのにも追われ、気が付いたら年の瀬が迫っておりました。余程お電話を差し上げようかと思いましたが、お声を聞けば旅立つ決意が揺らぐような気がして、何度も携帯を取り出しては引っ込めていた次第です。お許しくださいませ。

先生のお手紙を頂き、相次いでスリランカへの出張を命じられてからは、体を二つに裂きたい思いでおりました。一つは先生の病院へ、一つはスリランカへ。でも、所詮叶わないことです。

私がＭＳＦに留まることを選んだのは、弟の弔い合戦――語弊があるかも知れませんが――をしたいとの思いが勝ったからでした。弟が息災でいて、その念願通り――御病院にはご迷惑をおかけすることになりますが――ＭＳＦの一員として紛争地に赴いたら、私はバトンタッチして引退してもいいかなと思っておりました。

でも、無情にも神様はそれを許してくれませんでした。陽一郎の無念の思いを晴らすためにも、お前はもう少しＭＳＦに留まれと、声なき声が囁いたのです。

折角のご好意に背くことになってしまいました。我がままをお許し下さい。

こちらにどれ程滞在するかは未定ですが、またお便りさせて頂きます。

姪御様、そして、弟が親友と呼んでいた青木先生にも宜しくお伝え下さい。

かしこ
智念朝子

敬愛する
佐倉先生

(また、敬愛する、か。紋切り型だな)

読み終えて佐倉は苦笑した。

(愛する周平様とでも書いてくれたらな。それに、自分の名前は朝子とだけ書いてあればな)

それならこれから暫く続く朝子との空白の歳月も慰められる、耐えられるのに、と思った。

胸に淀むものを覚えたまま、書棚から世界地図を取り出した。確か以前は〝セイロン島〟という名ではなかったかとおぼろげな記憶が蘇った。

（天国に一番近い島と言われたんじゃなかったか？いや、それはタヒチかフィジーだったか？）

何にしても、そこはインドの隣国で、オーストラリアに隣り合うニュージーランドのように世界各地から観光客が訪れる風光明媚で平和な島ではなかったのか？　それが今戦乱の地になっているとは！

見開いた頁に見出した小さな島と、対照的にその頁の大半を占める広大無辺なインド洋に見入りながら、いつか妻の品子にテニスプレーヤー佐藤次郎の悲話を語ったことが思い出されていた。

（俺もいつか死にたくなることがあるかも知れない）

次に朝子から手紙が来たのは、五月の半ばで、四月末の学会前に帰国していてくれたらとの期待は外れた。朝子に会う機会が得られない以上、上京する気にはなれなかった。去年は二度出かけてポイントを稼いでいる、一回飛ばしてもいいだろうと割り切った。

朝子の手紙は、佐倉を失望させた。無事帰って来たとの報告だったが、荷を解く間もなく次はアフガニスタンへ数ヵ月の予定で行ってくれとの要請が来た旨が綴られていた。

すぐにも上京する口実はないかと思い巡らしたが、何も思いつかない。用事はないが会いたいからそちらへ行くと言って、朝子から色好い返事が来るかは覚束なかった。出発の日は書かれていないが、一両日中にも旅立つかも知れない、それなら手紙は間に合わないと断じて、電話をかけた。無性に声を聞きたかった。

確約が欲しいと思った。春の学会は口実に出来なかったが、秋にはチャンスがある。学会は横浜のホテルが会場だが、自分は例の学士会館に泊まるつもりでいる。

「お電話を頂いてよかったです」

弾んだ声が返って安堵し、肩の力が抜けた。

「あさって、旅立ちますので……」

「よかった。手紙を書こうかと思ったんだが、ひょっとして間に合わないかもと思って……」

不覚にも携帯を持つ手が震えている。語尾を引いた声もかすかに震えているような気がして、佐倉は大きく肩で息をついた。

「そうですね、よかったです。先生はお変わりありませんか？」

柔らかく温かいものが胸に流れた。

「お蔭様で。でも、あなたの手紙でまたぞろ落ち着かなくなりそうだ」

「すみません」

笑いを含んだ声が返って佐倉は戸惑った。

「心からすまないとは思っていないよね」

「いえ、そんなことはありません。本当に体を二つに裂きたい思いです。先生のお声をお聞きしたら尚更……」

胸にもう一つ温かいものが流れた。

「でもあなたは行ってしまう。ＭＳＦの方が、私より引力が強いんだ」

言葉が返らない。図星だよね、と言い足そうとした時、声が返った。

「この前差し上げた手紙に書きましたよね？」

「うん……？」

「弟の無念の思いを晴らす為に今暫くＭＳＦに留まれという神様の声を聴いたって

……」

「ああ、しかし、それは神を装ったメフィストフェレスの声かも知れない」

「メフィストフェレス？」

「ドイツの文豪ゲーテが六十年かけて書き上げた『ファウスト』という作品に出てくる悪魔なんだが……ご免、気を悪くしないで欲しい。だって、スリランカはともかく、アフガニスタンと言えば、アメリカの世界貿易センタービルに飛行機で突っ込んだタリバンの根城でしょ？　頭目はウサマ・ビンラディンといったっけ？」

「ええ、彼は死んでタリバン政権は崩壊しましたけど……」

「でも、残党は生き残ってゲリラ戦を続けているよね。報復を虎視眈々狙っている。資金稼ぎにジャーナリストなんかを誘拐して身代金を要求している。ＭＳＦの人達も恰好の標的にされるんじゃないかと心配で……」

「その点は大丈夫かと思います。わたし達は政治的にはあくまで中立の立場で人命救助に当たっているのだということを、政府指導者や紛争当事者にアピールしておりますから。それに、医療従事者はわたし達ばかりでなく、国際赤十字はもとより、各種ＮＰＯの人達も来ていて互いに連絡を取り合っていますので」

「それは分かっているが、何事も絶対ということはないからね」

瞬時言葉が返らない。言い足そうとした時、

「はい……」

と小さく朝子は返した。

「本当に、絶対ということはありませんね。弟の死でそれを思い知りました。九つも年下ですし、絶対にわたしより長生きすると思ってましたのに、あんなことになってしまって……」

声が詰まった。待つべきか、何かこちらから言うべきかと迷ったが、気丈にも朝子は続けた。

「わたしが紛争地へもう一度行こうと思い立ったのには、他にも理由があるんです」

「他にも？　何かな？」

「弟を、連れて行ってやりたいのです」

一瞬言葉を途切らせ、ためらいを見せてから、思い切った風に朝子は続けた。佐倉の頭は混乱した。

「だって、弟さんは――」

「ええ」

その疑問は予期していたとばかりすかさず朝子は返した。

「生身の本人はもう連れて行くことは出来ませんから、せめてお骨を、行きたかったであろう異国の地に持って行って埋めてあげようと思ったのです。スリランカにも一部を埋めて来ました。今度も持って行くつもりです」

「お骨を全部、向こうの地へ……？」

「いえ、ほんの一部です。小さく砕いて、ほとんど粉状にして持って行きます。そんなことを思いついたのは、実は青木先生のお蔭なんです」

「青木君の……？」

「はい。葬儀に来て下さった時、火葬場に向かう前、青木先生はそっとわたしに話して下さったんです。何でも、ずっと思いを寄せていた女性が乳癌で早くに亡くなってしまった、せめてもの供養に、彼女のお骨の一部を貰い受けて、奄美大島の海に散骨したそうなんです。だから、陽一郎君のお骨の一部なりお姉さんが派遣される所へ連れて行ってあげたらどうでしょう、彼はきっと喜びますよって。目から鱗の思いでした。何故自分は気が付かなかったんだろうって、忸怩たる思いでした」

(青木は余計なことを!)

と佐倉は胸の内で吐いた。

「それだったら、お先に行って待ってますとか言った、陽一郎君が思いを寄せていた女性が葬儀に来てたじゃないですか。彼女に頼めばよかったんじゃないかな」

「お願いしました、その方にも」

即答が返った。

「えっ……!?」

「お棺の陽一郎の顔を撫でて、ご免ね、と言ってくれたので、彼女も弟を憎からず思っていてくれた、陽一郎が来るのを本当に待っていてくれたんだと思って……火葬場まで一緒に来てくれましたから、思い切って頼んでみたのです。わたしはわたしで持って行きますと言ったら、自分も是非そうさせてもらいますと、快く引き受けてくれました。本当に青木先生のお蔭です」

(とても純粋な、いい方だ、と思ってます)

いつだったか青木との関係を問い詰めた時三宝が返した言葉が佐倉の脳裏に蘇った。

(全くだ。純粋すぎるよ、君は)

「実は――」

佐倉の独白をよそに朝子が続けた。

「青木先生も弟の骨の一部を所望されて、持ち帰られたんです。思いを寄せた方のそれのように、奄美の海に散骨して下さるのかどうか、何も仰いませんでしたが」

（いつの間に？）

自分も焼却炉から出て来た陽一郎の骨を壺に入れる手伝いをした。青木が自分に続いて箸を手にしたのを見たが、朝子に何か話しかけている気配はなかった。待機室で待っている間に交渉したのか？

「まさか、青木君までＭＳＦに入りたいとは言わないだろうね？」

朝子に問いかけるのもピント外れだと思いながら、自分のことなど眼中にないかのように青木は陽一郎と親密にしていると言った三宝の言葉や、通夜でも葬儀でも泣きの涙で話しかけるのもためらわれた青木の悲痛な顔が思い出され、ひょっとしてとの疑念に駆られた。

「青木先生は名瀬の病院で大事な方ですもの、それはないと思います」

「そうかな？　あなたじゃないが、陽一郎君の弔い合戦をしたいなんて思ってるかも知れない」

「それこそ、まさか、ですわ」

笑いを含んだ声が返った。

朝子はあっさり否定したが、佐倉の予感の方が当たった。

盆休みをそれぞれに取り終えて九月に入ったある日、手術を終えて控室に戻った佐倉を追いかけるように青木が入ってきて、

「後でちょっとお部屋に伺って宜しいでしょうか？」

と何やら思い詰めた目で言った。奄美に来て二例目の食道癌の手術をやり遂げて達成感をかみしめていたところだったから、もう十時近くになっていたが、「ああ、いいよ」と機嫌よく返した。

ＩＣＵに戻った患者を診に行って部屋に戻ると、青木がドアの前で待ち構えていた。

「お疲れ様でした」

部屋に誘い入れると、相対するなり青木は言った。前に立ち続けていた青木も結構疲れているはずだが、若いだけに大した疲労の色は見られない。

「うん、この次は君に執刀してもらうよ」

　今日の食道癌は今井のそれより難物だった。径も十センチ程でひょっとしたら後縦隔から遊離できないかもと危惧されたが、両手の指が癌の後ろで触れ合った。つまり、癌は食道壁を貫いて後縦隔にまでは浸潤していなかった。それを確認して勝算が立ったところで青木に探らせた。取れそうかどうかと。

　佐倉の手つきを真似て青木は両手を食道の裏に回した。ものの一分程も探っていたが、「取れる、と思います」と言った。久松と沢田にも探らせたが、二人は首を傾げて互いを見合った。

（この二人はまだまだ、精々代用食道を作るまでだ。やはり、関東医科大消化器病センターで修業した青木とは違うな）

　同センターの修練士は六年制で、胃の全摘を無難にやってのけられれば合格と聞いていたから、食道癌の手術の執刀まではさすがにさせてもらえなかっただろうが、助手に付いたことは何度もあっただろう。久松と沢田が青木のレベルに達するまでには二、三年はかかるだろうと思われた。と、同時に、食道癌や肝臓癌など長時間を要する手術を手がけるようになると、青木が居てくれてよかった、当麻の所へ返さなかったのは正解だった、と佐倉は思ったものだ。

「有り難うございます」

青木は素直に頭を下げた。だが、緩めた表情にどことなくぎこちないものを感じて佐倉は訝った。

(まさか、三宝のことを言いだすのではないだろうな?)

青木が毅然として頭を上げた。

「嬉しいお言葉を頂いた後で申し上げ難いんですが……」

「うん……?」

(やはり、三宝のことか?)

リラックスした気分が緊張に取って代わった。青木は唇をかみしめ直した。

「三ヵ月間程、休暇を頂きたいんですが、駄目でしょうか?」

(三宝のことではなくてやれやれだが……)

「出し抜けに、一体、何だね?」

「MSFでいっときでも働きたいんです」

智念朝子との電話でのやりとりが思い出された。あの時ちらと閃いた懸念を、そっくりそのまま青木は口にしている。朝子があっさり否定したことを。

「智念先生が果たせなかった夢を、代わりに叶えてあげたい——と言うより、僕自身、彼がそれ程憧れたMSFがどんなものか、この目で見、体験してみたいんです」

「君は、智念君のお骨を分けてもらったそうだね？」

「あ、はい……」

「それは、どうしたの？　好きだった女性のお骨のように、こちらの海に散骨したのかい？」

「先生は、どうしてそのことを……？」

「三宝から聞いたよ。三宝はそんな君の純情さに心打たれたようだが……」

青木の思い詰めた表情が和らいだ。

「まだ持っています。MSFから派遣される地に埋めてあげたいと思って」

「それだったら、君がしなくても、陽一郎君の姉さんや、彼が思いを寄せていたMSFの看護婦が疾うに紛争地へ行って現地に彼のお骨を埋めているよ」

「それは、分かってます。でも、僕は僕なりに、そうしたいんです。だって彼は、MSFで即戦力になる医者になりたいと、必死で勉強していましたし、そういう彼が僕は大好きでしたから」

「君はその意向をMSFの本部に伝えたのかい？」

「はい、まずインターネットで、短期間だが働きたい旨申し込みました。それなら一度面接をということで、夏休みに上京して受けてきました。英会話のテストも受けて、合格をもらいました。スタンバイの状況です」

「そのことを智念君の姉さんは知ってるのかい？」

「いいえ、ご存じないと思います。僕が独断で決めたことですから」

羨ましいとも妬ましいとも思った。叶うことなら自分も朝子の後を追いたい。但し、彼女の赴いたアフガニスタンでなければ困る。青木はどうなのか？　智念朝子と同じ地に赴きたいと希望したのだろうか？

「もし行くとなったらどこへ行くか、決まっているのかい？」

「いえ、それはまだ。行けると決まった段階でどこどこへと指定されるようです。手薄な所へ行ってもらうことになると言われました」

「智念君の姉さんが行ったアフガニスタンを所望しなかったのかい？」

「ええ、特には。受け入れられるかどうか分かりませんし。たまたまご一緒出来れば心強いですが……」

「分かったよ。いいだろう。但し、三ヵ月以上は駄目だよ。それと、その間の給料はお預けになる。ＭＳＦでも多少なり出るだろうからね」

「はい。ボランティアのつもりで行きます。ご迷惑をかけますが、宜しくお願いします」

青木は晴れやかな笑顔を見せて深深と一礼した。

疑心暗鬼

師走に入ってクリスマスも近付いた頃、青木は無事に戻って来た。

派遣されたのはパレスチナ自治区のガザ地区で、「カルチャーショックを受けました」と開口一番言った。

「ホロコーストに対するユダヤ人の怨念にはすさまじいものがありますね。それに、やっとイスラエルという自分達の国を持てた、何が何でもこれを死守する、そのためには暴力も辞さないという姿勢ですね」

興奮気味に青木は喋り続けた。

(一回り大きくなったな)

と佐倉は思った。

青木の話は、随分昔に見た『栄光への脱出』という映画を思い出させた。タイトルに惹かれた覚えがある。碧眼で眼光炯々たる主演のポール・ニューマンの迫力にも圧倒された。内容はおぼろげになっているが、イスラエル建国を目指すユダヤ人の熱い戦いの物語だった。

「イスラエルは、第二次大戦後まもなく建国されたんだよね？」

「はい、一九四八年です。その時点でパレスチナに住んでいたアラブ系住民七、八十万人がガザ地区に追いやられて難民化したそうです」

事前か、現地へ行って知ったのか、青木は明快に答えた。

「今でもそうなのかい？」

「はい。ガザは完全にイスラエル軍によって包囲監視され、出入りは検問所で厳重にチェックされ、ガザのパレスチナ人はまず外に出られないそうで、そのためガザは

〝世界一巨大な監獄〟と称されているとか。僕らＭＳＦのスタッフは五名程でしたが、入念にチェックされました。女性の検察官でしたが、険しい顔で終始威圧的な物腰で持ち物を調べ、ガザに入る目的を詰問してきました」

「実際、中は監獄みたいだったのかい？」

「それが、両側を鉄製の金網で囲まれたトンネルさながらの通路を長いこと歩かされ、出口があるのかと不安になりましたが、急に視野が開けたと思ったら、まるで小さな都会のような景色が広がっていました。商店街さながら、車も行き交い、人々は何事もなげに歩いており、我々を見てにっこり会釈もしてくれるのです。平和そのものじゃないか、こんな所に僕の働き場所があるのか、自分は新人だから観光がてらに行って来いという感じでより安全な地に派遣されたんだろうかと、拍子抜けの感じでした。

ＭＳＦのオフィスはガザの中心部にあり簡素な建物でしたが、あてがわれた宿舎は、見た目古そうですが四階建てで各フロアは広く、明るくて、気が晴れる思いでした。ベランダもあって、籐《とう》の椅子やテーブルが置かれてあり、お喋りや読書にもってこいの風情でした」

「まるでリゾートじゃないか」

「ええ、本当に。ＭＳＦのクリニックまでの道すがらも、テレビで見るヨーロッパの観光地さながらで、一体どこに僕らの助けを必要とする怪我人や病人がいるのかと戸惑うばかりでした。

でも、北部と南部に二つあるクリニックに着いて驚きました。患者でごった返していたのです。何でも数日前にイスラエル軍の空爆があり、それで重軽傷を負った人達でした。女性は料理中に家を破壊されたための熱傷患者が多く、男性は戸外で銃弾を浴びての貫通創や挫創が専らで、ツーリスト気分は忽ち吹き飛び、ああやはりここは紛争地なのだと認識を新たにさせられました」

青木の話に乗せられながら、スーダンからくれた智念朝子の最初の手紙を佐倉は思い起こしていた。一枚一枚の便箋から、今青木が語り聞かせてくれているように朝子の肉声が聞こえてくるように思ったものだ。

青木は帰ったが、朝子はまだ帰国していない。長すぎる。

(アフガニスタンへは数ヵ月の予定と言っていたから年内に帰ってくるはずだが)

戻れば電話なり手紙なりをくれるはずだった。もう半年以上になる。帰国が大幅に遅れている理由を知りたかった。

無事帰って来た暁には、電話や手紙では物足りない、青木のように、自分の傍らに座って、現地での状況や、どのように過ごしていたかを、つぶさに語り聞かせて欲しい、と思った。そのために朝子がこちらへ出向いてくれることはないだろうから、〝ついで〟の口実はなくても自分の方から朝子を訪ねて行こう……青木の語りに耳を傾けながら、佐倉はいつしか朝子の面影を求めていた。

朝子から手紙が届いたのは、年が明け一月も終わりかけていた頃だった。いい加減しびれを切らし、駄目元で電話の一つもかけようとしていた矢先だった。

「思いの外長い滞在になってしまいました」

と書き出されていた。

「一週間前に帰ってきましたが、気の緩みと東京の寒さからか風邪を引いてしまい、二、三日寝込んでしまいました。昨日やっと起き出し、今日は普通に戻っています。

三キロ程体重が落ちて頬が痩《こ》けてしまったので、郷里に帰って少しのんびりし、栄養をつけて戻って来ようと思っています。

先生はお変わりございませんか？　春は学会シーズンと伺いました。上京される御予定はございますか？　おいでになられるようでしたら、是非御一報下さい。尤も、また新たに派遣の要請が来て日本を離れることになるかも知れませんが……。

病み上がりで指先に力が入らずペンが続きませんので、今日は無事帰ってきたことのご報告に留めさせて頂きます」

便箋はほんの二枚で呆気なかった。物足りなさといたたまれぬ思いに駆られて、読み終わるや、佐倉は携帯電話を取り出した。

手紙の日付から三日経っている。風邪は回復しているだろうが、ひょっとしたら朝子はもう東京にいないかも知れない。沖縄の実家に戻っているかもと思いながらコール音が止むのをどきどきしながら待った。

気が遠くなるほど長いコール音が続き、今にも留守番電話に切り換わるのではと案じた矢先、朝子の声が聴こえた。

「すみません、今空港でチェックイン中でした」

急いた声だが、陰りはない。大いなる安堵と共に熱いものが佐倉の胸にこみ上げた。

「えっ、ひょっとして羽田？」

「はい。沖縄に着いたらお電話します」

やはり上擦っているが、先程よりは落ち着いた声だ。改札を出て機内に向かっているのだろう。

「元気になったんだね？」

こちらの声も上擦った。

「お蔭様で。先生もお元気ですね？」

「何とか……あなたの顔を見ればもっと元気になるが……」

「有り難うございます。では、後ほど……」

一方的に電話は切れた。暫く携帯電話を握ったまま、佐倉は茫然と虚空を見つめていた。

「四月の学会までは待てない。あなたもまた日本にいなくなるかも知れないと言うし……。沖縄の帰りにこちらへ寄れませんか？　何なら私がそちらへ行ってもいい」

二時間後、那覇空港に少し前に着いたという朝子から電話がかかった時、佐倉は堰を切ったようにこう畳みかけた。

沈黙か、ためらいの言葉が返るかと思いきや、意外にも明るい声が返った。

「以心伝心ですね。出発前から、わたしもそのつもりでおりました。青木先生のお話も伺いたいと思いましたし……」

最後の一言は余分だと思った。自分にこそ会いたいと言って欲しかった。が、すぐに思い直した。青木にも会いたいからという口実は、学会のついでがあるから朝子に会うために上京するという自分のそれよりもスマートで自然なものだ、と。

(朝子と差しになれば、俺は何を言い出すか知れないしな。下手をすれば抱きしめるかも。そこで拒絶に遭えば元も子も無くなる)

十日程後の週末、朝子は約束通り奄美大島へ来たが、留まったのはほんの一時間少々で、佐倉は青木を伴って空港へ朝子を迎えに行き、ホテルカサリザキのラウンジでコーヒーを飲みながらの会話となった。

前々日、土曜日の午後に伺いたいが先生方のご都合は？　と佐倉に電話が入った。

(先生方か。俺の都合じゃなく、青木を含めてのことだな)

朝子の言い回しに引っかかりながら、一応青木に問い質してからＯＫの旨返事をした。

青木には、夜に〝こころ〟で一献傾けることになるだろうと言ったが、朝子の意外な返事に佐倉は肩を落とした。奄美には二時前に着くが、二時間後にそのまま東京行きの便に乗る。名瀬まで行っていたらお話をする時間がなくなるので、空港かどこか近くのカフェででもお会いできたらと思う、申し訳ないが空港まで出向いて頂けるだろうか、と朝子は言ったのだ。

「慌ただしいな。一泊ぐらいされたらいいのに」

失望の余り咎める口調になった。

「ええ、でも、もう弟のアパートに泊まるわけにもいきませんし」

(そうか！　気が付かなかった)

陽一郎が起居していたアパートは病院専有の医師住宅で、病院がオーナーに家賃を支払っている。陽一郎に代わる医者がすぐに来てくれればキープしておくが、当分その見込みが立たないとみなされた段階で解約している。

「泊まる所は他に幾らでもあるんだが。姪のアパートでもいいし……」

(何なら自分の所でもいい、ああ、俺の家に泊まってくれたらどんなにか甘美な夜を過ごせるだろう！)

これは独白に留めて佐倉は返した。

「有り難うございます。でもそれでは余りに厚かまし過ぎますから」

朝子の返事が佐倉の夢想を吹き消した。

「だったら、民宿でもホテルでも……。姪っ子もあなたとゆっくり話したがっているようだし……」

「姪っ子も」と言うところで危うく「娘も」と言いかけて肝を冷やした。

「でももう航空チケットを購入してしまいましたし、今回はわたしの我がままをお許し下さい。この次は是非そうさせてもらいます」

「きっとですよ」

「はい」

ここはもう引き下がるしかないと佐倉は諦めた。


〝こころ〟で一献傾けるようだったら三宝を誘うつもりでいたが、その選択肢が消えて、青木だけを伴って行くことにしたのだった。

機はカナダのボンバルディア社製造の五十人乗りのプロペラ機だが、降りてくる乗客はほんの二、三十人だった。

　朝子は臙脂色のブラウスにクリーム色のスラックス姿で、十人程の女性客の中では断トツ目立って垢ぬけていた。

　三キロも体重が落ちて頬が痩けたと書いていたが、およそそんな風には見えなかった。果たせるかな、ホテルのラウンジに落ち着いたところで、

「全然痩せたようには見えないが……」

　と水を向けると、

「帰省中にまた取り戻しました」

　と朝子は頬を抓《つね》って見せた。

「帰って来た時はこんな風に抓れなかったんですよ。青木先生はどうでした？」

「僕も二、三キロ落ちました。ほとんど一日二食だったので」

「確かに、帰って来た時、顎が尖っていたよな。癌でも出来たんじゃないかと思ったよ」

「えっ、本当にそう思われたんですか？」

「だって、三ヵ月で三キロ痩せるのは糖尿病か癌くらいしかないもの」

「そうですね。でも僕も元に戻りました」

「ほんと、陽一郎の葬儀に来て下さった時と変わりありませんよ」

朝子が青木の顔を繁々《しげしげ》と見て言った。

以後の話題は朝子が八ヵ月間も滞在することになったアフガニスタンと、青木の赴いたパレスチナ自治区のガザに終始し、佐倉は専ら聞き役に回った。一時間余はあっという間に過ぎた。

朝子は爽やかな笑顔を残して空港の搭乗口に消えたが、佐倉の胸には満たされぬものが残った。


朝子は佐倉の期待を裏切り続けた。具体的なポストは提示しなかったが、名瀬の病院へ招聘したい自分の気持ちは充分に伝えたはずだ。しかし、帰国して実家に帰る前の手紙には、またぞろ海外に出掛けていくかも知れないと、徒《ただ》ならぬことが書いてあった。それはつまり、自分のみならず両親ももういい加減日本に腰を落ち着けることを願っているのに、朝子は尚もＭＳＦに留まり、要請があれば海外の紛争地へ出て行くつもりなのか、名瀬での再会時にはそれを改めて問い質したいと思いながら、その時間を朝子は与えてくれなかった。

東京にどうしてもあの日帰らなければならない用事が待っているとは思えなかった。一便しかないが、翌日の便にしたところでどうということはなかったはずだ。陽一郎の寓居はなくなったが、泊まる所は幾らもあったはずだ。

(面と向かって俺の提案にノーと言うのを避けたいからその日に帰る手だてを仕組んだのではないか？　青木の同席を求めたのも、俺にその話題を引き出すゆとりを与えまいとの算段からではなかったのか？　上京した折は是非声をかけてくれとか、以心伝心とか、人の心をくすぐる言葉を書いたり吐いたりしながら、俺の懐に飛び込んでくる気はさらさらないのだ)

青木も冗舌だったが朝子も間断なく喋り、自分が口を差し挟むゆとりがほとんどなかったホテルカサリザキでの束の間の面会を思い出す度佐倉は歯ぎしりした。

当分自分からは手紙を書くまい、電話もすまいと拗《す》ねた気分のまま日が経って行った。一方で病院から帰宅する度、朝子からの手紙が入っていないか胸騒ぎを覚えながらポストをのぞく自分を佐倉は憐れんだ。

気が遠くなるような長い日が続いたと思ったが、その実、ほんの十日しか経っていない週の中日、帰宅した佐倉は覚えのある筆跡の封書を見出し、久々に胸のときめきを覚えながら裏を返した。

紛れもない朝子からのものだった。部屋に入ってリビングのテーブルに置くと、洗面所でゆっくり口を漱《すす》ぎ、うがいをし、顔を洗ってからおもむろにソファーにかけ、封を開いた。

長い手紙ではなかった。

「先生の折角のご好意にもかかわらず足早に東京へ戻ってしまったこと、申し訳なく思っております。後悔もしております。ご好意に甘え、一日便を遅らせば、三宝さんともゆっくりお話できたのにと」

(本当にそう思っているのか?)

書き出しの件に佐倉は毒づいた。

(単なる社交辞令じゃないのか?)

「わたしや青木先生の一方的な話にお気を悪くされたのではと案じております。わたしが早くMSFから足を洗うことを願っておられる先生には、不愉快なお時間ではなかったかと。

実は実家には、日頃心配ばかりかけている親不孝の償いにもう少し長く滞在するつもりでしたが、両親から代わる代わる毎日のように、もういい加減MSFを辞めないか、いつまで続けるつもりなのかと責め立てられ、居心地が悪くなって退散して来た次第です。

こう申し上げればお分かり頂けると思いますが、わたしの中でまだ気持ちは固まっておらず、結論を出せない状態のまま、お手紙に書いて下さったようなお誘いを先生から受けたら殊更に苦しくなるばかりと思い、お顔だけ拝見したらすぐにお暇するつもりでした。

でも、お会いしたら、お懐かしくて心震え、もっともっとお話したい思いでいました」

ここまで読んできて気持ちが幾らか和らいだ。

最後の一枚になった。

「こちらに戻って来てまた一日の多くを事務や会議に費やす生活になりましたが、やはり何かしら満たされぬものを覚えています。体は楽なのですが、心に隙間風が吹くのです。

弟のお骨の一部はアフガンの地に埋めてきましたが、まだ手許に残っています。要請があれば、先生にも親にも目を剝かれるでしょうが、また出かけて行くことになりそうです。お許し下さい。

四月には学会で上京されますでしょうか？　日本におりましたら、是非お目に掛かりたく存じます。御一報下さい。

かしこ
智念朝子

お慕い申し上げる
佐倉周平先生

気分がアップダウンした。いや逆だ。落とされ続け、最後の二、三行で浮揚した。

(それにしても相変わらずフルネームか。紋切り型の〝敬愛する〟が〝お慕い申し上げる〟に変わったことは評価するが)

朝子の真意を測りかねた。最近三宝に「何かいい本ない？」と聞かれてテニスの帰りに手渡した夏目漱石の『三四郎』が思い出された。

（三四郎にさんざ気を持たせて結局は他の男に嫁いでしまった美禰子のようなことはないだろうな？　俺が晴れて自由の身となるまで、あなたは待っていてくれるかい？）

摑み様のない朝子の幻影に、佐倉は狂おしい息を吹きかけた。

四月になった。学会の直前に電話を入れたが朝子は東京にいなかった。その前に返した手紙には、学会の日時と、去年はサボったから今年は行かなければならない、是非一献傾けたい旨書き記したが、何の返事もないまま日が過ぎて行った挙句だった。

悶々たる思いで学会には出たが、東京に滞在中携帯が鳴ることもなかった。

奄美大島に帰ってから数日後にエアメールの絵葉書が届いた。朝子が葉書を寄越すのは初めてだった。

再びスーダンに来ています。急な用命で出発の準備にバタバタし、ご連絡できませんでした。

学会でご上京の折はお会いできるのを楽しみにしていましたのに、また不義理を働いてしまいました。すみません。
今度の出張は一応三ヵ月程と聞いていますが、いつもながら予定は未定です。
またお便りさせて頂きます。
朝子

憮然たる思いだったが、終わりに名前だけ小さく記されているのを見出し、佐倉の胸に僅かな明かりが点った。

異変

三ヵ月で帰る予定だった朝子が帰国したのは、常夏の奄美大島でも涼しくなりかけた十月の末だった。

スーダンからは手紙と絵葉書が一通ずつ送られてきて無事を確認できたが、こちらから手紙を出せないフラストレーションは相変わらずだった。せめてもの慰めは、末尾の彼女の名がフルネームから〝朝子〟に統一されてきたことだ。

帰国した朝子からは電話が入った。今年はもう国外に出ることはありません、MSFの活動報告を兼ねたキャンペーンのイベントに駆り出されるくらいで、後は本部に留まっていますから、御上京のついでがありましたら是非お声を掛けて下さい、と言われた。すかさず佐倉は、「クリスマスイブをそちらで一緒に過ごしたいがどうだろう？」と返した。

スケジュールを確認したのか、やや間があってから「大丈夫です」と返ってきた。ついでの用事があるのか問い質されるかと思ったが、朝子は何も聞かなかった。

その場で佐倉は学士会館に予約を入れた。


年末の都会の賑わいに触れたのは何年ぶりだろうと、クリスマスイブの東京駅に降り立って佐倉は思った。夜の帷は下りてネオンが眩しい。

タクシーを拾って学士会館に着くと、ロビーで朝子が待っていた。チェックインは名前の記入だけで済ませ、四階のシングルルームに荷物を置くと、髪だけ整えて階下に降りた。

「銀ブラでもしましょう。タクシーを待たせてあるから」

有無を言わせず言って、佐倉は朝子に先立った。

「少しお痩せになりました？」

タクシーが走り出したところで、朝子が振り返って言った。

「あ、そーお？　そう言えばちょっとね」

佐倉は自分の頰を撫でた。二キロとまではいかないが、それに近く体重が落ちていることは事実だ。肉類を食べなくなっている所為かと思った。なんとなく食べる気がしなくなっている。

今夜のディナーも、朝子ならステーキかチキン料理がよいだろうと思ったが、それには付き合いきれないと思って日本料理の席を予約している。東京に住んでいた時分に覚えた店だ。広告で知った銀座二丁目の英会話教室に二年ばかり通っていて、そのついでに四丁目辺りまで足を延ばしてたまたま見つけた。客はカップルか数人連れのサラリーマン風情の男達か、何かのサークル仲間とおぼしき中年の女性達ばかりで、単身入った佐倉は場違いな所に来てしまったと居心地の悪いものを覚え早々に引き上げたが、料理は口あたりがよく、腹の治まり具合も心地よかった。二度目は坂東を誘って来た。彼が四国の郷里に帰る間際で、言わばお別れ会のつもりだった。無論佐倉の奢りだった。

三度目は品子と来た。

「賑やかだけど、どことなく品があって素敵なところですね」

と品子は眼を輝かせた。ディナーの前に、同じ四丁目にある宝石店で婚約指輪を品子の指にはめた。品子は喜んで目を潤ませ、食事の間も何度もリングを見やって佐倉に微笑みかけたが、佐倉は切ない独白を胸に落とし続けた。

（俺は本当にこの女と結婚していいのだろうか？）

「この通りは画廊が並んでいるから覗いてみますか？」

有楽町駅前でタクシーを降りて銀座の並木通りに入ったところで佐倉は言った。

「よくご存じなんですね。何度かいらしたことがあるんですか？」

「ああ……」

「道理で初めてお目に掛かった時、垢抜けていらっしゃると思いました」

「あなたこそ。沖縄出身の人とは思えなかった」

「そうですか」

「あなたも東京に十年以上おられるんだもんね。当たり前と言えば当たり前か」

「そんなことありません。田舎者ですよ。アスファルトより、土の匂いが好きですし、便利は便利ですけど、都会には何となくなじめないものを覚えますもの。開発途上国へ行って舗装されていない道を見るとほっとします」

(やれやれ、また紛争地の話か)

佐倉は会話を切って朝子のコートの肘に手をかけ、左手に見えた画廊に彼女を誘い入れた。

「気に入ったものがあったら、プレゼントするよ。但し、片手までね」

「片手って、五万円ですか?」

朝子が振り返って小声で囁いた。

「いや、そんな安いものはないと思うから、もうひと桁上」

「ええっ、本当ですか?」

朝子は剽軽《ひようきん》に眉を吊り上げて見せた。

(本当は絵じゃなく指輪を買ってあげたいんだが……もう婚約くらいしてもいいだろ

う）

品子との離縁の約束の日まであと四ヵ月だ。今夜はそれを話さなければならない。妻子ある男とこうして連れ立って歩いているところを知人に見られたとしても、朝子がひるむことはないのだと知ってもらうためにも。そのために品子がサインした誓約書もスーツの胸のポケットに秘めてある。

「先生は、絵はお好きなんですか？」

絵を一渡り見終わりかけたところで朝子が問いかけた。

「そうだね。抽象画は好きじゃないが、ここにある人物画や風景画は好きですよ」

「ピカソの絵は抽象画に入るんでしょうか？」

「さあ、どうだろう？　分かるような分からないような絵だよね。キュービズムとか何とか言うらしいが……でも、どうして？」

「わたし、紛争地に行ってますでしょ？　そうしたら、いつか見たピカソの『泣く女』とか『ゲルニカ』といった絵が、抽象的な絵でなく写実的な絵に思えてきたのです。紛争の犠牲になった人達の苦痛や怒りや哀しみを表現しているような……」

「なるほど」

穿った見解だと思った。

（この人の体にも心にも、紛争地の生々しい現実がしみついているのだ）

朝子は二、三の絵に興味を示したが、欲しいとは言わなかった。

画廊を更に一つ二つ見て回ったが、朝子の反応は似たようなもので、本当に欲しい絵はないのかと念を押したが、朝子は軽く微笑を返して「ええ、特に」と答えた。


レストランの予約の時間が迫っていた。遅まきの朝昼兼用の食事をとって出かけてきたので腹は空いていない。少し歩けば食欲が出るだろうと思って朝子を銀ブラに誘ったのだが。

「クリスマスでもあるし、それこそ七面鳥料理でもと思ったが、自分の好みに合わせてしまってご免よ」

店に落ち着いて面と向かったところで佐倉は言った。

「いえいえ、わたしも和食の方がよかったです。国外に出ている時は滅多に頂けませんから」

「そうか、あちらでは？」

「スパゲッティやピッツァ、それと、日本から持って行ったインスタント食品や缶詰め類ですね」

想像するだけで佐倉は吐き気を催した。自分の今の腹具合では、朝子が赴いた紛争地に三日と留まれないだろうと思った。

正面を見て気が付いた。後ろで結んで長いと感じさせた髪が短くなっている。前髪を立ち上げ、サイドに軽く流してすっきりとしている。

「髪、短くしたね？」

「あ、はい。久々に美容院に行って来ました。似合いませんか？」

朝子は軽く頭に手をやって幾らかはにかんで見せた。

「いやいや、よく似合ってるよ。それは何というヘアスタイルかな？」

「フェザータッチのショートボブ」

「ほー。でもちょっと寒そうだけど大丈夫？」

朝子は今度は項《うなじ》に手をやった。

「そうですね、この辺が。でも、暑い所へ出掛けることが多いですから。こちらではマフラーで凌げますので」

そう言えば今夜の彼女の装いは、今目にしている漆黒のセーターの上にコートとマフラーがあったなと思いだした。「コート、お預かりしましょうか」と入口で言った店の者に、ためらわず朝子はそれを脱いでセーターとタイトスカート姿になったのだ。正面からでは目立たないが、セーターを突き上げている胸の膨らみは相変わらずだと流し目に捉えた記憶が脳裏に残像となっている。

(それにしてもだ。今の言葉は聞き捨てならぬ)

「その髪型にしたのは、じゃあ、また暑い所へ出掛けていくための備えかな?」

「そうですね、長くしてますと、洗って乾かすのが大変ですから、つい洗髪を怠ってしまって……」

ピント外れな答えだ。自分は言葉に咎めるニュアンスを籠めたつもりだが、朝子の返事はそれをまるで意に介していないかのようだ。「ひょっとして、朝子さん」

「はい……?」

上体を乗り出した佐倉に意表を突かれたように朝子は軽くのけぞった。拍子にセーターの胸が揺れた。

「来年、また日本を離れるのかな?」

「すみません」

朝子は上体を戻し、いくらか眩しげに佐倉の凝視を受け止めた。

「それで、行く前に是非お目に掛かりたいと思って、お言葉に甘え、出向いてきました」

「そうか……」

後の言葉は呑み込んで、佐倉は突き出しのカニ酢とりんごの白和《しらあ》えを口に運んだ。すぐにお椀ものが運ばれてきた。貝柱の真丈《しんじょ》に若布《わかめ》を添えたものです、と和服姿の店員が愛想良く言った。

「おいしそう」

と朝子が蓋《ふた》をあけて言った。白い湯気が立った。朝子はそれに小鼻を寄せている。食欲が全くなくなっている佐倉も、これには少しそそられた。

「朝子さんは――」

朝子が真丈を平らげてナプキンで口元を拭ったのを見計らって佐倉は沈黙を解いた。

朝子は「えっ？」とばかり目を見開いた。

「今日は腹蔵の無いところを聞かせてもらおうと思って……」

「はい……？」

朝子は悪びれず問いたげな目を返した。

「あなたは、結婚する気はないのかな？」

口元が緩んだが、瞬きが返っただけだ。佐倉は畳みかけた。

「まさか、このままずっと独身を貫いてＭＳＦで働き続けるつもりではないと思うが
……私の所へ来てくれる選択肢も一時は考えてくれたことだし……」

朝子はテーブルに視線を落とした。店員が次の料理を運んで来た。

「お造りです。左から、平目、鮪、イカ、ウニとなっています」

流れるように言ってお椀を空いた盆にさらって行った。

「あちらに行ってますと、無性に食べたくなるのがお刺身なんですね」

質問をまんまとはぐらかされたが、これは仕方がないと諦め、相槌を打ってから佐倉も箸を取り上げた。

朝子は黙々とかみしめるように食べていたが、佐倉はイカとウニを残した。

「あら、お召し上がりにならないんですか？」

箸を置きかけて朝子が佐倉の器を覗き込んで訝った。

「どうもね、腹具合が悪くて。先にあげればよかったが、残り物で構わないなら、朝子さん食べて」

「そうですか、勿体ないから遠慮なく頂きます」

朝子の小気味よい食べっ振りが羨ましい。

朝子が箸を置いたところで、佐倉は先刻の問いかけの答えを促すように朝子を見据えた。

「先程の御尋ねですね？」

観念した面持ちと共に、幾らか重たげに口が開かれた。佐倉は大きく顎を落とした。

「結婚願望は、無いと言ったら嘘になります。でも、わたしは家庭に納まるような女ではないような気がして……」

「仕事は、続ければいいじゃありませんか。優秀な看護婦さんなんだから、それは生かさなきゃ。但し、外国ではなく、この日本で。日本は日本でも、医者や看護婦の有り余っている都会ではなく、私のいるような僻地で……」

「何度も仰って頂いて、それにお答えできないでいる自分が歯痒く身を引き裂きたい思いです」

「半分に？」

「ええ半分に……」

彼女がいつか手紙に書いた言葉に朝子は思い至ったようだ。半ば苦笑の体で返した。

「半分にしなくていい、そのまま持って来て下さい。日本へ、いや、私の所へ」

こうなればもう押しの一手しかない、一気に肝心要《かなめ》の求愛まで持って行こうと佐倉は身構えた。三宝のことも打ち明けていい。

その勢いに水を差すようにまた次の料理が運ばれてきた。

「路地菊八寸でございます」

と言って、仕出し屋が出前に使うような入れ物から店員は幾つか品を取り出し、テーブルに並べ終えたところで説明にかかった。朝子は興味深そうに聞き入っていたが、佐倉は上の空で聞き流していた。

「とてもじゃないが私はこれだけ食べられない。朝子さん半分取ってくれるかな」

店員が去ったところで佐倉は言った。

「どうなさったんですか？　前に学士会館でご一緒した時はしっかり食べていらしたのに」

「そうだね、あなたが無事に帰ってくるか、紛争の巻き添えを食って大怪我でも負ってやしないか、心配の余りストレス潰瘍でもできたかも」

佐倉はグルグル鳴り始めた腹にそっと手を当てながら言った。

「胃の具合がお悪いんですか？」

目ざとく佐倉の手の動きを見て取って朝子は言った。いかにも心配といった顔だ。

佐倉は運ばれた料理の大半を朝子の皿に移した。途端に、臍の周囲に二、三日前にも覚えた痛みを感じた。

「朝子さん食べていて。なんだったらこの残りも。ちょっと失礼」

言うが早いか、立ち上がろうとした朝子を制して、ナプキンを放り出すと、佐倉は脱兎の如く部屋を出た。

危ないところだった。二、三秒遅れていたら下着を汚すところだった。

昨日は一日止まっていた下痢だった。それもシャーとした水様便だ。

間髪を容れず吐き気が襲い、次の瞬間、止め様もなく口に酸っぱいものが上がってきてあっという間に溢れ出た。シャワートイレに屈んだまま、俯せの姿勢で佐倉は吐くだけ吐いた。先刻口にした料理がほとんど吐き出された。

（こんな発作はあの時以来だな）

船医となってスペインのビルバオから大西洋に出た途端、大時化に遭って一万トンの貨物船は揺れに揺れ、体中の水分が奪われるかと思った程嘔吐と下痢に襲われた悪夢のような体験が思い出された。

（胆石は関係あるまい）

忘れていた持病まで頭に浮かんだ。

五、六分はうずくまっていた。出るものは出た感じですっきりはしたが、身体の芯から力が抜けたような脱力感に襲われ、よろめきながら洗面台の前に立った。

顔は蒼ざめ、目は落ち窪んでいる。鏡に近付けたその目が黄ばんでいると感じた。慌てて佐倉は両手や腕を見た。心なしか黄色いようにも感じたが、明かりの加減でそう見えるだけかもとも思った。

口を漱ぎ、もはや吐気、便意は催していないと確認して部屋に戻った。

朝子が立ち上がって佐倉を迎えた。

「お料理、ストップをかけてもらいました」

見れば、朝子の前から料理は消えているが、佐倉が残した分はそのままになっている。

「私は今夜はお茶くらいでもう止めておきます。朝子さんは最後まで、私の分まで平らげて」

「いえいえ、そんなこと……それより、大丈夫ですか？」

「私は胆石持ちだが、どうもその発作ではないようで……」

「胆石をお持ち……？」

「一度、激烈な痛みに襲われてね。あなたと初めてお会いした直後だったかな。もう一度起きたらオペを受ける覚悟だったが、幸いその後は嘘のように治まっていて……」

「先生が手術を受けるとなると、どこででしょう？」

「ま、胆石ぐらいはうちの外科医達の手に負えるだろうから、その点は安心なんだが……。そうそう、その時思いましたよ。オペになるとしたら、朝子さん、あなたにも是非とも立ち会ってもらいたいと……」

「慣れた看護婦さんがおられるのに、よそ者のわたしがそんな差し出がましいことは出来ません」

「だから、よそ者でないようにして下さったらいい。今度発作に襲われたら、まず確実にオペを受けるから」

　朝子の目に困惑の色が広がった。

地獄

　朝子と会った翌日には鎌倉の湘南病院へ出向いて徳岡鉄太郎を見舞う予定だったが、前夜疲弊した身体は朝食をあまり受け付けず、ふらつきながらチェックアウトを済ませるのがやっとだった。

　学士会館の前でタクシーを拾い、羽田まで直行すると、長い通路を這《ほ》う這《ほ》うの体で歩いて漸くという感じで奄美大島行きの便の搭乗口に辿り着いた。

　三十分後、機内の座席に落ち着くや、佐倉は他愛もなく眠りに陥った。機内サービスのキャビンアテンダントの声に目覚めると、猛烈に喉が渇いているのに気付いた。冷たいものを喉に流し込みたかったが、またぞろ下痢を誘発するのではないかと恐れ、熱いコンソメスープを頼んだ。美味と感じた。

朝食にパンを少しかじり、サラダとヨーグルトを少々口に入れただけだったから空腹を覚えた。空港のレストランでうどんを頼んだが、半分すすったところで厭になった。

(おかしい、何かある)

不覚を取った昨夜の朝子との会食から記憶を辿った。トイレに走って上げ下げしてからは嘔吐も下痢も治まったが、ストップをかけてくれた残りのメニューはそのまま止めてもらった。自分ももう止めて下さいと言う朝子を制して彼女の分は持って来させ、自分はお茶だけ注文して朝子が気兼ねしながら食べ終わるのを待った。

結局、妻との離婚まで四ヵ月であることも、三宝が姪ではなく実の娘であることも口に出せないまま朝子と別れることになった。弱っている自分に、朝子が忌憚の無い強い言葉を返すことは控えるだろうと判断したからだ。結婚願望はあると言った。そしてどうやら意中の男はいなそうだ。それを確認できただけで上京した収穫はあったと思うことにした。

体調の不備さえなかったら今夜は三宝とホテルカサリザキでクリスマスディナーを共にするはずだった。ホテルに予約もし、三宝にもその旨伝えてあったが、昨夜の段階でどちらにもキャンセルの連絡を入れていた。

空港の駐車場に置いた車に乗り込んだところで三宝から電話が入った。お腹の具合はどうか、何ならお粥でも作りましょうかと言った。空港で軽く済ませてきたからいいよと返した。

(大したこととは思っていないようだ。この子を悲しませることにならなければよいが)

佐倉は病院へ直行した。まだ五時前だ。日曜で院内は閑散としているが、時折すれ違う職員が私服の佐倉を怪訝そうに見て一礼して行く。

エコー室に入って上衣を脱ぎ、ベッドに腰かけた。スイッチを入れ、プローブを取り、シャツをまくし上げ、右のあばら骨の下に押し当てた。

胆石はすぐに見つかった。相変わらず飴玉の大きさのものが数個。しかし、胆嚢が判然としない。石は白く、胆汁を含んだ胆嚢はその周りに黒く出るはずだが、灰色の漠とした陰影が出るばかりだ。

プローブを正中にずらし、大きく息を吸って腹を膨らませた。肝臓が出てきた。

(何だ、これは!?)

佐倉は息を呑んだ。はっきりとしないが胆嚢とおぼしき灰色の影から肝臓の右葉の中央に異常な影が扇状に広がって伸びている。二年前にはくっきりと樹枝状に見えた肝内胆管がその不気味な塊に隠れて見えない。

地獄に突き落とされた思いで血の気が引いた。

茫然自失の体から我に返ると、佐倉は上衣のポケットから携帯を取り出した。

日直の事務員が出た。

「済まんが、X線技師の立石か村田に連絡を取ってくれ」

二人のうちどちらかが自宅待機のはずだ。

目まいを覚え、携帯を握ったまま横になった。動悸が収まらない心臓の上に片手を当てた。

二、三分後、立石から電話が入った。日直医の塩見ではない佐倉からの呼び出しと聞いたからだろう。

「緊急のオペですか?」

といきなり問い質した声は緊張気味だ。

「いや、そうじゃない、私のCTを撮って欲しいんだ」

「どうされたんですか？」

出て行くのを渋っている口吻ではない、心配してくれている声だ。佐倉は恐ろしい孤独感から少し解放された。

「いや、昨日から東京へ行っていたんだが、腹の具合が悪くなって、先程帰ってきてエコーをやったところ、怪しい影が出たんで……」

「どこにですか？」

性急な声が返った。

「胆嚢から肝臓にかけてだ。胆石は前からあることは分かっていたんだが、どうも胆嚢がはっきりしないのと、肝右葉にＳＯＬがある」

ＳＯＬとはSpace Occupying Lesion（スペースを占拠する病巣）、大方は癌のことだ。

「分かりました。すぐ行きますが五分程待って下さい」

立石も一瞬息を呑んだ模様だ。しかし、力強い言葉が返って来た。

(そうだ採血もしてもらわなきゃならん)

検査技師も交代で自宅待機となっている。緊急手術で輸血を要する場合、患者の血液型を調べ、保存血との適合を調べるクロスマッチテストが必要となるからだ。

（しかし、採血はまあ明朝でもいいか）

調べたいのは腫瘍マーカー、わけてもＣＡ19－9だ。胆嚢癌や膵臓癌で高率に陽性を示す。無論、早期癌ではない。

高値を示した場合は既に相当な進行癌で手遅れのことが多い。

（あの時、胆嚢を取ってしまうべきだった）

口惜しさが込み上げて来る。胆石に隠れて癌の芽があったかも知れないが、胆嚢はしっかり写っていたから、あったにしても極極早期癌だったはずだ。

五分後、立石が血相を変えてエコー室へ飛び込んで来た。佐倉は改めてプローブを腹にあてがい、画像を立石に見せた。立石は無言で頷くと、二、三分後にＣＴ室へお越し下さいと言って足早に部屋を出た。

ＣＴ室に患者として横たわるのは無論初めてのことだ。何ら苦痛はない検査だったが、佐倉の心は千々に乱れ、呻き声を放っていた。

十分後、立石が遠隔操作室のモニターに映し出して見せた画像は、エコーよりも鮮明に、腫瘤化した胆嚢とそこから肝右葉に伸び広がっているＳＯＬを捉えていた。

救いは左右の肝管が少なくとも肝門部では開通していることだ。つまり、腫瘤はそこまでは触手を伸ばしていないということだ。

「CD-ROMにしといてくれるか」

終始無言で傍らに立っている立石に言って佐倉は部屋を出た。

（地獄に堕ちた！）

院長室に入ってソファーに身体を投げ出し、立石がCD-ROMを持って来てくれるのを待ちながら、佐倉は繰り返し絶望的な独白を胸に落とした。

何者かにこの不測の事態を打ち明け、縋り付きたい思いだった。一体誰に？　真っ先に智念朝子の顔が、次いで三宝の顔が浮かんだ。しかし、彼女らに訴えたところで何になるのだ？　青木や久松、沢田、それに今日日直で院内のどこかにいるはずの塩見悠介の顔も浮かんだが、彼らにこの恐ろしい事態を打ち明けたところで困惑するばかりだろう。

（あの人しかいない）

忘れていた人物が忽然と浮かび来って、佐倉は漸く地獄の淵から這い出ると、机の前に座り直し、ペンと便箋を引き出しから取り出した。

冠省

早くも年の瀬を迎えましたが、先生はお忙しい日々をお過ごしの事と存じます。東京でのさる学会の折には腎移植に関するご発表を拝聴する栄に浴し得ましたこと、光栄とも鉄心会の誇りとも感じ、嬉しく存じました。

あの翌日は、当病院の産婦人科医の見舞いに青木君共々鎌倉へ赴いたのですが、奇しくも同日に、元理事長徳岡鉄太郎先生が救急車で搬送されて来ました。徳岡先生のその後についてはマスコミの報道や鉄心会の会報でご承知おきと存じます。

その会報にも先頃載りましたし、あるいは青木君からお聞き及びとも存じますが、かの日我々が見舞った産婦人科医は肉親から骨髄移植まで受けましたが、敢えない最期を遂げました。本当に、憎むべきは病魔です。

今、その病魔に小生も冒されております。ここ暫く食欲が無く、嘔吐、下痢なども見て体重も落ち込みおかしいなと思っていたのですが、先刻、CTを撮ってもらい、その原因が判明しました。胆嚢癌でした。肝床から右葉に広がっています。

二年前に右季肋部《みぎきろくぶ》の激痛を覚え、それは胆石によるものでしたが、その後治まっておったので放置しておいたのですが、今から思えばあの時点で胆剝しておればと悔やまれることしきりです。

しかし、後悔先に立たずです。この上は先生にお縋りする他ないと思いペンを執った次第です。本日撮りましたCTを見て頂き、宜しく御判断下さい。腫瘍マーカー等は明朝採血し、結果を電話なりで報告させて頂きます。

オペを受ける覚悟でおりますが、どうしたものか思案に暮れております。ここへ先生においで頂いて執刀願えればとも、先生の御都合を考えれば貴院でして頂くのが最善かとも。

年内は無理でしょうね？　私の方はもう俎板《まないた》の鯉の覚悟で、一刻も早くと心急いております が……。

地獄に突き落とされた思いで悶々としておりましたが、そうだ、先生がいらしたと思い至り、幾らか天から光が差し込みました。小心、お笑い下さい。

草々

十二月二十五日

佐倉周平

当麻鉄彦先生御机下

手紙ももどかしい、今直ぐにも当麻の声を聴きたい、話したいと思いながら、ＣＴの所見を見なければ当麻にも判断できないだろうと思いなおした。

当麻からは翌々日の夕刻電話が入った。

「驚きました。この前お目に掛かった時はお元気そのもののご様子でしたので」

開口一番、当麻はこう言った。炎熱の地獄でからからに渇いた喉に一滴、二滴、雫を垂らされた思いだった。

佐倉は血液検査の結果を告げた。ＣＡ19-9が８００を超えている、ＡＬＴ、ＡＳＴ等の肝機能はその割に二桁台に留まっており、黄疸指数も若干上昇している程度、貧血はなく、血小板も正常域であること等々。

「ＣＴを拝見した限りでは、右葉切除でいけそうですが、パラアオルタのリンパ節が腫大しているのが気に掛かります」

淡々とした口吻だが、佐倉は血の引く思いと共に絶句した。

パラアオルタとは傍大動脈の意で、腹腔の深い所を指す。そこのリンパ節が腫れているということは、転移している可能性が大で、主病巣を切り取ってもそれを残せば根治術にならない。ひいてはいずれあちこちに転移を起こすこと必至だ。腹部臓器の「癌規約」で№16と打たれたこの深部のリンパ節にまで手を伸ばせる外科医は数知れている。佐倉もそこまではしたことがない。尤も、これまでCTで№16のリンパ節腫大に気付いたケースはなかった。

（気が付かなかった。さすが当麻さんだが……するとどうなるのだ？）

「そこに転移があるとなると、もう手遅れ、ということでしょうか？」

「そうですね。かなり深刻な事態ではあります。一応探ってみて、転移が疑わしければ郭清《かくせい》しますが……」

やはり当麻は一枚上だ。深部まで立ち入って根治を目指してくれるのだ。

「分かりました。ＰＴＰＥ（Percutaneous Transhepatic Portal Embolization）はどうでしょう？　もしこちらでお願いするとなれば、やっておいた方がいいですよね？」

ＰＴＰＥ（経皮経肝門脈塞栓術）は、局麻下に右の側胸壁から針を肝臓内に刺し込み、門脈の分枝に刺入したところでガイドワイヤーを差し入れて右の門脈まで進め、針を抜いて代わりに軟性のカテーテルをガイドワイヤーに被せ、先端が右門脈に入ったところでワイヤーを引き抜き、細切したスポンゼルをエタノールにしみ込ませてカテーテル経由で門脈に注入する手技だ。

佐倉はかつて不覚にもＰＴＰＥを知らなかった。こちらで初めて肝右葉切除を手掛けた時、術前に青木から言われて〝目から鱗〟の思いをしたものだ。

「関東医科大で何例かやったことがあります。僕にやらせて下さい」

と青木は言った。肝切除術の場合、肝門部で左右の門脈を露出するのに何より気を遣う。

腹腔内臓器の血液をすべて集めた門脈は太く、傷つけようものなら大出血につながる。本幹を露出するのは容易だが、左右の門脈を見分け、一方に糸をかけるまで細心のアプローチを要する。それが、ＰＴＰＥで門脈の血流を断てば糸をかけて縛る必要がなくなるから大胆にアプローチできる。

但し、残す左葉に代償性肥大をもたらすまで二週間を要する。

「それは是非」

予想通りの言葉が返った。

「先生がこちらへ来て下さるなら、年明け早々にやらせて頂きますが、僕がそちらへ伺うんでしたら、年内にやっておいて頂ければ、オペまでの日にちを一週間程早められますね」

当麻のこの一言で佐倉の気持ちは大きく一方に傾いた。当麻にこちらへ来てもらおう、三宝の願いでもあるからと。


年が明けて二週目に入ったところで、佐倉は名瀬病院の手術台に横たわった。当麻は前日に来島して青木他外科のスタッフと綿密な打ち合わせを行った。オペ室のナース達も当麻の説明に耳を傾けた。

三宝は自分に器械出しをさせて下さいと泉に申し出た。

クリスマスの翌日、病院に出てきた父親を見て三宝は一驚した。やつれて生彩を欠き、別人かと思った程だ。

仕事が引けたら院長室へ寄ってくれと言われた。

CTのフィルムを見せられ、病名を告げられた。余りのことに涙が溢れ出た。

「大丈夫、当麻先生に手術してもらうから」

「当麻先生の病院へ行くの？」

安堵の一方で、何とも言えない寂しさに三宝は襲われた。遠くへ行ったきり父は帰ってこないのではないかと。

「それは、どちらともまだ分からない」

「当麻先生の所へ行くなら、あたしもついて行きます。それとも塩釜の奥さんに来てもらうの？」

「いや、彼女には知らせないよ。もうすぐ別れることになるから。そうだな、手術の結果を聞いてもらわないといけないから、当麻先生の所へ行くなら、三宝に来てもらおう」

当初蒼ざめていた父の顔に少し生気が戻ったように感じた。

「でも、できたらこちらでして欲しいな。仕事をしながらでもずっとお父さんを看て上げられるもの」

「そうだね、当麻先生に掛け合ってみるよ」

やっと涙が止まった。

「三宝に頼みがある」

暫く何事か考えていた風の父が顔を上げた。

「これから毎晩、私の所へ来てお粥を作ってくれないか。御数《おかず》は、何か消化の良いものを少々でいい。三宝は自分の好きな物を何でも作ったらいい。美味しそうだったら、つまみ食いさせてもらうよ」

三宝は二つ返事で承諾した。

毎晩と言われたが、三宝が父の家に通ったのはその夜を含めて二日間だけだった。

「当麻先生が来て下さることになったよ」

と知らされて喜んだ翌日、青木にPTPEを受けた父はそのまま入院した。熱が出たのと安静を強いられたからである。

しかし、正月明けには戻って来て、三宝はまた父の食事を作りに出かけた。

明日には当麻が来島するという日、今日市役所へ行って三宝を佐倉周平の養女とする手続きを済ませてきたよ、と父に告げられた。

「これで晴れて親子だ。病院の職員には当分内緒にしておくけれどね」

「有り難う、お父さん……病気に負けないでずっと元気でいてね」

これだけ返すのがやっとで、弱弱しく微笑んだ父の顔を正視できず視線を落とした。

途端に涙が溢れ出た。

手術は順調に終わった。午後一時に始まって終了したのは六時で五時間に及んだが、出血量は六百ccで、一千ccを超えたら輸血をと言われていた麻酔係の久松は、点滴だけで通した。

「後は鉄剤で回復するでしょう」

と当麻は言った。

青木は当麻の妙技に改めて感服した。パラアオルタの№16のリンパ節まで郭清する手技を見たのは何年振りかだった。関東医科大の修練士時代に羽島富雄のＰＤ(Pancreatico duode nectomy 膵頭十二指腸切除術)のオペについて以来だ。しかも、こんな少ない出血量と短時間で)

(自分がこんな手術をやってのけられるまでにはあと何年かかるだろう。しかも、こんな少ない出血量と短時間で)

気の遠くなる思いがした。しかし、術前に自分が行ったＰＴＰＥを当麻は褒めてくれた。実際、右の門脈枝は結紮せずメイヨー鋏でスパッと切断しても一滴の血も出なかった。左葉も代償性肥大を来して縮小した右葉と同じくらいのボリュームになっていた。

佐倉が外科病棟のICU室に戻ったところで、青木は当麻に家族控室へ呼ばれた。中条三宝がすでに当麻の横に座っており、二人の前のテーブルには切除した胆嚢と肝右葉、それにリンパ節が膿盆に置かれていた。

「今この方に説明したんだが」

当麻は三宝を振り返ってから青木に言った。

「深部のリンパ節もまぎれもなく転移と思わせる所見で、見える範囲の病巣は切り取ったが、根治出来たかどうかは術前に高値を呈していたCA19-9が正常値に復したかどうかで分かる。佐倉先生は勿論ご自分でチェックされるだろうが、中条さんに正直に話されるかどうかは分からない。正常値に戻っていなかったら目に見えない所に癌が潜んでいることが疑われるし、一旦正常に戻った腫瘍マーカーがまた異常値を示してきたら、再発が疑われ、エコーかCTで精査する必要がある。そして、万が一残った肝左葉に転移巣が見つかっても、絶望することはない。そこにエコー下で針を刺入してエタノールを注入して消滅させるという方法もある。それは青木先生がやってくれるから大丈夫と、中条さんに説明したところだ」

自分に向けられた三宝の目を見返して青木は大きく頷いた。

「佐倉先生が中条さんに今後の経過を正直に打ち明けることはないかも知れない」

当麻が続けた。

「心配になったら青木先生に尋ねるようにとも話したんだ。それでいいよね？」

「はい」

青木は大きくこくりと頷いた。

当麻はその夜、病院の仮眠室に一泊し、翌朝、佐倉の状態を診てから帰った。佐倉ははっきり覚醒し、当麻が握った手を確《しか》と握り返して「有り難うございました」と、これもはっきり言って三宝を涙ぐませた。

決断

一ヵ月後、佐倉は白衣をまとって外来に出た。さすがに長時間を要する手術は前半の肝心なところだけ執刀し、後半は青木達に任せた。

青木は検査室に出向いて、佐倉の検査データをこっそり盗み見た。

ＣＡ19-9は70に低下していたが正常域の35以下ではない。

病理検査で、当麻が念入りに郭清したリンパ節にはすべて癌転移が見られた。

青木はその結果を当麻に知らせた。

「もう一ヵ月様子を見て、ＣＡ19-9が上昇しているようだったら抗癌剤をやってみるかどうかだね。胆嚢癌に有効な抗癌剤はないから、僕は余り勧められないが」

「院長が定期的にきちんと検査してくれるでしょうか？　僕から、して下さいとも言えませんし……」

「君から言えなければ中条三宝さんから言ってもらったら。身内なんだから、彼女が心配だから調べてと言えば、佐倉先生も言うことを聞くだろう」

一ヵ月後、青木は医事課に出向いて、「院長のカルテをちょっと見せて」と言った。事務員は別に訝ることもなくカルテ棚から佐倉の薄いカルテを引き出して来た。二年以上前の胆石の発作が初診日となっている。その後は空白状態で、二号用紙に日付印が押されているのは昨年のクリスマスの翌日で、以後は自分が行ったＰＴＰＥや検査項目の記載がある。

ＰＴＰＥの所見用紙、当麻の書いた手術記録、検査伝票は表紙に続いて綴じられている。

（あった！）

一ヵ月前の検査伝票に重ねて貼られた伝票に目を凝らした。

（おっ、正常域に下がっている！）

二日前の日付のＣＡ19-9の値が30になっている。

（根治術になったんだ！）

青木は外へ飛び出し、携帯電話を取り出すと、中条三宝をコールした。中材にいることは分かっているが、泉や今村の目が憚られた。コール音が五回程鳴ってから三宝の声に切り替わった。

「院長のＣＡ19-9、正常になってるよ」

青木からの電話とみて三宝は中材を出たようだ。手術器具のガチャガチャいう音や人声が全く聞こえないことでそれと察せられた。

「本当ですか⁉」

返った声も辺りを憚らぬものだ。

「ああ、一ヵ月前は70だったが、今度は30に下がっている」

「嬉しいっ！　有り難うございました！」

電話はそれで切れた。呆気なかったが、今後も佐倉の病状を話題に三宝と話を交える機会は幾らもあると思い直した。

その後青木は家に帰ってから当麻に電話を入れた。

「よかった、よかった。抗癌剤は見合わせていいだろう」

当麻の声も弾んでいた。

「やるならジェムザールか、副作用の比較的少ないTS1かと思っていたが……院長はお元気かな？」

「ええ、オペもされていますし、外来、回診も元通りされています」

「今度のことで、君がいてくれて佐倉先生も心強かったろう。点数を稼いだよね」

「有り難うございます。今堀《いまほり》君が先生の所に来てくれたお蔭です」

関東医科大消化器病センターで久野章子の食道班にいた今堀が甦生記念に勤めたいと言って久野の慰留にも拘《かか》わらず当麻の許に馳せた。それで同院の外科の定員は満たされたと知って、佐倉は青木を当麻の所へ戻すことを断念したのだった。

「今堀君も頑張ってくれているよ。食道癌も任せられそうだ」

「そうですか。僕もこの次は執刀させてもらえそうです」

「よかったね。君はもう佐倉院長の右腕で無くてならない人になったと思うから、しっかりサポートしてあげてくれ給え。中条三宝さんも君を頼りにしているだろうから」

「あ、はい……」

熱いものが胸に込み上げ、青木は暫く幸福感に酔い痴れた。


佐倉はその後も順調な経過を辿った。五キロ程落ち込んだ体重もややに戻り、三宝とのテニス、会食も楽しむようになった。

朝子からの音信は途絶えたままだ。年末に会った時、年が明けたらまた出掛けて行くとは聞いたが、具体的にどこどこへとは聞かなかった。手術からＩＣＵに入っていた絶対安静期間中は携帯を切っていたから、あるいはその間に朝子から電話があったかも知れない。

食事を途中で止めてしまった自分のその後を気遣ってくれているはずだと思った。しかし、一時的な胃の不調で、よもや大手術に至ったとは夢にも思っていないだろうし、行く先によっては手紙を投函することもままならない地であったりするから、長い無沙汰もやむを得まいと諦めていた。

一枚の絵葉書が届いたのは五月のゴールデンウィークが過ぎた頃だった。

アフリカの南東部でインド洋に面するモザンビークからで、日本で言う台風に相当するサイクロンで甚大な被害を受けた難民の救援に当たっているという。紛争地ではないから命の危険はないが、大勢の死傷者、行方不明者が出ており、連日その対応に追われていると、朝子にしては珍しく細かい字で書かれていた。末尾は、その後お体の具合は大丈夫でしょうか、案じています、と結ばれてある。いつ帰国するかは書いていない。

返事の仕様がないまま佐倉は思案に暮れた。

今度会った時に病気のことを打ち明けるべきかどうか？　このまま大過なく過ぎればよいが、再発でもしたらどうするか？　余命が知れている身で朝子に求婚することは彼女にとって惨《むご》いことだろう、再発して再び闘病の身になっても治る見込みがあるならそれは許されることだろうか、等々。

十一月の最初の週に入った。前日の採血の結果を見て佐倉は血の気が引いた。二ヵ月前までは正常値であったCA19-9が120になっている。自覚症状は特にない。肝機能は多少異常値を示しているが、それは手術以来で特に変わりはない。

カルテカンファレンスと総回診を終えたところで佐倉は一階に降りエコー室に向かった。

X線室で自分がエコーを撮った患者のCT像を立石の傍らで見ていた田所は、佐倉に呼ばれて慌ててエコー室に急いだ。

「どうされました、院長」

ベッドに腰かけ、心なしかうなだれている佐倉を見て田所は顔色を変えた。

「すまんが、肝臓を見てみてくれ」

言うなり佐倉はベッドに仰向けになって白衣とシャツをまくり上げた。

「何か、ありましたか?」

エコーを引き寄せ、佐倉の腹にプローブを当てながら田所が心配気に佐倉の顔を覗き込んだ。

「腫瘍マーカーがな、急に跳ね上がった。大した値ではないんだが……」

田所は少し引きつった面持ちで画面を見すえた。

「何か、あります」

田所が画面を静止して描出された肝臓の一点を指さした。

「一個だけかな？」

画面を横目で捉えて佐倉は問いかけた。

「そうですね、他には無さそうです」

「大きさは？」

「2×3センチですね」

「すまん、青木君を呼んでくれるかい」

「はい、どこにおられますかね？」

「ナースセンターだと思う」

田所はプローブを納めると足早に部屋を出た。

青木はすぐに駆けつけ、佐倉よりも先にエコーの画面に目をやった。

「どう思うね？　スプーンでくり貫けそうだが」

「表面に近い所ならいいんですが、ど真ん中ですね？」

佐倉の言うスプーンで肝臓の転移巣をすくい取る手術は、関東医科大消化器病センター肝臓班のチーフがやっていたな、と青木は思い出した。

「そうだな、もう少し浅ければな。当麻先生に区域切除でもしてもらうか？」

それはまた大事《おおごと》だ。

「当麻先生は言っておられました」

「うん？」

「もし肝転移が見つかった場合はエタノールの注入がいいだろうと。この程度の大きさだったら、僕もそれがいいと思います」

「それは、君がやってくれるかい？」

「はい、ただ、念の為、ＣＴも撮っておいて頂けますか？」

「ああ、すぐに撮ってもらうよ」

「じゃ、立石さんに頼んできます」

青木は背後に佇んでいた田所に目配せして廊下に出た。

ＣＴでも、肝臓の転移巣は一個だけとみなされた。

「早い方がいい、これからやってくれるか？」

佐倉の性急な要求に青木は思わず立石と田所の顔を見た。肝転移巣へのエタノール注入はＸ線室でエコー下にしなければならない。二人には居残ってもらうことになる。

「僕らはいいですよ」

立石が言って田所も頷いた。

「じゃ、準備します。院長は、そのまま二、三日入院してもらわなければなりませんが、明日のオペは僕らだけでやっていいですか？」

「ああ、ヘルニアとコロンだから大丈夫だろう」

六十歳の男性のソケイヘルニアと、六十五歳の女性の上行結腸癌の手術予定で、前者は塩見が執刀、沢田が前立ち、後者は久松が執刀、佐倉が前立ち、麻酔担当は青木と、先刻のカンファレンスで打ち合わせたばかりだ。

「木曜の胃癌はどうしましょう？　延期してもらいましょうか？」

七十歳の男性の胃癌は青木が内視鏡で確認したものだが、診断は佐倉が外来での問診と触診、更に腹部単純写真一枚で一週間前につけている。

二、三日前から腹が張って吐き気がし、食べられなくなった、と訴えてきた。腹部は膨満し、明らかに胃拡張の所見だ。単純写真では普通写らない胃液と食物残渣物が丁度胃の形を成して写し出されている。それだけで、「癌による幽門狭窄」と診断し、佐倉は患者をすぐに青木に回した。

カメラを食道から胃に進めようとした時、患者は突如多量のチョコレート様胃液を吐出した。あっという間でよけることができず、吐物は青木の白衣をしこたま汚し、顔や手まで茶色に染めた。

「幽門側切除だから君らでやれるだろう」

青木が執刀、佐倉が前立ち、麻酔は久松になっている。

「私なら熱が少々出るくらいだろうから、いざとなれば手助けに行くよ」

「分かりました。では予定通りということで」

「うん、私は着替えと洗面具を取りに一旦家に帰る。二十分後でいいかね？」

三人は一斉に頷いた。

家に戻った佐倉は三宝に電話を入れた。これから二、三日入院するが心配は要らない、オペという程のものじゃない、肝臓に小さな転移巣が見つかったので癌細胞を殺す作用のあるエタノールをそこに注入するだけだから二、三十分で済む、X線室で青木君がしてくれるから、何なら立ち会ってくれてもいい云々。

三宝は即座に「立ち会わせてもらいます」と返した。中材で明日の手術の準備を終え、帰宅しようとしていた矢先だった。

一週間後の造影CTで転移巣に血行は認められず癌はほぼ消滅したとみなされた。更に一週間後の血液検査でCA19-9が正常値ぎりぎりながら35に低下し、エタノール注入が奏功したことを示した。

「また再発することがあるんでしょうか？」

青木から佐倉の経過を知らされた三宝は、喜びと不安の混じった顔で言った。

「ある、かも知れないが――」

言葉を途切らせ、首をひねった青木に不安が募った。

「でも、その時はまたエタノールの注入で凌げばいいと思うよ」

頷きながら、

(父にはこの人が必要だ)

と三宝は思った。青木が大きく見え、沸々と尊敬の念が湧いてくるのを覚えた。

年が明け、一月も下旬に近付いた頃、佐倉は朝子から手紙を受け取った。モザンビークから、行きつく間もなくコンゴに移り、内戦で傷ついた住民の治療と看護に当たり、一週間前に帰国したばかりだと書き出されてあった。

こちらの安否を問う件に差し掛かった時、さてどうしたものかと迷った。手術と、その後再発を見たが今は小康状態を保っている、仕事も従来通りこなしていることをすべてあからさまに打ち明けるべきか否かと。

思案に暮れて返事を書けないでいる間に、妻の品子から手紙が届いた。便箋が二枚ばかりと、こちらから出して品子の署名捺印をもらおうとしていた「離婚届」だった。

胸が躍り、便箋を広げる手先が震えた。

前略

ご無沙汰の限りですが、お変わりございませんか？　私の方は可もなく不可もなく、平々凡々と過ごしております。

あなたから、ひょっとして、離婚を思い止まったという朗報がもたらされるかと鶴首お待ちしていましたが、光陰矢の如し、お約束の日が来てしまいました。

秀二、無事大学に入りました。第一志望はあなたの母校でしたが、とてもじゃないが無理と進学指導の先生に言われて諦め、東京の私学東亜大学の法学部を受験、昨日、合格の通知を得ました。弁護士を目指すと言っています。

不肖の息子でしょうが、彼なりに頑張ったと思います。せめてもお祝いをしてあげて下さいませ。

「離婚届」を同封しました。保証人二名はあなたの方でお書き下さい。

父母にはまだ内緒にしてあります。秀二にももう暫くしてから話すつもりです。

色々お世話になりました。どうぞ、お幸せに。呉々も医者の不養生になりませぬよう。

不一

品子

周平様

さすがに胸が痛んだ。もう少しごねて引き延ばしにかかられるかと思っていただけに、意外な文面だった。

(秀二が合格してくれてよかった。大学に入るまで待ってくれと言っていたから、もし浪人でもしたら、あるいはもう一年待ってくれと言ってきたかも知れない)

東亜は二流の私学でどちらかと言えばスポーツ面で名を馳せているが、それでも司法試験の合格者数は少数ながら全大学のベスト10のどん尻あたりを行ったり来たりしている。

(俺は弁護士は好かんが、ま、ともかくよかった。無論お祝いするよ。私学の授業料、半端じゃないだろうし)

こちらはすぐに返事を書けたが、病気のことは伏せておいた。不養生をした覚えはないが、大手術をして、早々に転移も見た、予断を許さない状況と知ればまた何か言って来ないとも限らないと思ったからだ。品子の英断に深甚の謝意を表すること、秀二の合格を心から嬉しく思っていること、それを秀二にも伝えてくれるようにと書き、お祝いとして同封の小切手を贈る、生前分与とみなして欲しい旨記した。小切手は五百万円を用意した。

その数日後、手紙ではもどかしいと思った佐倉は、朝子に電話をかけた。週末に会えないかと。朝子は二つ返事で承諾してくれた。

「銀座四丁目に〝和光〟という、時計や宝石の店があるのを知ってる？」

「名前だけは聞いた覚えがありますけど、はっきりとは……でも、行けば分かりますよね？」

「ああ、角にあるからすぐわかると思うよ」

何故そこを待ち合わせの場に指定したのか問い返されると思ったが、朝子は別に追及しなかった。

佐倉には何故と問われてもこの場では答えられない思わくがあった。

六時半と約束したが、佐倉はぎりぎり間に合った。羽田に着いたのが五時四十分で、そこからタクシーを拾って駆けつけたのだ。

朝子は先に着いていた。車から降りると佐倉は挨拶もそこそこに、朝子の腕を引っ張るようにして和光の店内に入った。

「ここは七時に閉まってしまうので」

二階への階段を昇りながら佐倉は言った。

「どこへ行かれるんですか？」

朝子の顔に少し緊張の色が走った。佐倉の方は先刻来胸の鼓動が止まない。

「あなたにプレゼントしたいと思って」

「何を、でしょう？」

「リングです。エンゲージリング」

朝子が目を丸めたのが横眼にも読み取れた。階段を上がったところで佐倉は立ち止まり、朝子に向き直った。

「時間がない、黙って受け取ってくれますか。決して強要したりあなたを束縛するものではないから。その理由は後でゆっくり話します」

朝子は何か口にしかけたが、結局何も言葉を発することなく頷いただけだった。

閉店が迫っている所為か、客の姿はほとんど見当たらない。四十がらみの小柄な女性店員がにこやかな笑顔で二人を迎えた。向こうの方で若いカップルが同じ年代の女性店員と話し込んでいる。

「私はバツイチだが、こちらは未婚のお嬢さんなので、取り敢えずはエンゲージリングをと思いましてね」

朝子が「えっ?」とばかりに佐倉を訝り見た。佐倉は素知らぬ顔で女性店員を見やったままだ。

店員の目が忙しく動いた。佐倉から朝子に、次いでまた朝子から佐倉に。

「お似合いのごカップルに見えますわ」

佐倉はそれとなく朝子を見やった。店員の目も朝子に移っている。

「お嬢さんはお嬢さんでも薹《とう》の立った昔のお嬢さんですから」

朝子がゆとりのある微笑を見せて店員を見返した。店員はおよそふくよかとは言えない胸を両手で押さえた。

「ここにグサッと来ました。私のことを言われたような気がして……」

佐倉はアハハと笑った。

「お二人、同じくらいの年かな?」

「いえー、こちらのお嬢さんの方がお若いと思いますよ」

冗談めいたさりげないやりとりが続いた後で、

「ところでお客様、ご予算はいか程でしょうか?」

と店員が佐倉に尋ねた。佐倉は彼女の小作りな顔の前に片手を差し出した。

〝和光〟から歩いて五分程の日本食料理店〝ざくろ〟で相対するや、

「どういうことでしょう？」

と朝子は佐倉を見すえた。

「驚かしてご免よ」

熱いおしぼりで顔と首筋をひと拭いしてから佐倉は朝子に向き直った。

「バツイチなんて、店員さんをからかわれたんでしょ？」

朝子の畳み掛けには答えず、佐倉は上衣の内ポケットから封書を取り出し朝子に差し出した。

「妻の品子、いや、もう元妻だな、彼女が寄越した手紙です」

一瞬ためらいを見せてから、朝子はおずおずと受け取り、そっと中身を取り出した。

佐倉は俯き加減になった朝子の額から深い眼窩、更に形の良い細い鼻梁に目を凝らした。

アフリカから帰った時は出発前より五キロ体重が落ちていた、三キロ取り戻したが、まだ頬のふくらみが戻らないと言っていた。マフラーを取って露わになった首筋も心もちほっそりした感じだ。

（自分もどっこいどっこいのはずだが）

会った瞬間「お痩せになりましたね」と言われることを覚悟して来たが、朝子が何も言わないことが不思議だった。自分も痩せたから相手のそれには気付かなかったのか、とも思った。

朝子が顔を上げた。底の深い目にうっすらと滲んでいるものに気付いて佐倉は心もち上体を引いた。

朝子は便箋を封に納め、佐倉に戻した。

「奥様とは、何故離婚を？　奥様の方は、望んでいらっしゃらなかったのでしょ？」

予期した詰問だ。

「そうだね。彼女に男が出来た訳でも、私が浮気した訳でもない。あ、誤解しないで欲しいが、彼女と別れたいと思ったのは、あなたに会う以前からです。強いて言えば、三宝が私の所に来てからかな」

「姪御さんがいらしたから……？」

目じりについと小指をやってから、朝子は一際大きく目を見開いた。

佐倉は深く一息つくと、意を決して言った。

「三宝は、私の姪ではなく、実の娘なんです」

「ええっ……!?」

「詳しくは後でゆっくり話します。それより」

佐倉は受け取った封書を胸に納め、代わりに折り畳んだ紙を取り出し、朝子に差し出した。

離婚届のコピーだ。原本は市役所に提出してある。保証人欄には青木と久松の名が記されている。

朝子はじっと見入ったままだ。

「これで私が――」

朝子が俯いたまま唇をかみしめたのを見て、佐倉は沈黙を破った。

「あなたに婚約を求めても咎められない理由が分かってもらえるよね?」

朝子が半ば顔を上げ、佐倉を上目遣いに見た。隠し様もなく涙が目じりに溢れて、
朝子はまたそれを指の背で拭うと、

「びっくりすることばかり」

と、泣き笑いの体で言った。

「まだもうひとつ、びっくりさせることがある」

幾らか勿体を付けて佐倉は朝子に顔を近付けた。

「何でしょう？　あまり一度に伺うと、心臓が潰れそうになります」

「うん。でもどうしても言っておかないと。あなたに、求婚ではなく婚約を求めた理由だから」

「はい……？」

完全に訝った目だ。

「あなたが居ない間に、私は死線をさまよった」

「えっ……？」

「大手術をね、受けたんです」

「いつですか？」

朝子は背を立て、驚愕の目で佐倉を見た。

「あなたとこの前会ってから、すぐ」

「あの時、上げ下げされたのは、ご病気の所為だったんですね？」

「そう。胆嚢癌だった。肝臓にまで行っていて……胆石があることは分かっていたんだが」

「手術は、どちらでされたんですか？」

「うちの病院で、青木君がいた滋賀県の甦生記念病院の当麻先生という方に来て頂いて……日本で初めて脳死肝移植を成功させた先生だが」

「お名前だけは、弟から一度伺ったような……でも、何も知らなくて、すみませんでした」

恰《あたか》も、そこが痛むかのように左の胸に手をやって朝子は深々と頭を下げた。

「いや、知らなくてよかった。と言うより、あなたが日本にいなくてよかった。尤も、これは後になって思ったことで、闘病中は無性にあなたに会いたかった、縋り付きたい思いだったよ。まだしも三宝がいてくれたんで助かったんだが」

「お詫びに、これからおそばにいます」

「えっ……？」

「わたし、もうMSFを脱会しようと思っています。陽一郎のお骨も、もうわたしの手元にはなくなりましたし……」

上京の前に電話した時、自分も相談したいことがあると言っていたのはこのことかと思い至った。

「事務の仕事に戻りましたが、やはりわたしは看護婦として医療の現場で働くのが性に合っていると思いまして、お許し頂けるなら、先生の病院で働かせて頂けるならと……ご病気のことを伺って、今、その思いを強くしました。婚約指輪も頂いたことですし、おそばにいたいと……」

「有り難う。でも朝子さん、私はいつまで元気でいられるかどうか分からない」

「はい……」

「去年の秋、術後十ヵ月目だったが、肝臓に転移が見つかり、青木君にエタノールを注入してもらってそれは消えたが、またいつ再発するか分からない」

朝子の目が据わった。

「ここへ来る直前のCTで再発はなかったから気分良く来られたんだが……結婚ではなく婚約に留めさせてもらったのも、経過次第でいつでも解消できるようにと思ったからです。ご存じと思うが、癌の手術で永久治癒を得られたかどうかは五年、私の経験ではまあ三年無事に過ぎれば保証できるが、一年も経たぬうちにまた再発するようなら、あなたを辛い目に遭わせるばかりだから」

朝子は目を凝らしたまま何か言いかけたが、

「お待たせしました」

と割烹着姿の店員が二人の料理を運んで来た。

時々料理の感想を漏らし合うだけで、佐倉も朝子も黙々と箸を動かした。

「おあがりになれましたね」

デザートのフルーツを佐倉が口に運び終えたのを見届けたところで朝子が相好を崩した。

「そうだね、一年前のことが悪夢のように蘇るよ」

赤心からの吐露だ。朝子が微笑む。

「先程のお話の続きですが――」

ナプキンで手と口元を拭うと、朝子は一息ついて口を開いた。

「婚約の解消の話？」

「ええ。先生から申し出られるならお受けする他ありませんが、お受けした以上わたしからお願いすることは無いと思います」

「うん……？」

「たとえ先生のご病気の経過がどうであれ、です」

人目のない密室であったら、朝子を抱き寄せただろうと佐倉は思った。学士会館はシングルの部屋を予約してあるが、二部屋しかないスイートルームの一つに予約を切り替えて朝子を誘いたい衝動を覚えた。幾度も夢想した朝子の乳房を吸い、ついには〝聖域〟に入りたいと。

（だが、彼女にその用意はないだろう。ハンドバッグに、着替えの下着などは入れてないだろう）

和光で買い与えたエンゲージリングの小箱を朝子が納める時ちらと流し見たバッグにそれらしきものはなかった、と思い出した。

佐倉は夢想を払い、おしぼりを置いた朝子の手に自分のそれを重ねた。

「もうひとつ、お願いがある」

朝子は身動《みじろ》ぎもせず、目を見開いた。

「ＭＳＦを辞める前に、私を一度紛争地へ連れて行って欲しい」

温《ぬく》もりが胸にまで伝わって来る手がぴくりと動いた。

「どうしてまた？　それに、大きな病気をなさったばかりなのに」

「あなたが尽くしてきた地がどんなであったか知りたいから。それに、私が医者になった原点は、母に連れられて少年の日に見た『尼僧物語』の舞台アフリカなのです。確か、あなたもついこの前まで行っていたコンゴだった。だから、アフリカのどこかへ連れて行って欲しい。たとえ、ひと月でも」

朝子の目がみるみる潤み、重ねた手が持ち上がって、払いのけられたかと思った佐倉の手に朝子の指が絡んで来た。

エピローグ

慌ただしく日が過ぎた。朝子とアフリカのスーダンへ行くと告げると、三宝は驚いて暫く声を出せなかったが、「心配だから、あたしも連れて行って」と悲愴な顔で言った。

「君はまだ若いし、その気になるなら幾らでも行く機会はある。お父さんは、これが最初で最後だ。体のことは、朝子さんがついていてくれるから心配しなくていい」

縋るような三宝を振り切ってきただけに後ろ髪をひかれた。

最後にテニスに興じ、ホテルカサリザキで夕食を共にした折、品子の手紙を見せた。朝子と婚約を結んだことは言えなかった。しかし、帰国した暁には朝子が名瀬病院に勤めることになると明かすと、憂い顔が綻んだ。

家の鍵のスペアと、金庫の鍵を三宝に預けた。万が一の時はそこを開けるようにと、暗証番号をメモさせた。

出発は四月の初旬になった。病院の職員には、取り敢えずは一ヵ月の予定で行くが、場合によってはもう少し延びるかも知れないと朝礼で伝えた。

青木には、やれる自信がある手術はやったらいいが、少しでも不安があれば控えるように、もし当麻先生が来てやってくれると言うなら来てもらったらいい、自分からも頼んでおく、と申し渡した。


「無理をなさらないで、もう限界と思ったらいつでも仰ってね」

機内に並んで掛けた時、朝子が言った。佐倉は答える代わりに朝子の左手を取って目の前にかざした。

「ちゃんとはめてきてくれたね」

薬指をなぞってリングをいじりながら言った。

「爆弾で手が吹き飛ばされない限りもう放しません」

「おいおい、物騒なことを言わないでくれよ、こっちはハネムーン気分なのに」

実際佐倉は無上の幸福感に浸っていた。中条志津と出会った時以来の昂揚感だ。

あの夜、アフリカに行く約束を取りつけた後、佐倉は三宝の出自を朝子に話さなければと思った。

「ここではなく、場所を移したいが」

と言うと、朝子は素直に頷いた。

「学士会館のスイートルームでもいいかな？」

清水の舞台から飛び降りる思いで尋ねると、一瞬ためらったように見えたが、すぐに朝子は微笑を返して頷いた。

佐倉は席を外し、トイレで学士会館に電話を入れ部屋の変更を申し入れた。ベッドが三つある部屋の方が空いています、と返ってきた。

テーブルに戻ってみると、朝子がいない。

（まさか？）

こちらの下心を見透かしてとんずらしたかと一瞬血の気が引いたが、朝子は待つまでもなく戻って来て、

「わたしもお手洗いに行ってました」

と言った。紅が少し濃く引かれたように思った。

スイートルームでは、入口を入ってすぐの四人は掛けられるソファーと、テーブル、それにテレビまで置かれた部屋で相対した。

話は二時間に及んだが、専ら佐倉のひとり語りで、朝子は時に小さく言葉を差し挟むだけだった。

十一時を回っていた。朝子は動こうとしなかった。

成田空港を出たのは真夜中だった。普通なら床に入っている時間だ。朝子はいつしか眠っている。佐倉は本を読みかけたが、程なく眠気を覚え、本を置くと目を閉じた。

三宝の出自を語った夜のことを思い浮かべた。

余りにも思いがけない話に打ちのめされて動けなくなりました、と朝子は言った。佐倉は席を立って朝子の横に体を移し、そっと肩に手を回した。刹那、腕に込めた力が抜けたと思うや、朝子は佐倉の胸にもたれ込んだ。佐倉は暫く肩に回した手を朝子の肩から顔に這わせていたが、やがて首筋からセーターの下に手を入れ、乳房をまさぐった。温かく、柔らかく、佐倉の愛撫で自在に形を変えた。

「男の人は先生が初めてです」

奥のベッドルームで、三つあるベッドの一つで体を重ねた時、朝子は眼を閉じたまま言った。

「我に成り成りて成り余れる処一処あり」

佐倉は朝子の耳元に囁いた。

「なあに……？」

朝子がうっすらと目を開いた。

「日本神話に出てくるイザナギノミコトが、妻のイザナミノミコトと交わる時に囁いた言葉だよ。自分の性器のことを言ったんだね」

「イザナミノミコトは、どう言ったの？」

「我に成り成りて成り合わざる処一処あり」

佐倉は朝子の股間に手をやった。朝子が体をよじってかすかに呻いた。

「それでイザナギノミコトは？」

「いざ我が成り成りて成り余れる処を汝の成り成りて成り合わざる処に差し入れ子を成さん」

佐倉は充血したペニスを朝子の無防備となった〝聖域〟に突き立てた。朝子の眉根が寄った。

「痛いの？」

佐倉はのけぞった朝子の顔を覗き込んだ。

「少し……」

朝子が答えると同時に、痛烈な激情が佐倉の下腹に走った。

あっという間だった。佐倉のペニスは朝子の〝聖域〟を突き進むことなくその手前でドクドクと精液を吐出していた。

「ご免よ、神話通りにはいかなかった」

力尽きて朝子の乳房に顔を押し当てて佐倉は言った。

「結ばれなかったの？」

朝子は眼を閉じたまま尋ねた。

「ああ、済まない……」

佐倉はそのまま頷いた。佐倉が万歳をさせていた朝子の両の腕が、自由を得て佐倉の首に絡みついた。

「いいのよ。このまま、抱いていてください」

朝子の手が、汗ばんだ佐倉の背を優しく撫でた。


気が付くといつの間にか眠り込んでいた。目を開くと、機はドバイ空港に間もなく到着という、赤い帽子と白いスカーフ姿のキャビンアテンダントの声が流れた。

「ここで七時間余り待って、機を乗り換えて三時間程でスーダンです」

朝子は先に目覚めていて、目を覚ました佐倉に言った。

「大きな空港のようだね」

佐倉は朝子の肩越しに窓に目をやった。何機ものジャンボ機が行き交っているのが見て取れた。

「世界最大級の空港だそうです。あらゆるものがあるそうよ。無料でシャワーを浴びられる設備もあるから、行きましょうか？」

「そうだね。文明の栄華を見るのもここまでかな？」

「ええ、十時間後には別世界が広がっています」

その通りだった。出会って間もなく朝子がスーダンから送って寄越した手紙に書かれていた景色が目の前に広がった時、佐倉は思わず涙ぐんだ。自分を溺愛してくれた母に見せたかったと思った。コンゴで住民の為に働く孤高の医師を演じたピーター・フィンチに憧れた母に、今の自分を見せてやりたかった。

「どうしたの？　泣いていらっしゃるの？」

ナイル川にじっと見入ったままの佐倉に顔を寄せて朝子が言った。

「何かを思い出して？」

「ああ、よくぞこの日を迎えられたと思ってね。昔母と見た映画の一コマ、船医として両大洋を渡った時のことなんかを思い出した。あなたには言い忘れたが、船医として乗り込んだ船は、インド洋から南アフリカのケープタウンに寄り、そこからアフリカの西海岸の港二、三に寄港して大西洋に出、北上してドーバー海峡に入り、オランダのロッテルダムで船医の私を拾ってくれたんだね。で、帰りはまたドーバー海峡を下り、スペインのビルバオで荷を積んで大西洋に出た。だから、最初から乗船していれば憧れのアフリカの土を踏めたんだが、途中からだったから行けずじまいだった。そんなことを思い出してね」

朝子は佐倉の頬に手をやって、もう一方の手を佐倉の手に重ねた。

二人は先に到着していたMSFのスタッフに迎えられた。一人はスペイン人の内科医師でアグートと紹介されて、どこかで聞いた名だと佐倉は思った。朝子が耳打ちした。

「いつか手紙に書いたドクターよ。再会できるとは思わなかったわ」

彫りの深い顔立ちだが、上背は自分よりも低い中肉中背の愛想の良い人物に佐倉は好感を抱いた。

カナダ人の看護婦はキャサリンと言った。抜けるような白い肌をしているが、むき出しになった腕は日焼けの所為だろう、真っ赤になっている。助産婦の資格も持っていると聞き、二十代後半と思われる年恰好とも相俟って三宝とダブった。

日本人が一人いた。出発前のオリエンテーションでスーダンには日本人が二人行っている、一人は三十代前半の整形外科医で、もう一人はテント病院や仮設トイレを造ったり、車の整備に当たったりする〝何でも屋〟のロジスティシャンだと聞いていた。

小松原《こまつばら》と名乗った日本人がそのロジスティシャンだった。

「もう一人いたはずだね？」

佐倉が朝子に囁いたのを、小松原が耳聡《みみざと》く捉えた。

「尾口《おぐち》先生は今病院です。地雷を踏んで足が砕けた子供の手術に当たっていると思います」

そういった直後に、彼の腰の辺りで電話が鳴った。

「あ、今、着かれました。えっ、すぐに？　ちょっと待ってね」

腰のベルトから外して手にした携帯を耳から離すと、小松原は佐倉に向き直った。

「その尾口先生からですが、脚の手術は終わったけれど、地雷の破片がお腹の臓器にも刺さったようだから、佐倉先生に急いで来て欲しいということですが……」

「いいよ、すぐ行くと言って。病院までは？」

佐倉は朝子を見た。

「地元の運転手が車を出してくれます。わたしも一緒に行きます」

「僕も運転は出来ますが、余程のことが無い限り、ＭＳＦのスタッフは運転しないようにと言われていますので。すみません、今すぐ手配します」

そういえばそれもオリエンテーションで聞いたな、と佐倉は思い出した。そうよ、そういうことなのよ、と言わんばかりに朝子が目配せした。

アグートが「ご苦労様です」と英語で言って見送ってくれた。

「意外に立派な病院じゃないか。名瀬病院くらいあるね。敷地は名瀬の三倍くらいはあるかな？」

十分程で視野に入った病院に瞠目《どうもく》しながら、朝子が初めて寄越した手紙を佐倉は思い起こした。

「あなたが書いていた通りだが、まさかこれ程とは思わなかったよ」

朝子は微笑み返した。

それにしても車はがたがたと揺れ、おまけに猛暑で、汗がたぎった。更衣室で汗を拭い、術衣一枚になってほっとした。

救急医療室に駆けつけると、青木を思わせる年恰好の壮年の医者が待ち構えていた。

「尾口です、お疲れのところすみません」

と言って、手術台に横たわっている少年を指さした。

「脚を切断している間に、見る見るお腹が膨れてきまして、エコーで見たら、どうも血液のようなんです」

麻酔はと見ると、少年の頭の位置に毛深い腕を出した外国人が立っている。

「シモンと言います。イタリア人です。どうぞ宜しく」

と、片言の英語で言った。

(成程、正に国境なき医師団だな)

器械出しをしているナースは無言で会釈をしただけだが、マスクとキャップの間からのぞく目は青い、外国人に相違ない。

「何かお手伝いしましょうか？」

術衣をまとった朝子が入って来て器械出しのナースに英語で言った。

(俺より流暢だ！)

初めて聴く朝子の英語に、佐倉は新鮮な感動を覚えた。

「開腹の器具はあるか見てくれるかな」

「開創器があると思います」

朝子に尋ねたつもりが、尾口がすかさず答えた。

「戸棚にあるから、すぐに出して。煮沸は間に合わないから、ヒビテン消毒でいいですか？」

佐倉は頷き、

「じゃ、取り敢えずメスを」

と言った。

「それに吸引を用意して」

朝子が素早く部屋の隅に走った。

開腹と同時にどっと血が溢れ出した。

「やばいな、輸血の用意は？」

「少々ありますが、クロスマッチをしないといけませんよね？」

「O型があれば、それで」

「はい」

朝子がまた走った。

「脾臓が裂けてるよ」

血液と血塊を腹腔から取り除いたところで、腹腔臓器を手早く点検した挙句に佐倉が言った。

「あ、ほんとだ」

尾口が興奮気味の声を上げた。

「不幸中の幸いだ。助かるぞ」

佐倉は胃の大網を切り開いて膵臓を露出すると、その上縁を走る脾動脈をすくい上げて糸をかけ、結紮した。脾臓からの出血はピタリと止まった。

「おー、お見事！」

尾口がまた感嘆の声を放ち、麻酔医のシモンも、「グレイト！」と言った。

少年は一命を取り留めた。


二週間が瞬く間に過ぎた。病院での手術の間も、遠くで、時には近くで爆撃音や銃声が聞こえていたが、危険が迫っているようには思えなかった。

しかし、その夜はものすごい爆撃音や銃声が極近くで聞こえ、ＭＳＦスタッフは全員飛び起きた。

一階には男性スタッフが、二階には女性スタッフが寝ていたが、女性陣も全員下に降りてきて肩を寄せ合った。

「病院が大変なことになっています」

夜明けに偵察に行ったロジスティシャンの小松原がチームリーダーのアグートに通報してきた。病院は半ば破壊され、入院患者のほとんどが死んでいる、と。

「生きている人達を救い出さなきゃ」

アグートが言った。

「でも、どこへ？」

頷きながら佐倉がアグートに、次いで朝子に向き直って言った。

「取り敢えずはこの近くにテントを建てて収容するしか……」

「いや、ここも危ない。国連の敷地の方がまだ安全だ。そこへ避難しよう」

一同が荷物やら、持てる限りの食料や水、医薬品を用意している間に小松原が戻ってきた。何と、二台ある中古のランドクルーザーの一台を運転してきている。

「運転手は？」

朝子が尋ねた。

「二人とも見当たらないんです。爆撃の犠牲になったか、どこかに避難しているか」

「やれやれ」

アグートが両手を広げ、肩を竦《すく》めた。

「で、街の様子は？」

朝子が尋ねた。

「もう死体がゴロゴロです。車でよけるのに一苦労しました」

小松原が眉根を寄せた。

「この暑さだ、放っておいたら腐ってしまうね」

佐倉の言葉に朝子も尾口も頷いたが、

「しかし、死体の処理までは我々には出来ませんから」

アグートの言葉にも二人は頷いた。

「ともかく、早く脱出して国連と交渉しなければ。もう一台の運転は私がする」

アグートが急かした。

（内科医だというが、外科医の剛気さも持った男だ。リーダーシップも大したものだ）

佐倉は改めてアグートの顔を見直した。

国連までは六キロ程の道のりだったが、途中の街の景色は一変していた。商店や民家の多くが半壊状態で、灼熱の太陽が照りつける路上に無残な死体が転がっている。国連との交渉は思うようにいかなかった。生存者を国連の病院に収容させて欲しいと申し出たが、それはできない、国連の病院は職員の為のものだからと。どうしてもというなら敷地の隅っこにテントを建て、そこに収容したらどうか、それは許可する、と防弾チョッキにヘルメットを被った職員が口々に言った。更に、あなた達が避難したいなら、防空壕がいくつもあるからそこを利用したらいい、MSFの病院の死体を敷地内に収容することは許可する、それと、病院の患者もさることながら、爆撃から逃れようと市民がここに押し寄せ、中にはフェンスをよじ登って敷地内に入ろうとする不届き者もいて、こうした連中を阻止するのにも手を取られている、彼らはまだ体力がある方だが、戦闘に巻き込まれて命を失ったり重傷を負った者達もいる、そうした死傷者たちはあなた方に任せるから宜しく、とも。

「一体、国連の病院の医者達は何をやっているんだ。さっぱり姿を見せないが……」

ＭＳＦの病院へ向かいながら、佐倉の怒りは収まらなかった。

爆撃音や銃声は、鼓膜を揺るがす程近くで間断なく聞こえる。空気のみか、大地も震わせてくる。

「我々にも、防弾チョッキとヘルメットを分けてくれてもよさそうなものだ」

「ドクターサクラは、死ぬことが怖いですか？」

運転席のアグートがちらと後部席の佐倉をミラーで見やって言った。

「死が怖くない人は、いないでしょう」

佐倉の返事にアグートは肩を竦めた。

「僕は、もう怖くなくなりました」

「えっ、何故？」

佐倉は隣の朝子に目をやってから尋ねた。

「ＭＳＦに入って五年、死を余りにも身近に見て来たからでしょうか？　病院に勤めていた時とは比較にならないくらい。ほら、ご覧の通り」

アグートは窓の方に片手をやった。瓦礫《がれき》の下にいくつもの死体が転がっている。地面に空いた大きな穴に折り重なっている死体もある。

「こんなのを見ていると、勧善懲悪の神はどこにいるかと言いたいね。死者の中には神を信じていた者もいただろうに」

「えっ、何ですか？」

朝子に語りかけた佐倉の日本語はアグートには通じなかったようだ。ミラーの佐倉に問いかけた。

「でもアグート、あなたが死んだら哀しむ人がいるでしょう？」

「さあどうだか」

アグートはまた肩を竦め、ミラーの佐倉に苦笑を返した。

「両親はもういないし、妻や子供もいないから、僕はもういつ死んでもいいと思っています。ドクターサクラは、奥さんや子供は？」

「いますよ。だから簡単には死ねない。愛する者がいる限り」

朝子がそっと佐倉の手に自分のそれを重ねた。

「そうね、愛する人がいる限りね。でも、いつまでも一緒にはいられない。いつか別れが来る」

後の方は独白に聞こえた。佐倉と朝子は目を合わせ、指を絡ませた。

病院の生存者を、二、三人ずつランドクルーザーに収容して国連の敷地に連れ帰った。歩ける者はほとんどいなかったから、かついだり、二人掛かりで運んだりで、子供はまだしも、大人を運ぶのは大変な重労働だ。爆撃音と銃声に怯えながらこの作業を繰り返したが、一日で運び込めた病人は精々二十人程度だ。中には緊急手術を要する者もいたが、ロジスティシャンの小松原が不眠不休でもテント病院を建てるのに丸一日を要したから、間に合わず息絶える者もいた。

小松原はその間にも国際赤十字と連絡を取り、医薬品と、負傷者を十人は収容できるバスを借り入れる約束を取りつけた。

フェンスの外に押し寄せる避難民も跡を絶たなかった。国連の職員がフェンスに張り付いて侵入者がいないか見張っていた。彼らを敷地内に入れたら収拾がつかなくなる恐れがある、自分達も心を鬼にして彼らを阻んでいるんだと、こんなに広い敷地があるんだから入れてやったらどうだと提言した佐倉に、国連の職員は異口同音にこう返した。

「医薬品を取りに来て欲しい、これはと思う物を選んで欲しいからドクターに来て欲しいと国際赤十字から連絡が入りましたが……」

テント病院とトイレ、簡単なシェルターを幾つか作り上げた小松原がアグートに言った。

「私も行くよ」

佐倉が申し出ると、

「わたしも行きます」

と朝子がすかさず言った。

行方不明の地元の運転手は戻って来ないままだ。小松原が運転席に、アグートが助手席に、佐倉と朝子が後部席に座った。

半壊した病院から数キロ離れたナイル川のほとりに国際赤十字団のスタッフの宿舎があった。彼らも連日のように病院に出向いて生存者を探し、自分たちの即席の収容施設に連れ帰っている。死者は袋に納め、判明する限り名札を付けてナイルの岸辺に並べて住民に心当たりの者がいないか見てもらっていると言った。砲弾や銃弾が飛び交う中で命がけの作業だとお互いにこぼし合った。

佐倉は息苦しさを覚え、車の窓を開けた。外は四十度超の猛暑で車のエアコンはほとんど利いていない。

「窓は開けない方がよくってよ」

朝子が言った。

「そう、防弾ガラスじゃないけど、それでもね、弾よけに少しはなります」

助手席のアグートが顔を振り向けて言った。

「風に、少し当たりたいんだ」

佐倉が返した途端、近くで銃声が響いた。車が急停止した。四人は一斉に前につんのめり、小松原とアグートはフロントガラスに額を打ち付けた。

「前のタイヤをやられたな」

小松原がひとり言のように言った。

「ううっ……！」

アグートにのし掛からんばかり前にのめった朝子は、運転席にしなだれかかったまま佐倉が動かないのに気付いた、呻き声も佐倉のものだと。

「先生っ！」

胸にやった手が忽ち血に染まった。朝子は窓際に寄ると佐倉の上体を起こし、頭を自分の方に向けて寝かせた。

「先生、大丈夫？」

朝子はもう一度叫んだ。佐倉はかすかに目を開けて頷いたが、

「息が……息が……できない」

と呟いて起き上がろうとした。朝子は座席の下に体を滑らせると、そこに落ちている佐倉の脚を座席の上に持ち上げた。佐倉は一旦はもたげた頭を、力尽きたかのようにぐったりと座席に落とした。

朝子は佐倉の僅かに開いた口を指でこじあけ、自分の口をそこに押し当てると、息を吹き込んだ。血を垂らし続ける右の胸はびくともせず、左の胸だけが僅かに膨らんだ。

衝撃の弾みで、ヘアクリップが外れたのだろう、肩まで落ちた髪を振り乱し、無我夢中で佐倉の口に息を吹き込んでいる朝子を、我に返ったアグートと小松原は茫然と

見すえていた。

三宝が病院で食事を終えて家に着き、着替えを済ませたところで、メールの着信音が鳴った。今日は二件手術があり、胆石と大腸癌で、前者は久松が、後者は青木が執刀した。

終わったのは午後六時過ぎで後片付けを済ませて食堂へ今村と降りたのが七時だった。

先に済ませていた青木とすれ違った。

「院長から、まだ何か連絡ない？」

すれ違い様、呼び止められて尋ねられた。

「ええ、まだ何も……」

答えてから、自分よりも青木の方へ先に連絡が入るのではと思った。

時刻はと見ると、八時を少し回っている。先刻の青木の一言が思い出されたから、ひょっとしてと思った。

メールの送り主が智念朝子と知って、厭な予感がした。

哀しいお知らせをしなければなりません。

お父様が、今日、正午頃、亡くなられました。わたしも悲しみに打ちひしがれています。いまだに信じられない思いです。

明後日、お父様と一緒にそちらへ帰ります。お気を確かにね。

朝子

三宝はほとんど気を失いそうになり、へなへなとくずおれた。

(嘘でしょ！　嘘でしょ！)

携帯の画面に見入ったまま、繰り返し叫び続けた。やがて文字が見えなくなり、三宝はその場に突っ伏した。

何時間そうしていたか知れない。気が付くと青木に電話していた。

「院長の家へ、連れてって下さい」

「どうしたの、こんな時間に？　患者が急変したかと思ったよ」

改めて時刻を見ると、午前零時を回っている。

「すみません、もう寝ておられましたよね？」

「うん？　あ、いや、いいが、でも、本当にどうしたの？」

危うく「父が」と言いかけ、三宝は生唾を呑み込んだ。

「院長が、亡くなりました」

「ええっ!?」

耳にした覚えのない驚愕の声だ。

「また、どうして？」

「それは、分かりません。智念朝子さんからショートメールが入っただけで……」

「分かった、すぐ迎えに行くから玄関に出ていてくれる？」

自分で行けなくはないがと言い訳しようと思った時には電話が切れた。

実際佐倉の家までは歩いても十分程の距離だ。しかし、底知れぬ寂寥感に襲われ、闇夜の道を一人踏みしめる勇気はなかった。

迎えに来てくれた青木の顔を、三宝はまともに見られなかった。青木も目を合わせようとせず、黙々と助手席のドアを開けた。

佐倉の家の前まで来て、青木は漸く口を開いた。

「智念さんからのメール、見せてくれる」

三宝は無言のまま携帯を開いて青木に渡した。淡いルームランプで鮮明となった青木の顔色が変わったのが見て取れた。

「お父様、て……？」

差し込まれた青木の目を、三宝は真っすぐ見返して小さく頷いた。

「佐倉先生は、叔父さんでなく、お父さん……？」

三宝はもう一度、今度は大きく頷いた。

「すみません、十分程、待ってて下さい」

言うなりドアを開けて飛び出した。青木に見られまいとした涙が溢れ出していた。

明かりをつけ、覚えのある寝室に真っすぐ向かった。

金庫はすぐに見つかった。五十センチ立方メートル程の小さなものだ。ダイヤルを回す指が震え、二度ばかり暗証番号を合わせ損なった。

Ｂ５サイズ程の封筒とバッグがあった。バッグには預金通帳と印鑑が入っている。

それはちらと見ただけで、封筒を開いた。

便箋が三枚出てきた。二枚は手紙で、一枚は「遺言」と罫線外に大きく書かれてある。

手紙は呆気ない程短かった。

私に万が一のことがあった時を考え、この手紙を認《したた》めます。お父さんと十年はいますと三宝は言ってくれたが、多分、私の命はその前に尽きるだろう。胆嚢癌で、深い所にもリンパ節転移があった場合の三年生存率は十パーセントそこそこ。

だから、私が帰って来なくても、そんなに悲しまなくていい。当麻先生に手術をしてもらわなかったら、そして青木君にエタノール注入をしてもらわなかったら、私は今頃生きていなかっただろう。

三宝のことは、ひょっとしたら三宝の新たな母親になるかも知れなかった朝子さんに呉々も頼んでおいた。三宝が私の実の娘であることも打ち明けてある。

それと青木君のことだが、彼はいい青年だ。三宝のことを十年でも待つと言ったそうだが、そんなに待たせなくていい。彼も君も辛い失恋を経験したから、相手を思いやる心がその分培われただろう。三宝を早々に奪っていかれたら困ると思ったから彼を遠ざけようとしたこともあったが、今は彼が三宝のそばに居てくれてよかったと思っている。心から。

遺書には大したことは書いてないが、朝子さんにも読んでもらって欲しい。バッグにあるのは私の全財産だ。

愛する我が子

三宝へ

父

遺書には資産の二分の一を養女三宝に、四分の一を婚約者朝子に与える、残り四分の一はＭＳＦに寄付する、と書かれてあった。

―完―

参考文献

『紛争地の看護師』白川優子（小学館）

この作品は書き下ろしです。原稿枚数650枚(400字詰め)。

幻冬舎文庫

●好評既刊
大鐘稔彦
緋色のメス(上)(下)

乳癌の宣告を受けた中条志津は、かつて不倫の恋とは知りながらも本気で愛した男、そして尊敬する外科医でもある佐倉周平の手術を受けるために、東北の片田舎の病院にたった一人で向かう。

●好評既刊
大鐘稔彦
孤高のメス　外科医当麻鉄彦　第1巻

当麻鉄彦は、大学病院を飛び出したアウトサイダーの医師。琵琶湖のほとりの病院で難手術を手がけ、患者達の命を救っていく。現役医師が「真の医療とは何か」を問う壮絶な人間ドラマの大作！

●好評既刊
大鐘稔彦
孤高のメス　神の手にはあらず　第1巻

前人未踏の脳死肝移植を成功させながら病院を辞した当麻鉄彦は、後を追ってきた矢野とともに、台湾で患者の命を救い続けていた。そんな当麻の元に「エホバの証人」の癌患者が訪ねてくる……。

●好評既刊
大鐘稔彦
孤高のメス　遥かなる峰

練達の外科医・当麻のもとに難しい患者たちが次次と訪れる。ある日、やせ衰えた患者の姿に驚愕する当麻。かつての同僚看護婦、江森京子だった――。胸熱くなる命のドラマ、シリーズ最新刊。

●好評既刊
大鐘稔彦
孤高のメス　死の淵よりの声

手術不可能な腹膜癌に抗癌剤を選択する当麻。患者は劇的な回復を遂げる。一方学会では、癌と戦うなと唱える菅元樹のシンポジウムが大荒れとなっていた――。ベストセラー、シリーズ最新刊。

幻冬舎文庫

●好評既刊
孤高のメス　完結篇
命ある限り
大鐘稔彦

ライバルにして親友、藤城俊雄を救うため、徹夜の生体肝移植手術に臨む当麻鉄彦。一方、鉄心会の理事長・徳岡鉄太郎が突如難病ALSに侵されて――。医療ドラマの最高峰、ここに完結。

●最新刊
じっと手を見る
窪　美澄

富士山を望む町で介護士として働く日奈と海斗。東京に住むデザイナーに惹かれる日奈と、日奈への思いを残したまま後輩と関係を深める海斗。人生のすべてが愛しくなる傑作小説。

●最新刊
泣くな研修医
中山祐次郎

雨野隆治は25歳、研修医。初めての当直、初めての手術、初めてのお看取り。自分の無力さに打ちのめされながら、懸命に命と向き合う姿を、現役外科医が圧倒的なリアリティで描く感動のドラマ。

●最新刊
たゆたえども沈まず
原田マハ

19世紀後半、パリ。画商・林忠正は助手の重吉と共に浮世絵を売り込んでいた。野心溢れる彼らの前に現れたのは日本に憧れるゴッホと、弟のテオ。その奇跡の出会いが〝世界を変える一枚〟を生んだ。

●最新刊
ご用命とあらば、ゆりかごからお墓まで
万両百貨店外商部奇譚
真梨幸子

万両百貨店外商部。お客様のご用命とあらば何でもします……たとえそれが殺人でも？　地下食料品売り場から屋上ペット売り場まで。ここは、私利私欲の百貨店。欲あるところに極上イヤミスあり。

緋色《ひいろ》のメス　完結篇《かんけつへん》

大鐘稔彦《おおがねなるひこ》

令和2年4月10日　初版発行

発行人――石原正康
編集人――高部真人
発行所――株式会社幻冬舎
〒151-0051東京都渋谷区千駄ヶ谷4-9-7
電話　03(5411)6222(営業)
　　　03(5411)6211(編集)
　　振替00120-8-767643
印刷・製本―株式会社　光邦
装丁者――高橋雅之

幻冬舎文庫

ISBN978-4-344-42959-8　C0193　お-25-16

幻冬舎ホームページアドレス　https://www.gentosha.co.jp/
この本に関するご意見・ご感想をメールでお寄せいただく場合は、
comment@gentosha.co.jpまで。